猫武士

②雷影交加
Thunder and Shadow

[英]艾琳·亨特◎著
周鹰 马智良◎译

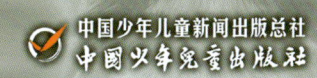

中国少年儿童新闻出版总社
中国少年儿童出版社
北京

特别感谢凯特·卡里

著作权合同登记：图字 01-2018-0990

Thunder and Shadow
Copyright © 2016 by Working Partners Limited
Series created by Working Partners Limited
Simplified Chinese edition Copyright © 2018 by
China Children's Press & Publication Group
All rights reserved.

图书在版编目（CIP）数据

猫武士六部曲.2,雷影交加/(英)艾琳·亨特著；周鹰,马智良译.--北京：中国少年儿童出版社，2018.4（2023.6重印）

ISBN 978-7-5148-4455-9

Ⅰ.①猫… Ⅱ.①艾… ②周… ③马… Ⅲ.①儿童小说-长篇小说-英国-现代 Ⅳ.①I561.84

中国版本图书馆 CIP 数据核字（2018）第 012415 号

LEIYING JIAOJIA
（猫武士六部曲）

出版发行：中国少年儿童新闻出版总社
　　　　　中国少年儿童出版社

出 版 人：孙 柱
执行出版人：马兴民

主持编辑：何强伟	责任校对：刘文芳
责任编辑：赵 勇	美术编辑：缪 惟
内文插图：李思东	责任印务：厉 静

社　　址：北京市朝阳区建国门外大街丙12号　邮政编码：100022
总 编 室：010-57526070　　　　　发 行 部：010-57526568
官方网址：www.ccppg.cn　　　　　编 辑 部：010-57526271
印　　刷：北京华宇信诺印刷有限公司

开　　本：880mm×1230mm　1/32　　印　张：11.75
版　　次：2018年4月第1版　　　　印　次：2023年6月北京第19次印刷
字　　数：200千字
ISBN 978-7-5148-4455-9　　　　　　定　价：32.00元

图书出版质量投诉电话 010-57526069，电子邮箱：cbzlts@ccppg.com.cn

目 录

猫视界……………………2
两脚兽视界………………4
猫族成员…………………8
引子………………………1
第一章……………………4
第二章……………………32
第三章……………………48
第四章……………………76
第五章……………………94
第六章……………………104
第七章……………………123
第八章……………………136
第九章……………………159
第十章……………………167
第十一章…………………177
第十二章…………………186
第十三章…………………198
第十四章…………………213
第十五章…………………229
第十六章…………………240
第十七章…………………253
第十八章…………………263
第十九章…………………283
第二十章…………………298
第二十一章………………311
第二十二章………………321
第二十三章………………338
第二十四章………………354

猫视界

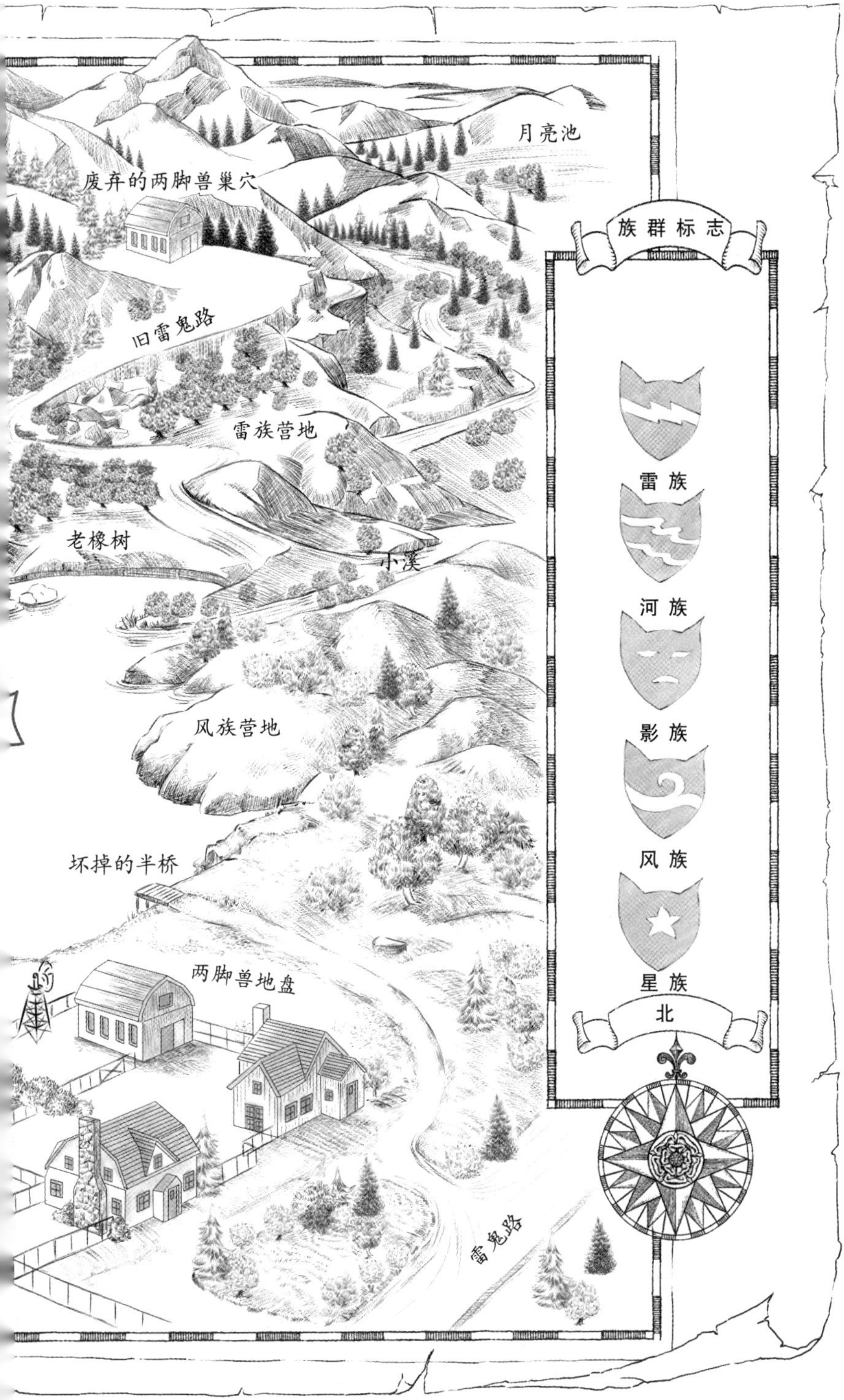
月亮池
废弃的两脚兽巢穴
旧雷鬼路
雷族营地
老橡树
小溪
风族营地
坏掉的半桥
两脚兽地盘
雷鬼路
族群标志
雷族
河族
影族
风族
星族
北

观兔露营地

圣城农场

赛德勒森林

小松帆船中心

小松路

两脚兽视界

小松岛

阿尔巴河

白教堂路

废弃的工人房

朱石路

水晶池

矿场

兔山林

圣城湖

兔山

兔山驯马场

兔山路

图例

落叶林

松树林

沼泽

湖

小路

北

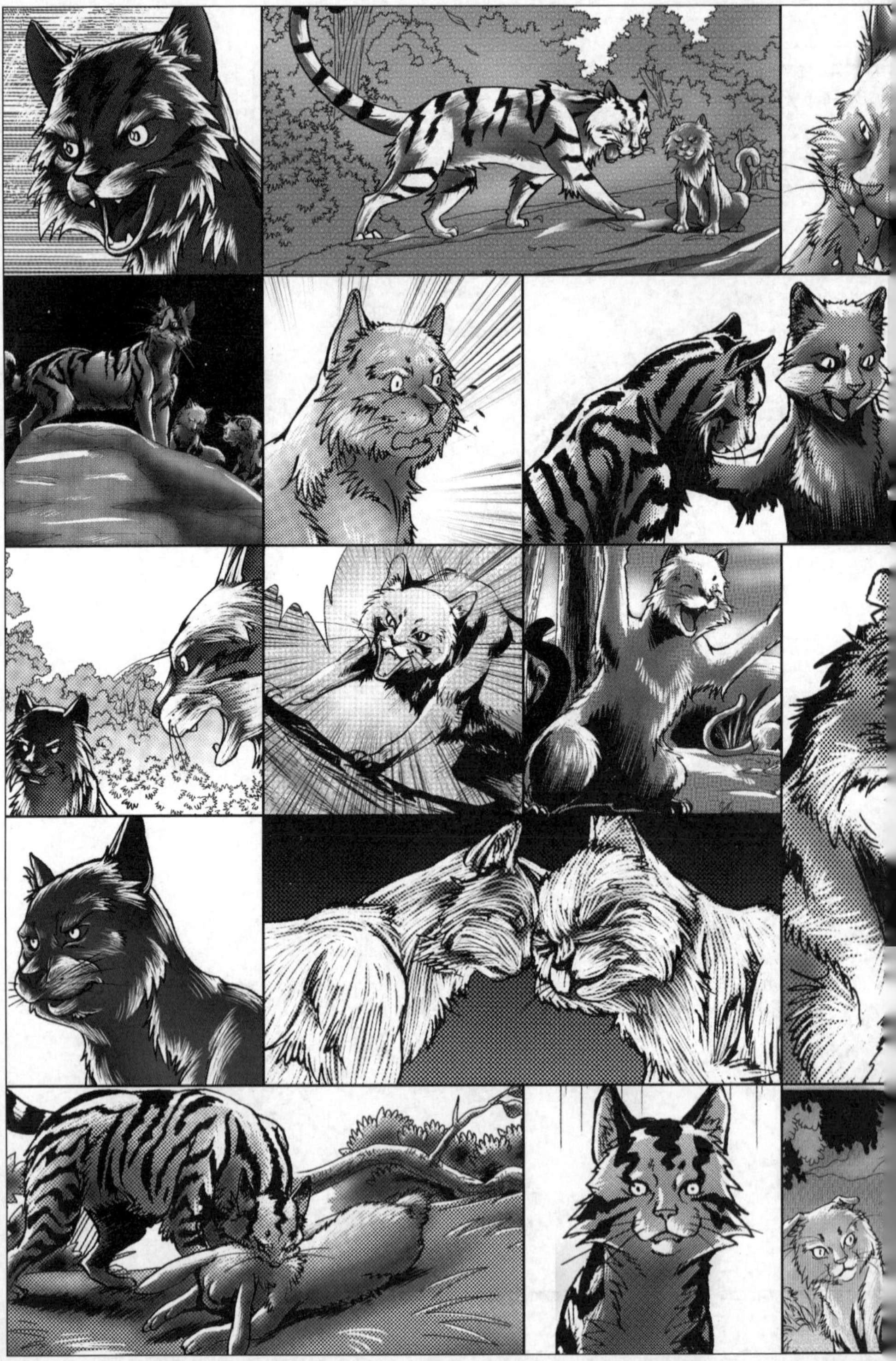

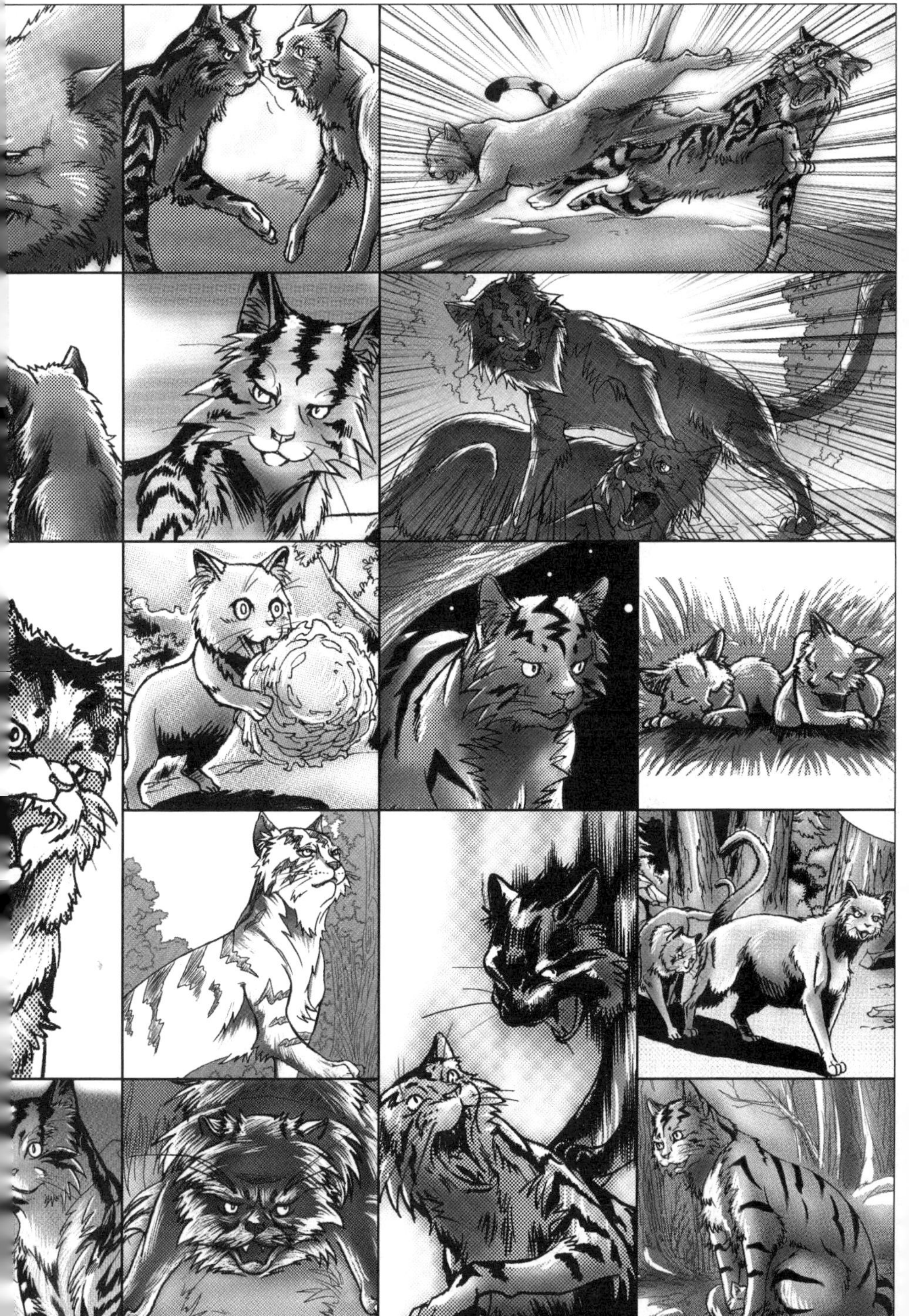

猫族成员

雷 族

族长

黑莓星——暗棕色虎斑公猫,琥珀色眼睛

副族长

松鼠飞——暗姜黄色母猫,绿色眼睛,一只脚掌为白色

巫医

叶池——浅褐色虎斑母猫,琥珀色眼睛,脚掌和胸脯为白色

松鸦羽——浅灰色虎斑公猫,蓝色眼睛,眼睛是瞎的

(所指导的学徒是赤杨爪。赤杨爪是一只暗姜黄色公猫,琥珀色眼睛)

武士(公猫和母猫均可成为武士)

蕨毛——金棕色虎斑公猫,琥珀色眼睛

云尾——白色长毛公猫,蓝色眼睛

亮心——带姜黄色斑点的白色母猫

刺掌——金棕色虎斑公猫

白翅——白色母猫,绿色眼睛

桦落——浅棕色虎斑公猫

莓鼻——奶油色公猫,尾巴只剩一截

鼠须——灰白相间的公猫

罂粟霜——浅玳瑁色和白色相间的母猫

炭心——灰色虎斑母猫

狮焰——金色虎斑公猫,琥珀色眼睛

玫瑰瓣——暗奶油色母猫

荆棘光——深棕色母猫,后腿瘫痪

梅花落——玳瑁色和白色相间的母猫,皮毛上有白色花瓣形斑点

黄蜂条——带黑色条纹的浅灰色公猫

藤池——银白相间的虎斑母猫,深蓝色眼睛

鸽翅——浅烟灰色母猫，蓝色眼睛

樱桃落——姜黄色母猫

　　（所指导的学徒是烁爪。烁爪是赤杨爪的妹妹，是一只橙色虎斑母猫）

鼹鼠须——棕色和奶油色相间的公猫

雪丛——皮毛蓬松的白色公猫

琥珀月——浅姜黄色母猫

露珠鼻——灰白相间的公猫

暴云——灰色虎斑公猫

　　（曾用名弗兰基）

冬青簇——黑色母猫

香薇歌——浅黄色虎斑公猫

栗条——暗棕色母猫

猫后（怀孕或正在照顾幼猫的母猫）

黛西——乳白色长毛母猫，来自马场

百合心——小个头儿深灰色母猫，皮毛上有白色斑块，蓝色眼睛

　　（玳瑁色母猫小叶、黑色公猫小云雀、白毛带黄色斑纹的母猫小蜜的母亲，还收养了灰毛绿眼母猫小枝）

长老（从武士岗位上退休的老年猫）

波弟——胖胖的虎斑猫，口鼻呈灰色，以前是独行猫

灰条——暗灰色长毛公猫

米莉——带有条纹的浅灰色虎斑母猫，蓝色眼睛

影 族

族长

花楸星——暗姜黄色公猫，琥珀色眼睛

副族长

乌霜——黑白相间的公猫

巫医

小云——个头儿非常小的虎斑公猫

武士

褐皮——玳瑁色母猫，绿色眼睛
   （所指导的学徒是松针爪）
虎心——深褐色虎斑公猫
   （所指导的学徒是滑爪）
石翅——白色公猫
   （所指导的学徒是杜松爪）
尖毛——深棕色公猫，头顶毛发簇生
   （所指导的学徒是蓍爪）
黄蜂尾——黄色虎斑母猫，绿色眼睛
    （所指导的学徒是击爪）
曙皮——奶油色母猫
   （所指导的学徒是蜂爪）
雪鸟——纯白色母猫，绿色眼睛
焦毛——深灰色公猫，耳朵上有划痕，一只耳朵已破裂
莓心——黑色和白色相间的母猫
苜蓿足——灰色虎斑母猫
涟尾——白色公猫
雀尾——大个头儿的虎斑公猫
雾云——浅灰色母猫

猫后

草心——浅棕色虎斑母猫

松树鼻——黑色母猫

（米黄色公猫小桦、琥珀色眼睛黄色母猫小狮、棕色带白斑的公猫小洼、皮毛光滑的灰色公猫小石板的母亲）

长老

橡毛——小个头儿棕色公猫

杂毛——虎斑母猫，身上的毛向各个方向岔开

鼠痕——深棕色公猫，背上有一道很长的疤痕

风　族

族长

一星——浅棕色虎斑公猫，琥珀色眼睛

副族长

兔泉——棕白相间的公猫

巫医

隼飞——棕灰色公猫，毛色斑驳，有像隼的羽毛一样的白色斑点

武士

夜云——黑色母猫

金雀花尾——灰白相间的母猫，毛色很浅，蓝色眼睛

鸦羽——深灰色公猫

（所指导的学徒是香薇爪，灰色虎斑母猫）

叶尾——暗姜黄色虎斑公猫，琥珀色眼睛

烬足——灰色公猫，有两只脚掌是深灰色的

凤皮——黑色公猫，琥珀色眼睛

荆豆皮——灰白相间的母猫

云雀翅——浅棕色虎斑母猫

莎草须——亮棕色虎斑母猫

轻足——黑色公猫，胸口有一抹白毛

燕麦掌——浅棕色虎斑公猫

羽皮——灰色虎斑母猫

鸣须——深灰色公猫

猫后

石楠尾——亮棕色虎斑母猫，蓝色眼睛

（灰色母猫小烟和毛色斑驳的棕色母猫小纹的母亲）

长老

白尾——小个头儿白色母猫

河 族

族长

雾星——蓝灰色母猫，蓝色眼睛

副族长

芦苇须——黑色公猫，蓝色眼睛

巫医

蛾翅——皮毛上有斑纹的金色虎斑母猫,琥珀色眼睛

柳光——灰色虎斑母猫

武士

薄荷毛——浅灰色虎斑公猫

暮毛——棕色虎斑母猫

（所指导的学徒是荫爪,荫爪是一只暗棕色母猫）

鱼尾——深灰与白色相间的母猫

锦葵鼻——浅棕色虎斑公猫

花瓣毛——灰和白相间的母猫

甲虫须——棕白相间的虎斑公猫

卷羽——浅棕色母猫

豆荚光——灰和白相间的公猫

鹭翅——深灰色和黑色相间的公猫

微光皮——银色母猫

蜥尾——浅棕色公猫

（所指导的学徒是狐爪。狐爪是一只赤褐色虎斑公猫）

湾皮——黑白相间的母猫

鲈翅——灰白相间的母猫

喷嚏云——灰白相间的公猫

蕨皮——玳瑁色母猫

松鸦掌——灰色公猫

枭鼻——棕色虎斑公猫

猫后

湖心——灰色虎斑母猫

（小兔子、小斑点、小金雀花和小柔的母亲）

冰翅——白色母猫，蓝色眼睛
（小夜和小微风的母亲）

长老
藓毛——玳瑁色和白色相间的母猫

族群之外的猫

雨——灰色长毛公猫，绿色眼睛

暗尾——身体健壮的白色公猫，皮毛残破，蓝色的眼睛周围有黑色斑点

火焰——橙色母猫

渡鸦——黑色长毛母猫

雾羽——灰色公猫

小紫罗兰——白色母猫，有黑色斑点

小枝——灰毛绿眼母猫

回声之歌——银灰色虎斑母猫

蟑螂——银色公猫

粉沙——白色母猫

引子

　　太阳从回声之歌头上的树枝间照射下来,穿透阴影,在森林地面上留下斑驳的图案。回声之歌惬意地享受着阳光照在背上的温暖。和煦的暖风吹动着树叶,她也开心地摇动着尾巴。头顶上方,鸟儿叽叽喳喳叫着,她饥肠辘辘地舔舔嘴唇。日落之前她应该去捕猎。

　　想到这里,她突然一愣。

　　在日落之前?

　　太阳不是已经落下了吗?而且,雨水不是一直都冲刷着她在杜松树丛中孤零零的窝吗?

　　是的!她已在淅沥的雨声中入睡,不知道族猫们已经散落到何处,暴风雨横扫森林时,他们又在何处栖身。

　　这是梦境。

　　但是,一切都太真实,好像不是梦。是幻象吗?她心跳加速。她已经太久没有接收到幻象。她几乎开始怀疑,星族已经忘记天族,正如无数个月前其他族群忘记天族一样。

　　她听到前面有皮毛从林下灌木上蹭过的声音。脚步声离她越来越近。有危险吗?回声之歌僵在那里,吓得收紧肚子。不,她安慰

猫武士

自己，这是幻象。我在这里是安全的。她没有挪动脚步。相反，她等着，心里充满期待。

一只宽肩膀的公猫从凤尾蕨之间钻出，在她前面几尾远的地方停下脚步。星星在他皮毛中闪烁，他那双蓝眼睛像天空一样明亮。

"你是谁？"似曾相识之感让回声之歌的脚掌发痒。公猫浓密的灰色皮毛看上去很眼熟。公猫温和地冲她眨眨眼睛，仿佛他们是老朋友。她以前在幻象中见到过这只公猫！

"拥抱你们在暗影中的所得，只有它们能驱散天空的阴霾。"公猫喃喃说道。

她飞快地思索着："什么暗影？它们是什么？"

公猫凝视着她，但没说话。

驱散天空的阴霾是什么意思？她沮丧得心头发紧。这只猫以前曾给她带来过预言：火焰燃尽，有什么依旧留存？也曾让她迷惑不解。这只猫为什么就不能把意思表达清楚呢？"你就告诉我吧。"她几乎就要出声乞求了。这只猫是在向她透露线索，告诉她天族发生了什么事吗？她从小就认识的那些猫已被泼皮猫赶出河谷，流落四方。她甚至不知道他们中还有谁活着。

灰色公猫抬起目光，凝视着橡树树冠。这时，凛冽的寒风从树枝间吹过。回声之歌顺着他的目光向上看去。公猫正看着几片从树上飘下的落叶。树叶飞舞着，在他们两个之间盘旋片刻后，才落到森林地面上。

回声之歌眨眼看看那些树叶。它们不是橡树叶。它们更大，而

雷影交加

且没有柔和的弧线形边缘。每一片树叶都有五个角,更像枫叶而不像橡树叶。

"现在,你们像这些树叶一样,已被风吹散。"公猫的声音打断了她的思绪。他伸出一只脚掌,将落叶扫到一起,在面前堆成一小堆。另一片五角形树叶落下,像飞蛾一般向公猫飞过去。它比其他的树叶都大。公猫伸出脚掌,把那片树叶从空中钩下来,将它放在树叶堆顶上:"看。"

回声之歌探身向前,兴奋得皮毛发麻。这些树叶的寓意是什么?它们为何是枫叶不是橡树叶?就在她凝视着它们,拼命想要弄清楚它们的寓意时,她看到它们逐渐消失了。

"不!"

幻象越来越模糊。黑暗笼罩了她的视野。它们绝不能现在就消失。她还没弄明白!

"多告诉我一点吧!"她在惊恐中惊醒,猛地抬起头,眨着眼睛望向黑暗,失望涌上心头。她依旧躺在她临时搭建的窝里,雨点敲打着她头顶的杜松树枝。冷水从树叶之间滴落下来,浸透她的皮毛。她颤抖着闭上眼睛,努力回忆幻象中的每个细节。她的心怦怦直跳。星族想告诉她什么?我必须弄清楚!只有悟出其中的寓意,她才有机会找到回家的路。

第一章

赤杨爪将目光投向巫医巢穴口低垂的黑莓屏风。外面，树叶即将飘落到石头山谷中。落叶季来得如此之早！不到一个月之前，他探索返家的时候，天还是湛蓝的，植物还是葱绿的呢。

"赤杨爪！"

松鸦羽严厉的声音将他从沉思中唤醒。他急忙将注意力转回到堆在面前的草药上。

"你应该把蓍草和款冬分开。"松鸦羽用他那双蓝色盲眼怒对着他。

"对不起。"赤杨爪小声道。他做的任何事情好像都不能让松鸦羽满意。他慌忙将又宽又软的蓍草叶从易碎的款冬中分拣出来。

在他旁边，叶池将脚掌伸进洞穴后部的石缝深处，拖出另一卷叶片。"好像只剩这么多了。分拣好这些之后，我们就能定下秃叶季来临之前还需要收集哪些草药了。"

"我们会需要猫薄荷。"松鸦羽说，"如果我们去年采得更多一些，蛛足也许就不会死。"

在巫医巢穴的另一边，荆棘光从她的窝里撑起身子说："我可

雷影交加

以帮着分拣。"

"谢谢。"松鸦羽头也没转地回答她,"但我们这里的猫已经够多了。"他恼怒地抽抽耳朵,又补充道:"还有小幼崽。"

赤杨爪愧疚地看看小枝。小家伙就在巫医巢穴入口边,正玩着一片树叶。她用后腿站立起来,伸出前掌,将树叶打向空中。树叶飘落下来时,她低下头去,用背接住树叶。当树叶落在她肩胛之间时,她开心地咕噜起来。"我只能把她带到这里来。"赤杨爪解释说,"她没有玩伴。"

"百合心的孩子们呢?"松鸦羽厉声说,"他们是她的同巢猫,对吗?"

叶池将一堆百里香推到一旁。"百合心的孩子差不多五个月大了。"她温柔地提醒松鸦羽说,"他们太闹腾了,不适合与小枝一起玩。"

而且他们没兴趣让一只小猫崽跟在屁股后面。赤杨爪很感激百合心,因为她同意养育小枝,并让她与她自己的孩子小叶、小云雀和小蜜一起生活。但是,那些大龄幼崽如果对这位领养来的妹妹多一点耐心就好了。不过他也知道,他们很快就要成为学徒,他们更喜欢学习捕猎和战斗,而不是和小枝一起玩幼稚的游戏。

要是小枝的妹妹小紫罗兰被允许留在雷族和她一起就好了。回忆起影族猫如何冷酷无情地将小枝的妹妹从森林大会上带走,赤杨爪心里就非常气愤。他们满不在乎地将失去父母的两姐妹分开,就因为松针爪——一名影族学徒——曾帮着找到她们。又因为这两只

小猫可能与星族预言有关，花楸星就不容分说地要领一只回影族。

赤杨爪想到这些就怒火中烧：那是我的预言！是我带领的远征队发现了她们两个！但这还不是他对失去小紫罗兰如此愤愤不平的原因。他为小枝感到难过，同样，也为小紫罗兰难过。影族在好好照顾小紫罗兰吗？她有像百合心那样善良的养母吗？赤杨爪回忆起和妹妹烁爪、母亲松鼠飞一起度过的童年，心里暖洋洋的。如果我被迫与她们分开，我会有何感受？

小枝再次将那片树叶打向空中，然后跳起来。当她在空中扭身时，她那根毛茸茸的短尾巴不断摆动着，让自己保持着平衡。她灵巧地用前掌抓住树叶。

"她的动作很敏捷。"叶池赞许地看着小猫。

"她应该到外面去玩。"松鸦羽气鼓鼓地说，"巫医巢穴不是幼崽玩的地方。"

"她可以和荆棘光一起玩。"赤杨爪建议道。

由于后腿残疾，荆棘光必须保持前腿灵活有力，呼吸通畅，与小枝一起追树叶不失为很好的锻炼。

松鸦羽皱皱眉头。但在他开口反对之前，叶池就说道："赤杨爪，这主意不错。"她对小枝喊道："你愿意和荆棘光一起玩吗？"

小枝冲叶池眨了眨眼，欣喜之情在她眼中闪动："我可以吗？"

"当然。"荆棘光咕噜道，"你什么时候想和我玩都可以。"

松鸦羽气呼呼地开始整理那堆纠缠到一起的百里香，"这意味着她还会来得更频繁吗？"

雷影交加

"你生什么气?"叶池斥责他,"她又没碍着谁。"

"我猜,我每天顶多被她绊倒三四次。"松鸦羽讥讽地说。

赤杨爪气得皮毛刺痛。松鸦羽简直就是把"全族群脾气最坏的猫"这个称号当作荣誉了。幸好小枝似乎没听到他的话。她正叼着树叶,开心地穿过巢穴,急匆匆向荆棘光走去。

"做你的正事!"松鸦羽不耐烦地抽着耳朵。赤杨爪不止一次怀疑过这名盲眼巫医能解读他的思想。他收起胡思乱想,让注意力回到蓍草和款冬上。

巢穴入口处低垂的荆棘沙沙作响,让他再次分心。灰条将头伸进来,向松鸦羽眨眨眼睛:"松鸦羽,黑莓星想见你、叶池和赤杨爪。"

赤杨爪的心跳加快:为什么?

他等着松鸦羽说话。但灰条又继续说道:"我能带些紫草根回长老巢穴吗?"灰条长老满怀希望地瞄了草药堆一眼。

叶池歪了歪头:"你的关节又痛了吗?"

"不是我,"灰条说,"是米莉。"

"需要我去给她检查一下吗?"叶池已经在捆扎草药。

"没必要。除非你知道怎样治疗衰老。"灰条走进巢穴,"再说了,我也觉得不该让黑莓星等你们。花楸星在他那里。"

松鸦羽竖起耳朵:"你为什么不早说?"

"我这不是刚说完嘛。"

灰条叼起紫草根时,松鸦羽从他身边挤过,往巢穴入口走去。

小紫罗兰出事了吗？影族族长就是为此才来的吗？赤杨爪看向小枝："你和荆棘光待在一起，好吗？"

小枝点点头。

赤杨爪的心怦怦直跳。他跟在松鸦羽身后，用鼻子顶开黑莓帘，强烈的阳光刺痛了他的眼睛。

育婴室外面，百合心正在黛西身旁伸着懒腰，贪婪地享受着难得的温暖。空气中寒风凛冽，石洞顶上的树枝被风吹得哗啦啦响，但悬壁还是为营地提供了很好的遮蔽。小叶、小云雀和小蜜正在倒下的山毛榉树四周嗅闻着，将鼻子伸进用树叶编结的学徒巢穴墙壁中。

"里面还有很大的空间！"小叶大声说。

"我想睡中间的窝。"小云雀说。

"烁爪和赤杨爪的窝已经在中间了。"小蜜叹息道，"我能看见它们。"

叶池的声音将赤杨爪的注意力从幼崽们的说话声中拉回。"但愿捕猎队早点回来。"她说，"新鲜猎物堆已经空了。"

赤杨爪瞥了一眼那块光秃秃的地面。亮心、白翅和云尾正在旁边踱着步。难道他们出去捕猎却没带回猎物吗？也许他们还没捕猎就遇到花楸星了。他们正眯着眼睛打量着那只肌肉发达的姜黄色公猫——影族族长。他正和黑莓星并肩站在高石台上。

松鸦羽走到他身旁，脊背上的毛直立着。

赤杨爪跟着叶池爬上落石堆，停下脚步。

雷影交加

黑莓星表情严肃地说:"小云快要死了。"说完他向叶池点点头。他知道,这两名巫医已经相识很长时间。

叶池的目光黯淡下来:"他很痛苦吗?"

"曙皮在照顾他。"花楸星对叶池说,"为了减轻小云的痛苦,曙皮给他吃了罂粟籽。但她不知道还能为他做些什么。"

叶池摆动着尾巴。"你们要是数月前就挑选好巫医学徒,"她恼火地说,"那样就有猫妥善地照顾小云了。"

"没有巫医,影族不可能生存下来。"松鸦羽声音低沉地说。

花楸星的毛蓬松开来:"我不是来听你们说教的!"

黑莓星走上前去。"他是来向我们求助的,松鸦羽。"黑莓星用警告的语气说。

赤杨爪看着父亲,被他的威严震慑住了。黑莓星显然清楚,往影族的伤口上涂老鼠胆汁没任何意义,他们需要更温和的方法。赤杨爪迟疑地走上前去,小声问道:"我能帮忙吗?"

松鸦羽摆摆尾巴,示意赤杨爪到一边儿去。"你们不能借我们的学徒。"他敏感而急躁地对花楸星说。

赤杨爪毛发倒竖。为什么不能?反正你也总是抱怨我碍手碍脚。

花楸星皱皱眉头:"我不想要学徒。小云需要妥当的照料。"

赤杨爪气得直抽尾巴。

"我去。"叶池主动说。

"谢谢你。"花楸星向前倾了倾身子,"草心随时可能分娩。褐皮、雪鸟和曙皮可以给她助产,但这是草心第一次产崽,万一出

9

现突发状况，我希望有巫医在一旁帮忙。"

赤杨爪挪动着脚掌。听到影族族长以如此关切的口吻说起自己的族猫，他感觉怪怪的。自从花楸星在森林大会上将小紫罗兰抢走之后，赤杨爪就认定这只暗姜黄色公猫一定是只没良心的家伙。希望从他心中升起。他看错了吗？也许小紫罗兰在影族平安无事，深受喜爱，就像小枝在雷族一样。

"我去拿草药，尽快过去。"叶池转身向落石堆走去。她在岩层顶部停下脚步，回头喊道："赤杨爪，你和我一起去。我需要你帮忙带草药。"

"去影族营地？"赤杨爪惊讶地眨眨眼睛。

"当然！"叶池一甩尾巴。

松鸦羽抖动着皮毛。"你们要把我独自留在这里照料整个雷族吗？"他生气地问。

叶池打趣地瞥了他一眼："我相信你能应付。但别担心，一到影族营地，我会直接打发赤杨爪回来的。"

松鸦羽从赤杨爪身边挤过，跟着叶池走下岩堆。"我想，我最好帮你挑选草药。我可不想让你只给我留下一堆陈旧的艾菊。"

赤杨爪刚要跟上去，却感觉到黑莓星的尾巴搭在他背上："等一等。"

赤杨爪惊异地回头看到，黑莓星向花楸星点点头："你现在应该离开了。你的族群这时一定很需要你。叶池会尽快到你们营地去的。"

雷影交加

花楸星点点头:"感谢你的帮助。"赤杨爪不知道是什么促使花楸星来雷族求助的。影族猫可不是以谦逊礼让而闻名的。花楸星高扬下巴,从赤杨爪身边走过,跳下落石堆,穿过空地,离开白翅、亮心和云尾好奇的视野,消失在荆棘通道中。

赤杨爪看着黑莓星,满脸期待。他为什么让我等一等?原来他真有小紫罗兰的消息?

"我要派出一支队伍。"黑莓星温和地说。他的目光闪烁着,越过了赤杨爪,仿佛在查看下面的空地上是否有猫在抽动耳朵。但白翅和亮心正在互相交谈,两只猫的脑袋靠得很近。云尾已经跟在花楸星后面走出营地。百合心和黛西正在打瞌睡,小猫崽们正顺着倒地的山毛榉树爬来爬去。黑莓星继续说道:"去寻找天族。"

赤杨爪的心跳猛地加快。感谢星族!他寻找天族的探索以失败告终。邪恶的泼皮猫已经将失散已久的天族从他们在河谷中的家园里赶出去。他找到了一位天族幸存者,但泼皮猫的首领暗尾将那只猫杀了。他没发现其他天族猫的踪迹。

星族的预言从一开始就颇为费解:拥抱你们在暗影中的所得,只有它们能驱散天空的阴霾。但这个预言却促成了那次探索,因为黑莓星和沙风认定他们必须找到天族。可赤杨爪和松针爪却找到了小枝和小紫罗兰,她们被遗弃在一条昏暗的通道里。现在,每一只猫都相信,这两只没有母亲的小猫能"驱散天空的阴霾"。但赤杨爪却禁不住想知道,他们究竟是否仍需找到天族。不过,他倒是乐于把他已经开始的探索完成。"我能去吗?"他问。

猫武士
MAOWUSHI

"我决定派松鼠飞、狮焰和炭心去。"黑莓星告诉他,"我们需要你留在这里。"

"可他们甚至不知道天族的存在。"赤杨爪指出。

只有火星和沙风知道真相。鉴于族群曾将天族逐出森林这一不光彩的久远历史,火星只向他最信任的猫透露过天族的秘密。但沙风已经把这个秘密告诉了黑莓星。现在,赤杨爪、烁爪、樱桃落和鼹鼠须也知道了。火星肯定不想让更多的猫知道这个秘密吧?

"我已经告诉他们了,"黑莓星说,"他们不可能去找一个从没听说过的族群。但是,我已经下令,让他们严格保守秘密。其他族猫只知道他们要去找小枝的母亲。"

赤杨爪一愣。那一定不能让小枝知道这事。不能让她再燃起希望。当他找到小枝和小紫罗兰时,她们才出生几天。没有任何猫后会抛弃那样年幼无助的幼崽,除非她别无选择,或者已经死去。

黑莓星挪了挪脚掌:"大家都和你一样担心,都不愿意让小枝空欢喜。没有猫会告诉她的。小枝只会知道有几只猫出去……巡逻了。"

赤杨爪向石头山谷上方看去,回想起去河谷的漫长旅程:"你认为他们能找到天族吗?"

"只有星族知道。"黑莓星向赤杨爪眨眨眼睛,"你最好回去做自己的事。好像有猫在等你。"

赤杨爪回过头,顺着黑莓星的目光看去。他以为会看到松鸦羽不耐烦地召唤他,但是他却看到了小枝。小家伙正不耐烦地在空地

雷影交加

边上挪动着脚掌,眼睛紧盯着他。她在那里多久了?她偷听到了他们的谈话吗?

黑莓星转身向他的巢穴走去时,赤杨爪也从落石堆上爬了下来。

小枝蹦蹦跳跳地穿过空地来接他。"叶池说你要去影族,"她激动得两眼放光,"我能去吗?"

赤杨爪向她眨眨眼睛,希望她能够去。自从半个月前她们被分开之后,她就再也没有见过妹妹。一时间,赤杨爪不知道是否该去向叶池或者黑莓星请求批准。然后,他又想象着松鸦羽怒容满面的样子:带着一只幼崽去治疗一只濒死的猫?简直就是瞎胡闹!决不能允许这样的事情发生!

"我能去吗?"小枝又问了一声,还满怀希望地抬起前掌。

"不能。"赤杨爪遗憾地告诉她,"你太年幼,不能离开营地。"小枝的绿眼睛难过地闪动着。

"对不起——"赤杨爪刚开口,小枝已向育婴室跑去。

"在那里等着!"小枝一边跑一边向他喊道,"我马上就回来!"

赤杨爪看着小枝离去,猜测着她要做什么。

在长老巢穴的金银花围墙边,有一小片洼地,上午恰巧能被太阳晒到。灰条正在将紫草药膏按压到米莉的皮毛里。当灰条将药膏涂到米莉的脊背上时,米莉半闭着眼睛,眼里露出愉悦的光。赤杨爪捕捉到灰条的目光,向他点点头。

灰条抬起口鼻,下巴上沾满了绿色药膏。"如果你们在下霜之

前需要帮着采集更多的紫草,就告诉我,"灰条说,"我现在腿脚跑不快,可能捉不到老鼠,但还能拔得起草药。"

米莉咕噜起来。"你明明捉老鼠毫不费力,像任何一名武士一样。"米莉告诉灰条。

"我可以让年轻猫帮我抓,为什么还要自己去劳神?"灰条愉快地回答。

小枝从黑莓搭建育婴室狭窄的入口中挤出。赤杨爪看到她嘴里叼着一根红羽毛。

她向赤杨爪小跑过来,将羽毛放在他脚掌边,说:"你能把这个给小紫罗兰吗?"

"羽毛?"赤杨爪看着羽毛,内心一阵痛楚。这看上去只是一个小小的礼物,但小枝却那样激动地凝视着它。

"他们把小紫罗兰带走之前,她找到过一根。"小枝告诉赤杨爪,"小紫罗兰一直把羽毛放在我们的巢穴里,因为她觉得羽毛很漂亮。这是另外一根。百合心更换窝里的旧垫草时,将小紫罗兰的那一根扔掉了。但我那天在营地边上捡到了这一根。我知道小紫罗兰会喜欢的。"小枝用急切的目光看着赤杨爪:"你会带给她的,对吗?你也会告诉她是我送的对吧?"

赤杨爪愧疚难当,皮毛有些刺痛。要不是因为星族传递给他的预言,各族群就不会争抢这两只小猫。她们就仍然在一起,而不是在不同的族群中生活;她们就能一起玩耍,而不是用羽毛传信。不过至少她们还活着。赤杨爪抖抖皮毛。如果不是因为预言,他和松

雷影交加
LEIYINGJIAOJIA

针爪可能永远也不会发现她们,而她们也就将孤独地死在荒野中。

赤杨爪慈爱地舔舔小枝的头:"我当然会给她。我还要告诉她,你很想念她。"小枝咕噜着用鼻头蹭了蹭赤杨爪的脸颊。赤杨爪叼起羽毛,向巫医巢穴走去。

影族的气味飘进赤杨爪的鼻孔,其中夹杂着浓烈的水晶兰的气味。赤杨爪嘴里叼着的那卷草药让他的舌头感到阵阵刺痛。

赤杨爪和叶池刚刚越过边界,就遇到了由褐皮率领的巡逻队。赤杨爪从她玳瑁色皮毛的斑纹中辨识出了属于父亲的毛色。褐皮是黑莓星的妹妹。赤杨爪第一次意识到,在别的族群里有至亲的感觉有多么异样。他想到了小枝。如果那个至亲是自己的同窝手足,那感觉肯定会更加异样。

褐皮热情地问候他们。"谢谢你们来。"她说着用尾巴示意身旁的一只白色公猫,"帮着拿他们的草药,石翅。"

叶池放下她叼着的那卷草药,让石翅接着:"谢谢你。"

赤杨爪认出了站在他们身边的滑爪。他记得第一次参加森林大会时,见过这只喜欢吵闹的母猫。小枝带给妹妹的羽毛从赤杨爪叼着的那卷叶片中探出一点儿,在他鼻子上拂来拂去,让他鼻子痒痒。赤杨爪满怀希望地看着那名黄毛学徒,以为她会主动帮着拿他叼的草药卷。

滑爪傲慢地瞥了他一眼,迈步走进松树林里。

赤杨爪打了个喷嚏。

猫武士

"我来帮你吧。"褐皮轻轻从他那里接过草药,用牙齿咬着。羽毛飘落到地上,赤杨爪急忙将它叼起来。

褐皮和石翅跟在滑爪身后走进树林。赤杨爪看着那些树干笔直、分布均匀的松树,有些发愣。这是他第一次进入影族领地。他惊异于这里的森林与雷族的如此不同。在雷族,扭曲的树干和低矮的树枝笼罩着坑洼起伏的地面,树上的叶子也早就泛黄,开始飘落。在影族领地,森林地面非常平坦,黑莓丛点缀其间,不时会见到小沟,而且这里好像根本就没有落叶季。松树绵延到远方,浓密的树冠遮天蔽日。经年累月的落叶,让他脚掌下的地面踩上去富有弹性。

叶池轻轻推了推赤杨爪。"别傻看了,跟上去,"她小声说,"我可不希望你迷路。"

赤杨爪连忙往前走,去追石翅。影族武士轻松跃过一棵倒着的大树。赤杨爪从粗糙的树皮上爬过,笨拙地落到地上。叶池轻盈地落在他身旁。

"真不明白我们为什么要向雷族求助。"滑爪大声说。

褐皮抽抽尾巴,但没说什么。石翅只顾往前走。赤杨爪猜测,是他们叼着的草药让他们一直保持着沉默。但他也想知道,对于领着雷族猫去自己的营地,他们是否也打算保持沉默。

叶池哼了一声:"小云需要有猫照顾。"

"我真不明白这是为什么。"滑爪反驳道,"你好像也治不好他。他太老了,早应该加入星族了。"

褐皮停下脚步,低吼一声,放下草药卷。"滑爪,叼着这个。"

雷影交加

褐皮厉声说,"它可以让你把嘴闭上。"

滑爪瞪了影族副族长一眼,但她还是叼起了草药包,竖起尾巴,大步穿过树林向前走去。

褐皮抱歉地看着叶池:"现在的小猫好像根本不懂什么是尊重。"

影族小猫才是这样的!赤杨爪气愤地想。他讨厌有猫把自己与滑爪这样傲慢的毛球混为一谈。他回忆起她和松针爪奚落她们的长老时是多么令他震惊。也许影族猫都这样。松针爪一直喜欢违反守则,所以才会离开影族,跟着他去探索。松针爪。一想到这只年轻母猫,他就皮毛发麻。他情不自禁地钦佩她毫无顾虑的自信。我会在营地里见到她吗?他的腹部一阵紧缩。他曾经相信他们已经在探索中成为朋友,但上次森林大会上,她却充满敌意。万一她现在与滑爪一样不友好呢?

突然,赤杨爪发现其他猫已经走到前面去了,急忙拔腿就跑,一直跑到一道高高的黑莓围墙边才追上他们。褐皮已经消失在通道里,石翅紧跟在她后面。滑爪从叶池身旁挤过,跟着钻进去。赤杨爪跟在叶池后面,刺鼻的影族气味让他心里有些紧张。

钻出通道后,眼前是一片被浓密的黑莓环绕着的空地。营地一端有块大石头,低矮的树枝悬垂在营地上方。赤杨爪扫视营地,想看出巫医巢穴在哪里,希望看到松针爪或者小紫罗兰。但他谁都没看见,只看到空地边上有武士在走动,目光中都透出怀疑的神色。只有一只猫匆匆前来迎接他们。看上去,这只奶油色皮毛的母猫很

高兴见到他们。"感谢星族,你们终于来了。"她欣慰地说。

"曙皮,"叶池迎上她的目光,"小云怎么样?"

"他很痛苦,而我已经没有罂粟籽了。"母猫告诉叶池。

"别担心。"叶池告诉她,"我们带了很多草药来。我会尽量减轻他的痛苦。"

"走这边。"曙皮向黑莓丛中的一个开口走去。石翅先到达那里,将他叼着的那捆草药放在入口处。

滑爪哼了一声,将她叼着的草药吐在地上:"味道臭死了。"

叶池轻轻将滑爪推开,嗅着草药,仿佛在确认它们是否完好无损:"味道并不重要,它们的疗效才是重点。"

"叶池!"一个低沉的声音从空地那边传来。

赤杨爪转过头,看到乌霜正匆匆向他们走过来,他那身黑白相间的皮毛在微风中泛起涟漪。

花楸星也跟了过来,速度稍慢一点。他满眼焦虑,目光阴沉:"叶池,我们需要和你谈谈。"

叶池恭敬地向影族族长和副族长点点头:"但我必须先检查小云。"

影族族长顿了顿。"当然,"他蹲坐下来,用尾巴环绕脚掌,"我们等着你检查完。"

叶池向赤杨爪点点头:"跟我来。"她叼起一捆草药,消失在入口内。

赤杨爪暗自宽慰,终于可以摆脱影族猫的目光了。他跟着叶池

雷影交加

走进巫医巢穴。疾病的恶臭滚滚而来,赤杨爪不由得皱起鼻子。

叶池在小云身旁蹲伏下来。

赤杨爪看着生病的巫医,惊得脚爪都有些刺痛。小云的毛黯淡无光,乱成一团。他蜷缩在一个窝里,看上去小得可怜,窝里的铺草仿佛一个月没换过。他的鼻子苍白干燥,眼睛半闭着,浑浊不清。他每呼吸一次,都伴随着响亮的呼哧声。

赤杨爪小心翼翼地把他带来的羽毛放在用松针铺就的巢穴地面上。

正在这时,曙皮走了进来,眼中闪着忧虑的光。

"谁在负责照料他?"叶池转身面对着她问,"他的窝很脏,而且他需要喝水。"

曙皮缩了缩:"我已经竭尽全力。"

"你就不能派一名学徒去找些干净的铺草或者湿苔藓来吗?"叶池追问道。

曙皮垂下目光:"对不起。"

赤杨爪不禁同情起这只母猫来。她看上去疲惫不堪,愁容满面。换他也不会愿意派滑爪那样的学徒去帮忙做收集苔藓之类的日常任务的。

叶池的目光柔和下来:"我相信你已经尽力。但我们需要让他更舒适一些。"

"我现在就去采集苔藓好吗?"曙皮问。

"暂时不用。"叶池直起身,"我需要和花楸星还有乌霜谈谈,

猫武士

然后我还要去看看草心。"叶池看上去有些担心,好像生怕那位猫后也和小云一样,没有得到妥善的照料。"你先留在这里,等我回来再走。"叶池熟练地解开捆着的草药,抽出几棵艾菊,"把这个嚼成浆汁,设法让小云吞下去。应该可以让他的呼吸困难有所缓解。"叶池把艾菊递给曙皮,走出巫医巢穴。

赤杨爪愣在那里,不知道该做什么好。

"赤杨爪!"叶池的声音吓了他一跳。赤杨爪急忙跟出去,追上她,和她一起走到花楸星和乌霜旁边。空地边上仍有其他影族猫在看着他们,赤杨爪尽量不去理会他们的目光。褐皮站在石翅旁边,看上去很着急。一名单侧耳朵带缺口的深灰色武士正在与一只体态轻盈的白色母猫耳语。两只年轻公猫正蹲伏在新鲜猎物堆边,他们中间摆着一只吃了一半的画眉。

"快点说。"叶池语速飞快地对影族族长说。赤杨爪抽抽耳朵,感到耳尖发烫。巫医可以这样和族长说话吗?

花楸星好像并未生气。他用严肃的目光看着叶池:"有件重要的事情得请你帮忙。"

"那就说吧。"叶池对花楸星说,"我还要去检查草心。"

花楸星和乌霜互相使了几下眼色才继续说道:"我们希望你能同意在我们这里逗留一段时间。"

"只要小云和草心需要我,我就会一直待在这里。"

花楸星凑得更近了一点:"我们希望你能逗留足够长的时间,帮我们培训巫医学徒。"

雷影交加

"你们有巫医学徒了吗?"叶池惊讶地竖起耳朵,"正是时候!他在哪里?或者,你们这次挑选的是母猫?"她急切地扫视着营地。

"小洼是一只公猫,他也还没成为学徒。"乌霜解释说。

"小洼!"叶池难以置信地看着副族长,"你想让一只幼崽掌管你们族群的巫医巢穴?"

"小洼已经六个月大,随时可以和他的同窝手足一起被命名为学徒。"花楸星厉声对叶池说道。

"是小云选的他吗?"叶池问。

"不是。"花楸星挪动了一下脚掌。

"那你们得到了星族传递的信息了?"叶池追问道,"或者,小洼看到了幻象?"

乌霜脊背上的毛泛起涟漪:"我们不知道。"

"你们不知道?"叶池瞪大眼睛问,"那这只幼崽到底和星族有没有过联系?"

花楸星抬起下巴,他的目光生硬起来:"影族必须有巫医。我们决定让小洼成为巫医。我只是在问你是否愿意培训他。"

赤杨爪凝视着叶池。他理解叶池的震惊。随意选只小猫来照料整个族群,这好像的确有些疯狂。叶池会同意帮忙吗?

叶池闭目片刻,仿佛在理清思路。"我想饿猫也只好饥不择食了,"叶池声音低沉地说,"你们需要我逗留多久?"

乌霜回答说:"我们觉得几个月就够了。"

"你们认为那么容易吗?"叶池盯着乌霜。在雷族,巫医学徒

猫武士

的培训时间比武士学徒的长许多个月。"我可不是教他怎样捕鸟。他要学的东西很多,不仅如此,巫医还需要经验——巫医学徒几个月之内积累出的经验远远不够。"

花楸星定睛看着她,说:"正如你刚才所说的,饿猫只能饥不择食。"

叶池抬头看着头顶的松树树冠,仿佛想看看银带是否在闪光。"愿星族眷顾你们。"叶池叹息一声,面对着花楸星说,"好吧,我会留下来,帮你们几个月。但我不能保证这时间足够长。"

"已经很长了。"花楸星压低声音说,"小洼是影族猫。他会学得很快,认真履行职责的。"

叶池直视着花楸星。赤杨爪能感觉到他们之间的紧张气氛,不知道叶池会如何反应。

"赤杨爪,"叶池看着他说,"我去检查草心的时候,你去找些苔藓,在水里浸湿。小云口渴了。"她瞥了花楸星一眼:"影族哪个学徒可以帮忙?"

花楸星转动脑袋,扫视着黑莓围墙下的阴影喊道:"松针爪!"

赤杨爪心跳加快。两只明亮的绿眼睛在低垂的树枝下闪动。一只母猫慢吞吞地钻出来,她的银色皮毛光滑油亮,白色胸脯洁白耀眼。赤杨爪挺直身子,迫使自己脊背上蓬松的毛平顺下来。

松针爪捕捉到赤杨爪的目光,微微点头招呼他之后,才向她的族长走过去:"什么事?"

"跟这名雷族学徒去搜集苔藓,打湿之后带回来,小云要喝水。"

雷影交加
LEIYINGJIAOJIA

花楸星告诉松针爪。

松针爪把目光转向巫医巢穴:"把小云带到沟边去,让他在那里喝水不是更容易些吗?他不比老鼠重多少。"

花楸星气得龇牙咧嘴,怒目圆睁:"照我说的去做!"

褐皮急忙向他们走过来。"松针爪,你又在撒野吗?"她怒视着自己的学徒问。

松针爪假装无辜地瞪圆眼睛:"我只是提个建议。"

叶池蓬松起皮毛,大步走过空地:"我猜育婴室还在老地方吧?"

"是的。"褐皮跟在她后面,"草心在休息。但她胃口不错,也没说有什么地方痛。"

"好。"

两只母猫走开后,赤杨爪看着松针爪:"哪里最适合采集苔藓?"

"整个森林其实就是一个大的苔藓园。"松针爪叹息一声,向营地入口走去,"嗨,走这边。"

"呃——好。"赤杨爪感觉皮毛滚烫,连忙跟上去。她见到我高兴吗?她表现得太随意了,很难说她到底是怎么想的。赤杨爪想找些有趣的事来说,但被松针爪抢了先。"这里的每一只猫都对我印象深刻。"松针爪告诉赤杨爪。他们从黑莓通道钻出之后,松针爪的声音在树林里回荡:"我为影族带回了一只与众不同的小猫。现在,我们也成了预言的一部分。"

赤杨爪没去理会她的炫耀，问道：“小紫罗兰怎么样？她好吗？她安顿下来了吗？”

"我怎么知道？"松针爪说，"她大多数时间都在育婴室里，与松树鼻和她的孩子们在一起。"

赤杨爪心里顿时担忧起来："但她会出来玩，对吗？"

"她当然会出来玩。"松针爪在一棵高大的松树下停住脚步，开始扒下树根间的苔藓，"她是幼崽。幼崽还能做别的什么吗？"

"你和她一起玩吗？"赤杨爪想到了他和小枝一起玩的游戏：抛苔藓球、猫捉老鼠、抓橡子……

"她是一只幼崽。"松针爪扯掉一长条苔藓，扔向赤杨爪，"我不和幼崽玩游戏。"

"但你帮着找到了她。"赤杨爪提醒她，"你不觉得她对你来说很特别吗？"

松针爪看着他："你和小枝玩吗？"

"我有空闲的时候就陪她玩。"赤杨爪告诉她。

松针爪蹲坐下来，看着自己搜集的那堆苔藓："我是在受训成为一名武士，而不是巫医。训练占用了我的全部时间。你到底是不是来帮忙搜集苔藓的呀？"

"我觉得你已经搜集得够多了。"赤杨爪告诉她，"我们现在只需要把它们浸透水。"

"那边有个水坑。"松针爪冲着营地屏障外点点头，"跟我来。"

她昂首挺胸地走开后，赤杨爪一口叼起苔藓，大步追赶上去。

雷影交加

他们走到一个积满雨水的小水坑边,赤杨爪低头将苔藓浸到水里。冰凉的水冷得他鼻子发痛。他重新将头抬起来时,水滴到他胸脯上。

松针爪看着赤杨爪,她那双光彩夺目的绿眼睛打趣地闪动着:"你看上去像水獭。"

赤杨爪脊背上的毛直立起来。他难为情地转过身,径直向营地入口走去。

赤杨爪将浸透水的苔藓送进巫医巢穴时,曙皮站起来迎接,曙皮的嘴上沾满了艾菊的绿色浆汁。即使在滴着水的苔藓的陈腐气味之中,赤杨爪依旧能闻见艾菊的刺激气味。松针爪跟着走进来,站在入口边,好奇地看着生病的巫医。"他看上去好小呀。"松针爪评论道。

"他的毛需要清洗。"赤杨爪将苔藓堆在小云窝边,抓起一团递到病猫嘴边。

小云抽了抽鼻子,但没睁开眼睛。他转过头,无力地舔着苔藓。赤杨爪只好将湿透的苔藓贴近一些,以便水直接流到小云的嘴里。

小云喘个不停,开始吞咽。

赤杨爪转向曙皮:"你要确保他一直都有水喝。"

曙皮点点头,表情内疚:"好的。"

这时,叶池走进巢穴:"草心好像不错。她很快就要生了。"她在赤杨爪身边停下脚步,将耳朵贴到小云胸口听了听:"艾菊已经缓解了他的呼吸困难,我再给他配几种有助于退烧的药。"

猫武士

"我能帮忙吗?"赤杨爪把脚掌伸向草药堆。

"你可以和松针爪一起去找一些铺草回来。"叶池告诉赤杨爪。

赤杨爪失望透顶,皮毛刺痛。他本想让松针爪见识一下他已经掌握了多少巫医的本领。但他没有争辩。他应该全神贯注帮助小云,而不在松针爪面前卖弄。于是,他点点头,向巢穴入口走去。"你知道哪里有干的蕨叶吗?"当走到松针爪身边时,赤杨爪问道。

松针爪没理会他的问题,跟着他走出巢穴:"这样被呼来唤去你不烦吗?"

"我想帮助我的族猫。"

"小云不是你的族猫,他是我的族猫。"

赤杨爪停下脚步,面对着她:"你不想帮他吗?"

松针爪耸耸肩:"我想,但叶池来这里不就是为了帮他吗?"

"可她不能事事都自己做。"赤杨爪感觉心里升起一股无名火。

松针爪凝视他片刻,然后摇摇尾巴:"你想见小紫罗兰吗?"

赤杨爪的心情顿时好起来:"当然想,求你了!"

"她在育婴室里。"松针爪的声音突然欢快起来,"走吧——我带你去那里。"

"等等!"赤杨爪突然想起小枝的羽毛。他转身冲进巫医巢穴,从地上叼起羽毛,并抢在叶池发话之前重新冲出巢穴。他跑回松针爪身边,羽毛在他鼻子前飘动。

"走这边。"松针爪咕噜着穿过空地,走到黑莓围墙上一个凸出来的地方,低头钻了进去。

雷影交加

赤杨爪看着松针爪挤进荆棘之间一个狭窄的入口,就跟着爬进去,全然不顾从皮毛上划过的荆棘。

进去之后,他惊讶地看到一个温馨宽敞的巢穴。一只黑色母猫躺在一个窝里,而一只浅棕色虎斑猫占据了另一个。浅棕色虎斑猫的肚皮被未出生的幼崽撑得滚圆。赤杨爪放下羽毛,看着她:"你是草心吗?"赤杨爪还从没见过这样一只正怀孕的猫,他对她的体型感到震惊,猜想着她的孩子会有多大。

草心疲惫地抬起头问道:"你是谁?"

黑色母猫嘶吼道:"问得好!你是谁?"

"别紧张。"松针爪急忙打圆场,"他是巫医,和叶池一起来的。"

赤杨爪尴尬得皮毛发热。"我还只是学徒。"他更正道,"我想来看看小紫罗兰。"他期待地看着黑色母猫,猜测她一定就是正在哺育小紫罗兰的猫。

"哦,她呀。"松树鼻叹息一声,重新躺进窝里,"她是个有趣的小东西。我一直劝她出去和我的孩子一起玩,但她坚持要留在巢穴里,自己跟自己玩。"

赤杨爪顺着松树鼻夸张的目光,看到一只毛色黑白相间的幼崽正蹲坐在巢穴边上,击打着一根从围墙上伸出来的藤蔓。

"小紫罗兰?"赤杨爪轻声呼唤。她还记得我吗?花楸星将她带走时,她还那么小。

她转过头来,向赤杨爪眨眨眼睛,但眼中没有任何表情。

猫武士

赤杨爪的心收紧了。她独自玩耍，看上去甚至比小枝更寂寞。

"是我，赤杨爪。我带来了你姐姐给你的礼物。"

"我姐姐？"小紫罗兰不解地眨眼看着赤杨爪，"你指的是小狮吗？"

"小狮不是你姐姐。"松树鼻纠正她。

"是小枝送你的。"赤杨爪将羽毛慢慢推给她。

小紫罗兰盯着羽毛，她的皮毛蓬松开来。"是一根羽毛。"她慢吞吞地说。

"是的。"赤杨爪又把羽毛推近一点，"红羽毛，就像你与她同睡一个窝时玩的那根。"

小紫罗兰的眼睛突然亮起来。"我想起来了！"她竖起耳朵，跑上前来，"就是那根吗？"

赤杨爪摇摇头。然后，为了不刺激幼崽，他编了个故事："原来那根弄脏了，所以小枝给你找了一根新的。"

"特别给我的吗？"幼崽有些哽咽。然后，她大声咕噜起来，扑向羽毛，用脚掌夹住羽根，反复舔着羽毛，直到那些毛茸茸的羽支变得又湿又软。"我好喜欢它！"小紫罗兰扬起小脸，看着赤杨爪，"告诉小枝我很喜欢它！"她又突然坐起来："小枝好吗？她长得怎么样？她也有羽毛吗？她的尾巴蓬松了吗？她一直想要一根最最蓬松的尾巴。她尝过田鼠了吗？我想尝尝田鼠，但松树鼻说我还没准备好。"

她的话滔滔不绝地流淌出来，让赤杨爪无法插嘴。我该先回答

哪个问题呢?

突然间,他想到了烁爪。她小时候也非常活跃。他想不出要是没了她无穷尽的问题和新游戏点子他将如何长大。这个念头令他不由得心中一痛。

"小枝的尾巴正一天比一天蓬松。两天前,她尝了第一口田鼠肉。她经常在巫医巢穴里帮我,她还——"

"她要成为巫医吗?"小紫罗兰兴奋地问。

赤杨爪咕噜道:"我不知道。"

"小紫罗兰,"松树鼻向她喊道,"该睡午觉了。"

"但我不困。"小紫罗兰怒视着黑色母猫。

"是的,但草心困了。"松树鼻回应道,"她也不想听你喵呜喵呜说个不停。"

赤杨爪强忍住心里的沮丧。小紫罗兰还很年幼。猫后当然可以对她再温和一点,不是吗?"也许她可以玩她的羽毛。"

松树鼻生气地搓着脚掌。"她该睡午觉了。"她坚持说。

赤杨爪看出,再和猫后争论下去毫无意义。他难过地看着小紫罗兰。"你最好休息吧。"他嘀咕道。他又瞥了松树鼻一眼。那名影族猫后也正用责备的目光看着他。"再说了,我也必须回去了。"

"这么快就要走?"小紫罗兰那双大大的琥珀色眼睛里闪出失望的神情。

"我的族猫们在等着我。"

小紫罗兰期待地看着他:"你会很快又来看我吗?"

猫武士

赤杨爪难过得说不出话来。她应该在雷族，和姐姐一起玩，而不是在这里，在这个不友好的巢穴里。他渴望自己能够帮助她。"我尽力。"

小紫罗兰阴郁地看着他，仿佛不相信他是当真的。"我最好还是去睡午觉吧。"小紫罗兰耷拉下尾巴，转过身，爬进窝里，在松树鼻身边睡下。

赤杨爪用牙齿叼起羽毛，放在她身旁："好好睡觉，小紫罗兰，我会把你的情况都转告小枝的。"

"告诉她，我将成为有史以来最棒的武士！"

"我会的。"赤杨爪竭力掩饰着心里的遗憾，向入口走去。"我们最好去给小云找些铺草。"他告诉松针爪。

"好吧。"松针爪跟着他挤出巢穴，"我从没想到小紫罗兰这么健谈。"

"也许你应该陪陪她。"毕竟，是你找到她还给她取了名字。赤杨爪走过营地。

"也许吧。"松针爪若有所思地说，"有只幼崽成天跟在我屁股后面，那肯定很酷。"

赤杨爪几乎没听到松针爪在说什么。他已经沉浸在自己的思绪中。小紫罗兰好像很寂寞。要是他能做点什么来帮帮她就好了。一个想法突然冒了出来，使他竖起了耳朵。他在营地入口停下了脚步，望向松针爪："我有个主意。"

松针爪急切地回望着他："什么主意？"

雷影交加

赤杨爪压低声音:"我们为何不让这两只幼崽见面?"

"你说的是小紫罗兰和小枝吗?"松针爪面露疑惑,"但怎样才能让她们见面?"

"我们可以约定一个见面的地方,然后晚上将她们偷偷带出来,带到那里。"

"你的意思是秘密见面?"松针爪的眼睛亮起来,"趁着大家都在睡觉的时候?"

赤杨爪点点头,没去理会心中涌起的愧疚感。小紫罗兰的幸福肯定比族群的规则更重要吧?再说了,赤杨爪总是禁不住认为,族群根本不应该将两只幼崽分开。他努力不去想这其实也是为了让他自己有机会再见到松针爪。这不是为了他,而是为了两只幼崽。

松针爪踱着步:"边界附近有个很棒的地方。我们搜集蕨叶时我可以带你去看看。在那个地方见面,简直完美无缺。除了我们,谁也不会知道。"她用一只耳朵朝向还没注意到发生了什么的族猫们,目光因喜悦而柔和了起来。然后,她又转回身,面对着赤杨爪:"你不是也挺喜欢秘密的吗?"

第二章

小紫罗兰挪挪身子，更紧地依偎着松树鼻，但她就是睡不舒服，鼠痕的话一直在她头脑中回响：

但她并不真的是我们中的一员，对吗？

时间已经很晚了，除了在小云遗体边守灵的猫，其他族猫们都在睡觉。就在叶池来到影族两天之后，小云于日落后去世。雷族巫医当时一直守在他身边。影族猫都蹲伏在空地边上，听着他们的巫医越来越微弱的呻吟声，但他们都避免目光接触。

小云死了，我应该难过。小紫罗兰知道，她照理应该悲痛，但她几乎没见过小云。她刚到影族时，小云曾给她做过检查，但当时他看上去就病恹恹的，他酸臭的口气让她浑身发抖。

再者，鼠痕的话仍然在啃噬着小紫罗兰的心，让她无法去为小云哀悼。"但她并不真的是我们中的一员，对吗？"那天早上，她路过长老巢穴时，听到那只瘦骨嶙峋的深棕色老猫这样说。他说的是我。

杂毛反驳道："她肯定是我们中的一员。所以星族才会派松针爪去找到她。"

雷影交加
LEIYINGJIAOJIA

小紫罗兰曾停下脚步,竖起耳朵,希望橡毛会赞同老母猫的意见。但他一直保持着沉默,他的沉默像荆棘一般刺痛小紫罗兰的心。

"松树鼻?"小紫罗兰用脚掌轻轻按按松树鼻的肚子。猫后的那些大龄幼崽整天嚷嚷着他们快要成为学徒,不该再和母亲一起睡觉,已经搬进了育婴室里属于他们自己的独立小窝。草心在睡觉,她那圆滚滚的肚子在斑驳的月光中缓缓起伏。她时而呻吟一声,仿佛在做噩梦。

松树鼻轻声打着鼾。"松树鼻!"小紫罗兰又戳戳猫后。

"什么事?"松树鼻醒来气鼓鼓地说。然后,她又睡眼蒙眬地看看小紫罗兰:"你生病了吗?"

"没有。"小紫罗兰在黑暗中眨眼看着猫后,突然想知道自己是否见过生母的脸。她现在不记得她的样子了。"我要问你一些事情。"

松树鼻打了个哈欠:"不能等到早上再问吗?"

不能。"我真的属于影族吗?"

"当然,亲爱的。"松树鼻挪挪身子,将小紫罗兰往窝边推推,"你不会是想和雷族一起吧?他们就是一窝自以为无所不能的自大狂。"

"但我听到鼠痕说——"

松树鼻打断她:"别听其他猫瞎说。尤其别相信你在长老巢穴听到的话。那些猫整天没事干,只知道瞎说。"

小紫罗兰渴望松树鼻像从前百合心常做的那样把她拉到怀里,

替她舔梳脑门上的毛发。但是，松树鼻嘟囔着翻了个身，很快又打起鼾来。

小紫罗兰把下巴搭在窝边上，感觉到松树鼻的侧腹贴着她的侧腹，一起一伏的。育婴室另一边，草心还在蠕动呻吟。小桦紧紧地缩成一团，口鼻埋在脚掌下；他的四肢在颤动，仿佛正梦到狩猎。小洼的头懒洋洋地耷拉着，嘴微微张开。小石板的身子动了动，但这只灰色小公猫没有醒来。小紫罗兰不禁怀疑是否他们也认为她不属于这里。没准儿所有的影族猫都觉得她不该出现在这里。那花楸星为什么要把我带来？

她努力不去回忆森林大会那晚发生的事。毫无预兆地，影族族长就叼住她的后颈，将她从小枝身边带走。那就像一个可怕的梦，但却不是梦。第二天早上，她醒来时就在这里了，而不是在百合心的窝中。

突然，她想起了她的羽毛。她用爪子扒开苔藓，将羽毛从藏的地方抽出来。她将鼻子埋进柔软的羽毛中，闭上眼睛。闻到的是小枝的气味吗？她深深地吸气，感觉自己放松下来。倦意渐渐袭来，她想象着小枝就睡在身旁。慢慢地，她坠入梦乡。

"小洼！"松树鼻的惊叫声把小紫罗兰惊醒，"快去叫叶池！草心要生了！"

小紫罗兰眨巴着睁开眼睛，心怦怦直跳。松树鼻正蹲伏在草心身旁。草心正在她窝里扭动着。这只浅棕色虎斑猫的呼吸急促吃力，喉咙里发出低沉的吼叫声。

雷影交加
LEIYINGJIAOJIA

小洼冲出巢穴。

"我们跟他一起去。"小桦从他窝里跳出来,小狮紧随其后。他们转眼就消失在巢穴入口。

小紫罗兰眨眼看着松树鼻和草心。我应该做什么?草心的吼叫声变成了哀号。小紫罗兰颤抖着,缩进自己窝里,伏下耳朵。不一会儿,叶池冲进巢穴。月光从黑莓围墙中照射进来,小紫罗兰看到叶池用一只脚掌抚摸着草心剧烈起伏的肚子。

"一切正常。"雷族巫医镇定地说道,"现在,她只需要一些湿苔藓喝水。"

"小紫罗兰可以去采集一些。"松树鼻连忙说。

"小紫罗兰?"叶池转过头,在阴影中眨巴着眼睛,"你在那里吗?"

小紫罗兰把脑袋探出窝边,点点头。

"去学徒巢穴。"叶池告诉她,"你今晚可以在那里睡觉。"

"可是,给草心的苔藓怎么办?"小紫罗兰瞪圆眼睛看着她。

"我已经让小洼去了。"叶池告诉她,"小洼将帮着我接生这些幼崽。"

松树鼻顿时毛发倒竖:"他还不是学徒!"

"他很快就是了,而且他越早开始接受训练越好。"叶池语气坚定地说。她又将尾巴指向小紫罗兰:"你走吧。"

小紫罗兰从窝里爬出来,向入口走去,远离草心可怕的呻吟声让她松了口气。她摸索着钻出巢穴,愣在那里。

花楸星、乌霜、褐皮和石翅都还坐在小云遗体边守灵。遗体躺在营地中间，像石头一般。鼠痕、橡毛和杂毛蹲伏在遗体旁边。

她的心怦怦直跳，赶忙拐了个弯避开那些守灵的猫。但是，随着她离学徒巢穴越来越近，她又担忧起其他事情来。当她告诉滑爪和其他学徒，叶池让她来和他们一起睡时，他们会说些什么？他们可一点都不友好。

一个轻柔的声音从她身后传来："小紫罗兰。我正要来找你。"松针爪从营地边的阴影中走出。

"找我？"小紫罗兰警觉地转过身。我做错什么事情了吗？自从赤杨爪来访之后，松针爪曾和她说过几次话。但在那之前，松针爪几乎从没注意过她。

"我们必须到一个地方去。"松针爪停下脚步，她那双绿眼睛在月光中闪动。

"但叶池让我去学徒巢穴。"小紫罗兰告诉她，"草心要生了。"

"那又怎样？"松针爪耸耸肩，"你可以稍后再去。"

小云的遗体边，褐皮转过头来。当她看到小紫罗兰和松针爪时，眼里闪出担忧的神色。玳瑁色母猫匆匆向她们走过来："小紫罗兰，你为什么在育婴室外？已经很晚了。"

松针爪替她回答说："草心在产崽。"她用鼻子指指育婴室："我来负责照顾小紫罗兰。"

她在说谎。小紫罗兰惊讶地眨眼看着这名学徒。

"那你必须给她找个温暖的窝，让她好好睡觉。"褐皮转身向

育婴室走去。

小紫罗兰很佩服她。褐皮丝毫没有怀疑过松针爪。我要像松针爪就好了。她总是那么自信。

松针爪看着她问:"你准备好了吗?"

准备好做什么?小紫罗兰盯着她,舌头像是打了结,只好点了点头。

"那就跟着我,保持安静。"松针爪向营地围墙走去,钻进黑莓下方月光照射不到的阴影中,"我们一定不能被其他猫看见。"

"为什么?"小紫罗兰悄声问。她心里很紧张。

"我们要去历险。"

"去哪里?"

"营地外面。"

小紫罗兰犹豫不决:"营地外面?"

松针爪转过身将口鼻凑到她面前:"你不会是害怕了吧?"

"我才不怕呢。"小紫罗兰口是心非地说。她不想让松针爪认为她胆小如鼠:"但如果我离开营地,可能会惹上麻烦。"

"和我在一起就不会。"松针爪向她眨眨眼睛。

小紫罗兰挪了挪脚掌。的确如此吗?如果和松针爪在一起,自己就可以离开营地吗?也许这是一个特殊任务。与小云的死有关,或者和草心生幼崽有关。今天什么都很怪。也许现在可以离开营地。

松针爪用尾巴拂过小紫罗兰脊背:"紧跟着我,你就会平安无事。"

松针爪的安抚起了作用。我会平安无事。这话听上去就令她安心。小紫罗兰扬起下巴:"好吧。我们走。"

松针爪咕噜着走进阴影深处。小紫罗兰小跑着跟上她,纳闷儿她们要去哪里。然后,她闻到了熟悉的排便处的气味,意识到她们正向那条可以通往营地后面的狭窄通道走去。

她跟着松针爪钻进通道。黑暗伴着黑莓枝条袭来时,她眨了眨眼睛。不一会儿,她已经来到营地外面。

松针爪闻了闻空气。"来吧,"当她从一束月光中走过时,银色的皮毛闪闪发亮,"跟着我。"

小紫罗兰努力地紧跟在松针爪身后,那些高大的树干一直延伸到悬于头顶的阴影之中,浓密的树冠间漏下点点星火:"哎哟!"

"小心点!"松针爪转头看着小紫罗兰,她的眼睛在黑暗中闪着亮光。

"我没留神脚下。"小紫罗兰承认说。

"你最好开始留神。夜晚的森林是个危险的地方。随处都可能有狐狸。"

狐狸?小紫罗兰胆战心惊地想。她甚至不知道狐狸长什么样。但根据她在育婴室里听到的故事,她知道它们很凶猛。她紧张地往阴影中看,一闻到陌生的气味,她便加快脚步追上松针爪。她已经闻惯了营地里温暖的猫味。但在这外面,无数种气味扑鼻而来,每一样东西都湿湿的、怪怪的。她怎么才能知道附近有没有狐狸呢?她走到离松针爪更近的地方,直到可以碰到她的侧腹。

"给我一点空间吧！"松针爪轻轻将她顶开，"我可不想在去那里的路上不停地被你绊倒。"

"去哪里的路上？"小紫罗兰焦急地看着她。

"这是个惊喜。"松针爪从一根低垂的树枝下钻过，又跳过一道沟。

小紫罗兰在沟的边缘处止步，不知道自己能否顺利通过林地上这道深深的凹陷。她看到沟底有水光，闻上去很臭。她可不想掉下去。她绷紧肌肉，蹲伏下来，轻轻摆动腰臀部，眼睛紧盯着沟的另一边，然后起跳。

她的前掌够到了另一侧的地面，但后掌踩空了。她惊慌失措，用力将爪子插入铺满松针的泥土中，拼命用后腿攀爬，将自己往上拽。

有牙齿咬住她的后颈。她感到自己被拎到了空中。然后，松针爪将她放到地上："如果你连一条小沟都跳不过，这趟旅程永远走不完。"

一只猫头鹰鸣叫起来。小紫罗兰本能地低头躲避，心怦怦直跳："那是什么？"

松针爪打趣地哼了一声："猫头鹰，蟾蜍脑子！你没听说过吗？"

"听说过，但我不知道它们会飞！"她听小狮和小桦讲过，猫头鹰夜里会偷小猫。她还以为它们和狐狸差不多。她竭力抑制住想躲到松针爪肚子下面去的冲动。万一猫头鹰回来怎么办？它完全可能把她攫走，当作新鲜猎物带回自己的窝。

"别担心。"松针爪似乎知道她在想什么,于是对她说,"我能把猫头鹰打跑。"她又在小紫罗兰身边蹲下:"来,爬到我背上来,不然我们没法儿及时赶到那里。"

"及时赶到哪里?"这次神秘历险究竟是要去做什么?

"别再问了。"

在强烈好奇心的驱使下,小紫罗兰把猫头鹰的事抛到了脑后,爬上了松针爪的背。她紧紧抓住学徒猫瘦削的肩膀,将身子紧贴在她脊背上。松针爪小跑起来。"松树鼻让你吃饱了吗?"松针爪揶揄道,"你还没有老鼠重。"

"她给我吃得很饱。"小紫罗兰告诉松针爪。但她仍旧担心自己个头儿太小。万一自己永远长不到族猫们那样大怎么办?那他们永远都会认为自己不属于影族。

松针爪前进得飞快,她纵身跃过一棵倒树,加速冲下斜坡,一口气跳过三条沟壑,小紫罗兰只得紧紧抓住学徒。看着被月光照亮的森林急闪而过,小紫罗兰有些眩晕。她闭上眼睛,像跳蚤那样紧紧贴在松针爪皮毛上。我们要去哪里呀?

松针爪离营地越来越远了。万一有谁注意到我们不见了呢?我们要是迷路了怎么办?小紫罗兰的脑子飞快地转动着。周围的气息开始发生变化。她睁开眼睛,看到笔直的松树已经被弯弯扭扭的橡树和细细长长的桦树替代。森林地面上堆满落叶,陈腐的气味扑鼻而来。"我们这是在哪里?"她战战兢兢地问。

"你不能根据这臭味分辨出来吗?"松针爪慢慢停下,坐了

雷影交加

下来。

小紫罗兰从松针爪肩上滑下来,落到地上,树叶被她踩得吱嘎响。她深吸了一口气。这里有猫的气味,但与影族的味道不同。不过这气味她也感到很熟悉。她眨眨眼睛,回忆了起来。雷族气味!

"我们在雷族领地上吗?"她紧张地四下张望,"万一被巡逻队发现我们怎么办?万一影族猫看到我们在这里怎么办?万一……"

松针爪轻轻地拍了拍她的耳朵:"你哪来那么多万一!没有谁会看到我们。雷族猫在睡觉,我们的族猫在忙着哀悼小云,为草心担忧,哪有心思来巡逻。"

"我们为什么到这里来?"小紫罗兰凝视着松针爪,紧张地抽动着耳朵。

松针爪出神地看着一片凤尾蕨。月光洒落在她们四周。一阵风从沉睡的森林里吹过,树叶飘落下来。

"为什么……"小紫罗兰正要再次发问,松针爪打断她。

"嘘!他们来了。"

"谁?"

"快!躲起来!"

当松针爪向一棵橡树拱形的树根后冲去时,小紫罗兰感觉心都要跳出来了。她小跑着跟上去,气喘吁吁地在学徒身边趴下。她听到了脚步声。你刚才还说他们都在睡觉。但她不敢大声说出来。血液在她的耳中轰鸣。她有探头越过树根向外看的冲动,但她清楚她决不能被发现。

41

猫武士

"松针爪。"一个声音从前面几尾远的地方传来,"你们到了吗?"

小紫罗兰皱皱眉头。她听到过这个声音。她张开嘴巴,让气味从舌头上淌过。是只公猫——她几天前才见过的一只公猫。"是赤杨爪!"她悄悄向松针爪说,不再那么惊慌了,"他在这里做什么?"

"他带了一只猫来见你。"松针爪跳到树根上,摆动着尾巴。"嗨,赤杨爪!"看到赤杨爪惊慌地爹开皮毛,向后退去时,她眼里闪出逗趣的光芒。

"你吓我一跳!"赤杨爪责备地说。

"我有吗?"松针爪无辜地歪了歪头,"你把她带来了吗?"

"带谁来?"小紫罗兰急得皮毛刺痛,爬到松针爪身边,看着赤杨爪。

一个小身影在赤杨爪身后移动,他身旁首先探出了两只耳朵,然后猫的口鼻也露了出来。

"小紫罗兰?"一个微弱的声音从黑暗中传来。

小紫罗兰愣在那里,但脑子却在飞转。可能吗?她从树根上跳下,嗅闻空气。一种陌生的气味扑鼻而来,似曾熟悉又有些陌生。"小枝?"

一双绿眼睛在赤杨爪身旁闪动。然后,一只灰色小猫冲上前来,一头撞向小紫罗兰。小紫罗兰失去了平衡,跌跌撞撞地向后退去。

"是你!真的是你!"小枝用鼻子拱着小紫罗兰的面颊,大声咕噜起来。

雷影交加

小紫罗兰惊讶不已,用力摆脱小枝,从地上跳起来,两眼盯着她。

小枝回望着她:"你还记得我,对吗?"

"当然记得!"小紫罗兰向她眨眨眼睛。一切来得太突然,她有些不知所措。

小枝眼里闪出担忧的神色:"你的确高兴见到我,对吗?"

小紫罗兰欲言又止,各种情绪像暴雨云一般在她心里翻卷。她的高兴无以言表。但小枝会期待什么?她应该如何反应?"当——当然!"她结结巴巴地说。

"你看起来变了,但又好像还是老样子。"小枝脱口而出。她探身向前,嗅着小紫罗兰:"你的味道怪怪的。"

"你也是。"小紫罗兰惊讶了一下,因为雷族气味现在对她而言如此陌生,"你闻上去有蛛丝的气味。"

"你闻上去一股松针味。"小枝绕着她转了一圈,大声咕噜着,用自己的皮毛摩挲着妹妹的皮毛,"又见到你真是太高兴了。我在学着当巫医。我长大后想当巫医学徒,就像赤杨爪一样。赤杨爪是我的朋友。"她看着松针爪:"她是你的朋友吗?"

小紫罗兰紧张地顺着姐姐的目光看过去。如果她说是,松针爪会介意吗?她不想让小枝认为她在影族没有朋友。小枝显然和赤杨爪很亲近。她在雷族可能有很多朋友。"我猜是吧。"小紫罗兰小声说。

"她叫什么名字?"小枝向松针爪眨眨眼睛。

"我叫松针爪。"这只皮毛光滑的银色母猫说着从树根上跳下

来，绕着赤杨爪转了一圈，"你们成功地溜出营地并没被发现吗？"小紫罗兰看到松针爪眼里闪着戏谑的光，她听上去也好像在揶揄赤杨爪。她皱皱眉头。他们是朋友吗？

"我们来玩吧！"小枝的声音让小紫罗兰吃了一惊。一只脚掌砰地击中了她的侧腹。"打中了！现在，你当武士，我当老鼠。"小枝冲向树根，从上面翻过去。

小紫罗兰看着她跑开，不知如何是好。

"是一种游戏，蟾蜍脑子。"松针爪告诉她，"去追她吧。赤杨爪和我说说话。不过别跑远了。这里也有猫头鹰。"

猫头鹰？小紫罗兰心里一紧。

两只小耳朵尖从树根后面显露出来。"来呀，小紫罗兰！来追我！"小枝喊道。她抽动着耳朵，仿佛在引诱着什么。

小紫罗兰兴奋得脚掌痒痒起来。她暂时忘了猫头鹰的事，欢快地尖叫着，跳过树根，扑向小枝。两姐妹在树叶中翻滚起来。

小枝奋力挣脱她："现在，你当老鼠！"

小紫罗兰拔腿就跑，冲向一片黑莓灌木。当她在黑莓中穿行时，叶片从她脸上刷过。她身后的香薇丛一阵沙沙作响，小枝跟着钻了进来。

"我要抓住你！"小枝开心地喊道。小紫罗兰压低身子，在蕨叶中间匍匐前进，直到她感觉到有脚掌轻柔地搭上了她的尾尖。小枝拽了拽她。"现在我当老鼠！"小枝高声叫道，转身挤出去，冲过一片开阔地。

雷影交加

小紫罗兰又去追小枝,心跳得咚咚响。在影族时,她太寂寞。现在,她又和同胞姐姐在一起了。她们玩得那么开心,仿佛自从被强行分开之后她就再也没有做过游戏一样。她感觉快乐就要溢出心房。

她们一直玩到气喘吁吁,才跑到赤杨爪和松针爪面前,停下来。两名学徒还在说话,赤杨爪正瞪大眼睛,用恳切的目光看着松针爪;松针爪来回踱着步,她的尾巴高高竖着。

"我敢打赌,作为老师,褐皮的脾气比松鸦羽的更坏。"

"没有谁能比松鸦羽更暴躁。"

小紫罗兰打断他们:"你们为什么不玩?"

赤杨爪向她眨眨眼睛。"我已经训练了一整天。"赤杨爪告诉小紫罗兰,"累得不想玩。"

松针爪转了转眼珠:"雷族猫都很没趣。"

"不是这样的。"赤杨爪逗弄地用鼻子轻轻推推她的肩膀。

松针爪迈步走开。"走吧。"她向小紫罗兰点点头,"我们最好回家了。"

"家?"悲伤刺痛小紫罗兰的心。难道她和小枝现在不是在一起吗?松针爪把她带到这里不就是因为这个吗?她绝望地向影族母猫眨眨眼睛:"小枝和我们一起回去吗?"

"小枝不能去影族。"松针爪听上去似乎很惊讶。

"那你为什么带我来这里?"小紫罗兰问。她好想哭。

"来见你姐姐。"松针爪耸耸肩,"你们玩得很开心,不是吗?

45

现在是时候回家了。"

当赤杨爪抬起头,透过头顶的树枝仰望天空时,小紫罗兰难过得几乎瘫软下去。"天很快就要亮了。我们应该赶在营地里的族猫苏醒过来之前回家。"

"我的族猫早就醒了。"松针爪抽抽鼻子,"小云昨天去世。老猫们都在守灵。"

赤杨爪黯然神伤:"听到这消息真令我难过。"

松针爪耸耸肩:"其实这也并不让我吃惊。他可能是森林里最老的猫。"她说罢就往坡上的松树林走去,"走吧,小紫罗兰。"

小紫罗兰呆呆地看着松针爪,努力地想弄明白眼前的事情。松针爪为什么要带她来这里,然后又把她带走?

松针爪摆摆尾巴:"我们要在松树鼻发现你不见之前赶回去。"

小紫罗兰的喉头哽住了。她绝望地看着小枝:"你知道我们只是来见见面吗?"

"赤杨爪说过。"姐姐用口鼻轻轻触碰着她的脸颊,"赤杨爪和松针爪想让我们开心。这是他能想到的最好办法。"姐姐温暖香甜的气息吹得小紫罗兰的耳朵直痒痒。小紫罗兰紧紧依偎着她,浑身颤抖。突然,她回忆起睡在姐姐身边,紧紧蜷成一团,倚靠着她柔软皮毛的感觉。

"我们很快就会再见的。"小枝安慰她说。

小紫罗兰不相信:"你怎么知道?"

"因为我们必须见面。"小枝退后几步,她的眼睛瞪得溜圆,

雷影交加

"我们是亲姐妹。"

赤杨爪向小枝点点头。"走吧。我们最好动作快点。"他轻轻用鼻子将小枝推上一道铺满树叶的土埂。

看着赤杨爪领着姐姐翻过土埂,小紫罗兰心里顿时变得空落落的。树叶沙沙响起,他们消失在树木的阴影中。

"不!"她情不自禁地哀号起来。悲痛像冰水一般,从四面八方向她挤压过来。她不得不回到影族,回到没有猫想和她玩的地方,她在那里闻不到姐姐温暖的气息。她将再次孤苦伶仃。

一个温暖的口鼻碰了碰她的头顶。小紫罗兰心里一紧。她抬起头,惊讶地看到,松针爪正用温柔同情的目光看着她。

"别担心,蟾蜍脑子。"松针爪柔声说道。

"但我属于她!不属于影族!"小紫罗兰心中的愤怒汹涌而出,"影族不想要我。那里没有猫关心我。我好孤独!"

松针爪的眼中闪动着和善的光。"我明白那是什么感受,小家伙。"她的尾巴轻柔地从小紫罗兰脊背上拂过。然后,她挺起胸,仿佛做出了重要决定:"但那是可以改变的。从现在开始,我会照料你。你会过上称心日子的。"

小紫罗兰眨眼看着松针爪,在满心的痛苦之中突然升起一线希望。尽管一想到姐姐不在影族,很多影族猫好像根本没注意到她的存在,她仍然很难过,但她从松针爪眼里看到了真诚。也许现在一切都将改变。

也许她现在终于有了一个朋友。

第三章

距赤杨爪把小枝带去和她的手足碰面玩耍已经过去了半个月。当鸽翅顶开门帘让他去高石台那儿报到时,赤杨爪吃了一惊。原来松鼠飞、狮焰和炭心已经返回。

赤杨爪兴奋地跟在鸽翅后面,在落石堆下方与她告别,爬上高石台,向黑莓星、松鼠飞、狮焰和炭心走过去。

"你们找到什么了吗?"赤杨爪一走到他们面前就迫不及待地问。

松鼠飞目光阴沉地看着他。

黑莓星面露忧色:"河谷是空的。"

"空的?"赤杨爪几乎不敢相信自己的耳朵,"我们上次去时看到的那些泼皮猫呢?"他知道黑莓星曾经提醒过远征队成员,他们可能在河谷中发现一些假扮天族猫的泼皮猫。

"那里一只猫都没有。"狮焰确认说。

"有几只流浪猫。"炭心插话说,"但他们都只是路过的独行猫。河谷中也没有任何新做的窝。那些巢穴都已经废弃了。"

赤杨爪的脑子飞速转动着:"但如果泼皮猫走了,天族可能回

雷影交加

到河谷。他们大概没有其他地方可去。"我们或许终于找到暗影中的东西了。"我们应该派远征队重新回去找。"

"没有意义,"松鼠飞告诉他,"我们检查了整个区域。如果仍有天族猫留下来,他们也没在河谷附近。"

"他们如果回那里去,就太鼠脑子了。"狮焰直率地说,"河谷太开阔,容易受到攻击。他们显然无法守卫家园。"

黑莓星皱着眉头:"不知道他们去哪里了。"

"你说谁?"赤杨爪冲他眨了眨眼,"天族吗?"

"泼皮猫。"黑莓星表情严肃地说。

"你不关心天族吗?"赤杨爪怒视着族长。

"声音小一点!"松鼠飞紧张地看了一眼岩石下方的鸽翅。她正仰头看着他们,好奇地睁大了眼睛。刺掌和罂粟霜正在附近梳理皮毛,波弟和灰条在长老巢穴外面闲逛。

黑莓星将目光转向赤杨爪。"我们还能做些什么?"黑莓星看起来很沮丧,"我们已经和天族失去联系。"

松鼠飞看着下面的族猫。狮焰和炭心惊讶得面面相觑。

"这么说,你要放弃预言了?"赤杨爪追问道。

"我们还有那两只小猫,记得吗?"炭心挪了挪脚掌,"她们是在暗影中被找到的。她们可能还要扮演预言中的角色。"

赤杨爪真希望自己能够相信她的话。那两只小猫很与众不同,他确信这一点。她们的确是在暗影中被找到的。但她们不可能是星族预言的全部寓意所在。驱散天空的阴霾又是什么?尽管这样想会

让他觉得有点对不住小枝,但预言肯定和天族有关。毕竟他们是族群猫。他无法相信星族会袖手旁观地任由他们消失。

离开之前,他好奇地看着父亲,但黑莓星避开他的目光。挫败感涌入他的四肢,他只好告辞并回到巫医巢穴。

他仍相信天族就在那儿。但他知道,黑莓星不会改变主意。

"请让一下。"赤杨爪从香薇歌身边挤过。这只浅黄色虎斑公猫挡住了他的视线,让他无法看到小蜜。

"百合心让我把她带到你们这里来。"香薇歌又解释说。

"我知道了。她肚子痛。"松鸦羽向香薇歌摆摆尾巴,"你已经告诉过我们。"

香薇歌绕着黄白色小猫转圈,他的毛因焦虑而竖立着:"百合心正忙着照料其他孩子。小蜜一早上都很难受。我本来要和藤池出去捕猎,但百合心让我——"

"把她带到这里来。没错!我们知道。"松鸦羽用鼻子碰了碰小蜜的头,"赤杨爪,来检查一下她是否发烧。"

赤杨爪再次从香薇歌身边挤过,心里希望这只公猫能离他们远一点。

荆棘光似乎能读懂赤杨爪的心思,她躺在窝里喊道:"香薇歌,到这边来,让他们好好检查她。"

香薇歌心神不定地走到她身边:"我只想确认小蜜是否没事。"

"她就是肚子痛而已。"松鸦羽嘟囔道,"她会好的。"

雷影交加

"可是真的好疼啊。"当赤杨爪嗅闻小蜜的头顶时,她哀号道。

松鸦羽没理会她。"怎么样?"松鸦羽考问赤杨爪,"她在发烧吗?"

"没有。"赤杨爪又嗅了嗅,感受着小蜜皮毛的热度。这样的体温正常吗?自己的判断正确吗?也许小蜜的确在发烧,是自己太鼠脑子了检查不出来。

"好。"松鸦羽说,"肚子痛但不发烧,意味着她可能吃错了什么东西,或者吃了太多喜欢吃的东西。"他用脚掌抚摸着小蜜的肚子:"你今天吃了什么?"

"我和小叶还有小云雀分享了一只兔子。"小蜜告诉松鸦羽。

"小枝吃了吗?"赤杨爪问。万一她也肚子痛,却害怕麻烦别的猫呢?

"她吃了一只田鼠。"

松鸦羽生起气来:"别为小枝瞎发愁了,把注意力集中到病猫身上。"他怒气冲冲地对赤杨爪说道:"摸摸她的肚子。肿胀吗?"

赤杨爪用脚掌抚摸小猫圆鼓鼓的侧腹,不知道那种紧绷是否正常。"摸上去有点胀?"赤杨爪迟疑地猜测道。

松鸦羽烦躁地抽动着耳朵:"是的。我们该怎样治疗她的腹痛?"

赤杨爪的脑子仿佛突然结冰。他感觉荆棘光和香薇歌的眼睛都正盯着他。小蜜也期待地眨眼看着他,她那双绿眼睛里还是闪过一丝痛苦。

松鸦羽那双盲眼仿佛能灼烧赤杨爪的皮毛:"嗯?"

赤杨爪再次祈愿松鸦羽不要这么暴躁。要是他不这么让我紧张,我就能回忆起更多的知识了。"山萝卜。"赤杨爪脱口而出。

"好。"松鸦羽听上去很满意,"去拿一些来。"

"有用吗?"小蜜急切地问。

"当然有用。"松鸦羽告诉她。

赤杨爪把脚掌伸进巢穴后部的石缝中。那里的库存很多。在他带小枝去见妹妹之后的半个月里,他和叶池已经采回了他们能够找到的全部草药。一天天地,早上的露水越来越重,空气中的寒意也越来越浓。不久之后,草叶遇到第一场霜就会打蔫儿,他们必须提前储备在漫长的秃叶季里所需要的宝贵草药。

他的脚掌尖碰到了那捆山萝卜柔软的叶片,将它抽出来。他取出几小枝药草,思绪飞到采集它们的那天早上。橙红色的太阳刚刚冒出地平线,微弱的热量几乎驱不走他皮毛中的寒气。森林的气味令他头昏脑涨。枯萎的香薇和腐朽的树叶的气味充斥着他的鼻孔。

"快点!"松鸦羽不耐烦地抽动着尾巴,"真不知道你究竟出了什么毛病。自从松鼠飞回来之后,你就一直心不在焉。"

松鼠飞。赤杨爪惊讶地抬起头。他根本没有意识到,原来自己对母亲没能找到的东西是如此在意,而且表现得如此明显。

"赤杨爪!"松鸦羽刺耳的声音将他拉回到现实中,巫医的耳朵正指着他,"看在星族的分上,你到底在干吗?"

"我在为小蜜摘叶子。"赤杨爪迷惑不解地盯着他,"山萝卜可以治疗肚子痛。"

"起作用的是根,不是叶子。"松鸦羽一把抢过那捆山萝卜,掐下根,把它滚向小蜜,"把这个吃了。"

小蜜紧张地看着它:"它是什么味道呀?"

"别管它什么味道。"松鸦羽呵斥道,"它能让你的肚子不再那么痛。"

小蜜紧张地蓬起皮毛,用牙齿叼起山萝卜的根,开始咀嚼。草药的刺激气味让她的小脸皱成一团,赤杨爪不禁对她深表同情。但她坚持咀嚼下去,还偷偷看着松鸦羽,仿佛生怕她一停嘴,松鸦羽就会训斥她。终于,她将嚼碎的根吞了下去。

"很好,"赤杨爪急忙走到她身旁,用尾巴抚摩她的脊背,"你很快就会感觉舒服些了。"

外面响起脚步声,黑莓开始摇晃。小枝冲进巢穴,嘴里叼着的老鼠晃来晃去。

当幼崽疾步穿过巫医巢穴,将老鼠放在荆棘光窝边时,松鸦羽一直皱着眉头。

"我给你带猎物来了。"

荆棘光咕噜起来:"谢谢你。但你没必要帮我拿。你知道的,我可以自己到新鲜猎物堆那里去。"

"我知道。"小枝开心地尖声说道,"但狩猎队刚刚回来。老鼠还是热的。"

香薇歌抽抽鼻子。"这倒提醒了我。藤池还在等着我呢。"他向小蜜眨眨眼睛,"你感觉好些了吗?"

小蜜正在清洁脚掌,她用力舔着它们,仿佛要把舌头上的山萝卜味清理干净。她停顿下来,看着香薇歌,然后打了个嗝儿:"是的,我觉得好些了。"

小枝蹦跳着向小蜜跑过去。"小云雀和小叶要去倒下的桦树后面的蕨丛中探险。他们让你快点去。"她期待地看着小蜜。小蜜比小枝大三个月,个头儿差不多是小枝的两倍:"我也能去吗?"小枝问道。

"那不是小猫玩的游戏。我们要练习狩猎。"小蜜告诉小枝,"小叶昨天抓了一只青蛙。如果你跟着去,会把猎物吓跑的。"

"不,我不会的!"小枝气得瞪圆了眼睛。

赤杨爪心里再次涌起同情:"我相信小枝能保持安静的,小蜜。"

松鸦羽哼了一声:"小枝从来就不安静,而且总是碍手碍脚。"

"不是这样的!"小枝怒视着松鸦羽,"我帮了很多忙。"

正当她为自己辩护时,巢穴入口的黑莓沙沙响起。藤池走进来:"你准备好去狩猎了吗,香薇歌?"

香薇歌向藤池眨眨眼睛,目光炯炯。"准备好了。"香薇歌开心地说。

"太好了。"松鸦羽的爪子用力戳着散落在地上的山萝卜枝叶,将它们拢到一起。赤杨爪看得出他的皮毛正因恼怒而耸动着。"去狩猎吧。顺便把这些幼崽都带走。"

雷影交加
LEIYINGJIAOJIA

"小枝不能跟我去!"小蜜抗议道,"她太吵闹了。你自己也总是那么说的,松鸦羽。"

小枝气得毛发倒竖,但盲眼巫医直接把头转开了。

荆棘光用前腿支撑起身子。"跟我来,小枝。"她说,"我们可以把这只老鼠带到外面去,再为你挑选一些猎物。"

香薇歌让到一旁,荆棘光吃力地爬出窝,拖着无力的后腿向巢穴入口爬去。

当小枝跟上去时,赤杨爪在她身后喊道:"也许你晚些时候可以再来帮我们。"

"不!"松鸦羽对他怒目而视,蓝色的盲眼闪动着,"我们有工作要做。"

赤杨爪缩着爪子,对巫医的反应感到愤怒。小枝恨恨地瞥了松鸦羽一眼,跟着荆棘光走出巢穴。

藤池同情地看看赤杨爪:"走吧,香薇歌。猎物不会自己找上门来。我已经答应灰条要给他抓一只鼩鼱。"

赤杨爪几乎没听到藤池的话,他在生闷气。两名武士离开后,他转身直面巫医。这次,他已经气得七窍生烟,不打算再战战兢兢地蹑足绕着松鸦羽转圈。"你没必要对小枝这样刻薄。"赤杨爪怒吼道,"你看不出她没有一个玩伴吗?"

松鸦羽僵了一瞬,眯起眼睛。

赤杨爪看到松鸦羽的耳朵伏下来,有些紧张。他太熟悉这个肢体语言。但他已经不在乎了。他必须把话说出来。

"别告诉我该怎样做!"松鸦羽嘶吼道,"我已经熟悉草药,我能治疗我的族猫。而你却不应该在那只小猫身上浪费那么多时间,你应该花更多精力专注于你的训练。"

挫败感像利爪一般戳着赤杨爪的肚子。他为什么没记住山萝卜的根才能治疗肚子痛,而不是它的叶?他愤恨地甩动着尾巴。如果松鸦羽没有像暴怒的狐狸一般步步紧逼,他根本不会忘记。"我会更加努力。"赤杨爪咬牙切齿地说,"但我表现不错,不是吗?族群里没有其他猫怀疑我。他们重视我。毕竟,收到星族预言的是我。"

"巫医的职责不仅仅是传递星族的信息。"松鸦羽嘶声说,"星族不会告诉你怎样疗伤,或者治疗胸腔感染。你必须自己学。这需要付出努力。而且这才是你为族群所做的最重要的事。它有一天能帮你挽救生命。"

松鸦羽的话句句灼烧着赤杨爪的心。有关沙风的记忆从他脑子里闪过。她受伤之后,我是不是本可以为她多做些什么?沙风曾在一个梦里造访他,告诉他她的死不是他的错。但沙风也可能只是在安慰他?也许她本不必死去。

他回想起在沙风身旁醒来,发现沙风的身体已经冰凉时的感觉,不禁打了个寒战。这时,营地里传来雷鸣般的脚步声。

"黑莓星!"鼠须的声音在空地里回响。

松鸦羽冲出巢穴。赤杨爪紧随其后,他的心怦怦直跳。发生什么事了?

雷影交加

鼠须和云尾站在空地里,他们的皮毛岔开。族猫们纷纷围过去。烁爪放下正在吃的老鼠,匆匆走到他们身边。蕨毛和桦落从地上跳起来,狮焰、罂粟霜和玫瑰瓣从武士巢穴里冲出。

"出什么事了?"黑莓星从高石台上跳下,他脊背上的毛直立着。

"我们边界内正在发生战斗!"鼠须气喘吁吁地说。

"是风族!"云尾补充说,他的侧腹剧烈起伏着。

灰条也跳起来,伏下耳朵:"是入侵吗?"

"不是!"鼠须转向长老巢穴,"风族猫在打泼皮猫。"

泼皮猫?赤杨爪僵在那里。什么泼皮猫?

刺掌用力一甩尾巴:"如果风族想打泼皮猫,他们可以在自己的领地上打!"

黑莓星凝视着云尾:"你们不能把他们赶出去吗?"

云尾摇摇头:"太多了。泼皮猫看上去很凶恶。我觉得风族需要帮助。"

赤杨爪惊得毛皮刺痛。如果发生战斗,就会有猫受伤。他们需要什么草药?他急忙在脑子里回忆草药名称:金盏花、橡树叶、一支黄花,还有紫草根。

黑莓星点点头:"云尾、桦落、狮焰和玫瑰瓣,跟我走。"

"我也去。"松鼠飞走上前。

"还有我!"烁爪连忙站到母亲身边。

"你们俩可以和其他猫一起守卫营地。"黑莓星告诉她们,"等着我们的消息。让幼崽都待在育婴室内。"他又瞥了灰条一眼:"长

老们也待在巢穴。那是最容易守卫的地方。"

赤杨爪迷惑不解地思考着。战斗为什么发生在他们的领地上？是风族在入侵，还是泼皮猫在入侵？

"赤杨爪和我跟你去。"松鸦羽紧紧盯着黑莓星，他那双蓝色盲眼目光镇定，"会有猫受伤。"

赤杨爪心跳如雷。这是他参与的第一场战斗。他已经掌握足够多的知识了吗？会有猫受伤很重吗？他心里既害怕又兴奋："我要带草药去吗？"

松鸦羽摇摇头："我们可以利用在现场找到的草药，并把受伤的猫送回营地。"

黑莓星微微点头，向荆棘屏障冲去，消失在通道里，云尾跟在他后面，桦落、狮焰和玫瑰瓣紧随其后。

赤杨爪目送他们离开。当他看到松鸦羽闪身从他身旁冲过，一头钻进通道时，惊得目瞪口呆。他无法想象盲猫奔跑是什么感觉，但松鸦羽冲出营地时，一步也没走错。战斗队正往小山坡上飞奔。松鸦羽紧跟在他们后面，他的鼻子几乎碰到了玫瑰瓣的尾巴。他仿佛能感应到森林，灵巧地跳过树根，绕过黑莓丛。赤杨爪飞跑着跟上了他。

前面，尖叫声和嘶吼声响彻树林。

当他们跑到森林边一座小山坡的顶上时，赤杨爪感觉胸部火烧火燎。鼠须最先冲上坡顶，他停下脚步，向坡下看去。黑莓星在他身边停下，循着他的目光看过去。

雷影交加

赤杨爪追上他们,看到了下面的战况。他看到燕麦掌、烬足、荆豆皮和一星显然正在殊死搏斗,震惊地耸起皮毛。尖叫声撕裂长空,猫毛像斜阳中的蓟花冠毛一般乱飞,微风中弥漫着鲜血和恐惧的气味。

"风族寡不敌众。"桦落气喘吁吁地说。

"被泼皮猫围攻?"玫瑰瓣惊声问道。

有时,一两只独行猫会从森林里路过,但已经很久没有成群的泼皮猫胆敢越过族群边界。

"去帮他们!"黑莓星一声令下,冲下山坡。

他的族猫们呈扇形散开,跟着黑莓星向鏖战的猫儿们冲去。黑莓星最先冲到泼皮猫中间。泼皮猫皮毛残破,尾巴蓬乱,但作战时动作和鼬鼠一样灵活。他们凶恶的号叫声在树林里回荡,他们身上的麝香气味直扑赤杨爪的鼻孔。黑莓星挥舞脚掌,将爪子插入一只泼皮猫的皮毛中,怒吼一声,将那只公猫从燕麦掌身上拖开。

云尾插入一只虎斑猫和荆豆皮中间。那只泼皮虎斑猫嘶叫着转过身来,低头撞向他的腿,将他掀翻在地。然后,泼皮猫直立起来,狠狠用脚掌踩踏云尾的脊背。

"从他身上滚开!"桦落一口咬住泼皮虎斑猫的后颈,低吼着,用力将虎斑猫甩到一旁,云尾趁机翻身爬起。

玫瑰瓣与一只脏兮兮的白色母猫扭打在一起,桦落看准一只黑色母猫猛揍。狮焰嘶吼着跳落到一只银灰色公猫身上。

赤杨爪看着眼前的一切,参战的欲望令他脚掌发痒。但他从没

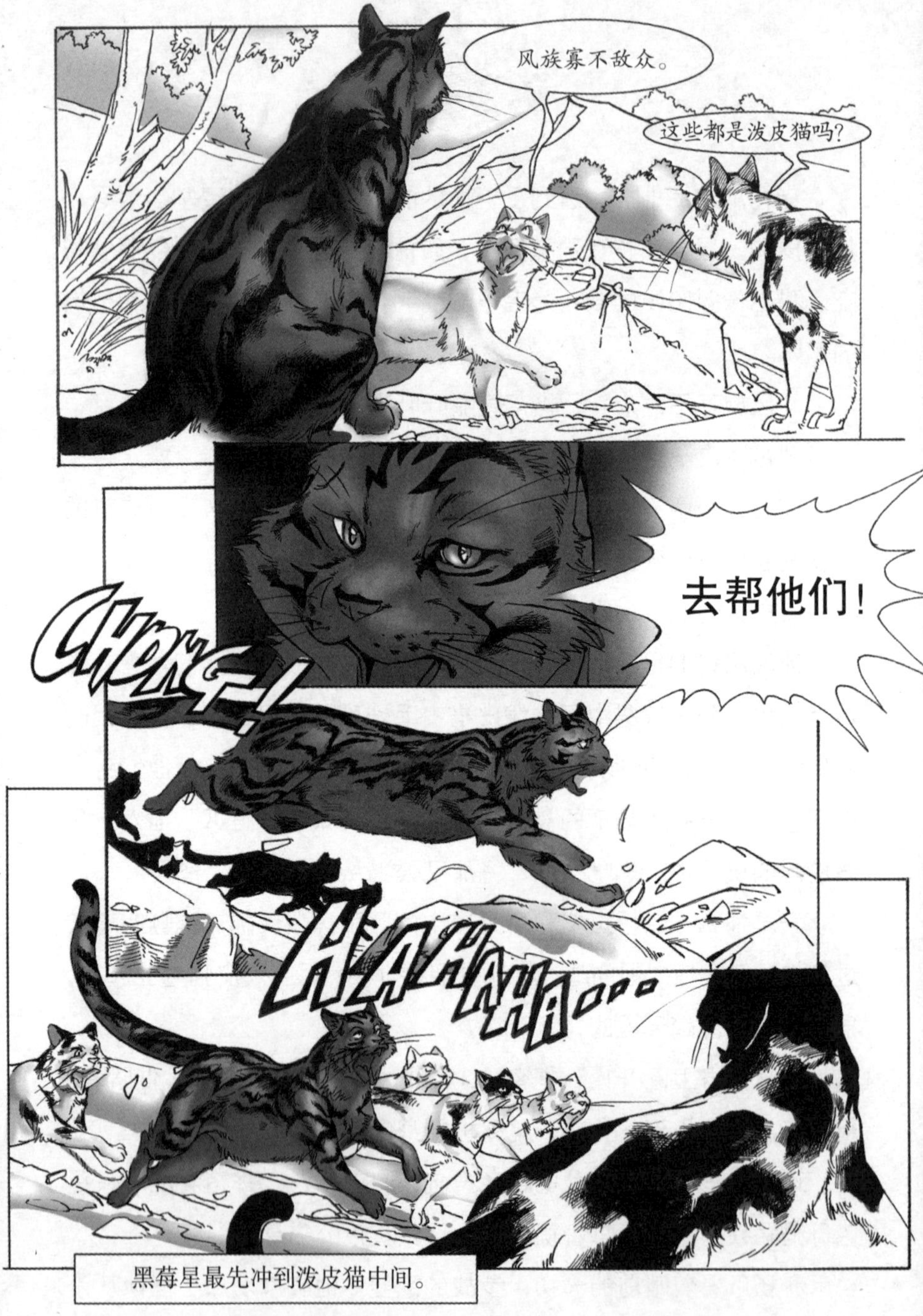

风族寡不敌众。
这些都是泼皮猫吗?
去帮他们!
CHONG!
HAAAAAoooo
黑莓星最先冲到泼皮猫中间。

泼皮猫皮毛残破，尾巴蓬乱，但作战时动作和鼬鼠一样灵活。

族猫们呈扇形散开，跟着他向鏖战的猫儿们冲去。

学过格斗动作，帮不上忙。愧疚感在他腹中翻涌。

烬足在黑莓星身旁直立起来，将一只肌肉结实的白色公猫打回边界上被踏平的凤尾蕨中。

燕麦掌站稳脚跟后，冲过去帮助玫瑰瓣，将白色母猫死死压在地上。

"别打了！"白色公猫避开一击，怒视着黑莓星。听到他的命令，其他泼皮猫都停顿下来。

赤杨爪顿时僵在那里。他们不是普通的泼皮猫。他的心似乎跳进了嗓子眼儿。暗尾！他认出了将天族赶出河谷的那群猫的首领。

黑莓星狂甩着尾巴，他犀利的目光依次从每只猫身上扫过。"放开他们。"他对自己的族猫们喊道。

云尾松开虎斑猫，玫瑰瓣和燕麦掌从母猫身边退开。狮焰和桦落保护性地站在烬足和荆豆皮前面。他们都怒视着挤作一团的泼皮猫，眼里闪着仇恨的光。

现在，赤杨爪可以更清楚地看到泼皮猫了。其他一些猫看起来也很熟悉。灰色的长毛公猫是雨；黑色长毛母猫是渡鸦。他们旁边是一只银灰色公猫和一只皮毛凌乱的白色虎斑母猫。在他们一旁蹲伏着的，是一只虎斑猫，他的耳朵伏平，颈毛高高竖着。其他的猫在哪里？河谷中的猫不止这么多。他焦急地扫视林下灌木。其他的猫也到湖边来了吗？他们在等着加入战斗吗？

"怎么回事？"松鸦羽突然把口鼻转向赤杨爪，"你认识他们？"

赤杨爪向巫医眨了眨眼。"我——我以前见过他们中的一些。"

雷影交加
LEIYINGJIAOJIA

赤杨爪结结巴巴地说,"上次探索的时候。"他说话的时候,暗尾捕捉到他的目光。泼皮猫首领对他怒目而视,眼里闪出凶光。

赤杨爪有些害怕。他认出我了。当暗尾的目光和他的目光相交时,他竭力抑制住想往后退的冲动。

"松鸦羽!"黑莓星冲着坡上喊道,"我们需要帮助。有些风族猫受伤了。"

松鸦羽冲下山坡。紧迫感驱策着他的爪子,赤杨爪摆脱暗尾逼视的目光,跟着老师跑去。

"离开这里!"黑莓星向挤在一起的泼皮猫走过去,"趁着我们还没把你们的皮撕掉。"

赤杨爪看着暗尾将目光转到雷族族长身上。他会如此轻易地认输吗?

泼皮猫的首领低声咆哮,他的牙齿闪着血光:"这不会是我们最后的碰面。我们是带着使命来到这里的,因为我们对你们所谓的族群的了解,比你们想象的要多得多。"

当泼皮猫首领转身钻进蕨丛中离去时,赤杨爪感觉恐惧像冰水一般顺着他的脊柱流淌。他的同伙低吼着跟随首领离开了此地。他指的是我在河谷告诉他的一切吗?想到这群泼皮猫可能是尾随他们来到湖边的,赤杨爪打了个寒战。

黑莓星扫了一眼他的武士们:"有谁受伤吗?"

"我没事。"云尾用脚掌摸了摸血淋淋的耳朵尖。

"我只是被抓了一两下。"玫瑰瓣报告说。

狮焰正舔着他身上的几处伤口，但赤杨爪从他所站的位置看到，那些伤口都是很浅的抓伤。

"赤杨爪，去找些蛛丝。"

听到松鸦羽的命令，他飞快地跑向一棵树的树根，那里蜘蛛网密布。当他扯下一条条长长的蜘蛛网带回给松鸦羽时，他的脚掌在颤抖。

雷族巫医正俯身检查燕麦掌。风族公猫无力地躺在那里，鲜血正从他侧腹上深深的伤口中往外渗。"用蛛丝覆盖住伤口，止住出血。"松鸦羽命令道，又从赤杨爪那里拿过一团蛛丝，向烬足走过去。

赤杨爪按照松鸦羽曾经教过他的那样，将剩下的蛛丝铺在燕麦掌的伤口上，又将它们轻轻按压进最深的伤口中。

"一星伤势严重。"桦落探身看着那只棕色虎斑公猫说。

当松鸦羽疾步赶去察看时，赤杨爪瞥了一眼风族族长。他正侧身躺在地上，浑身的毛被鲜血糊作一团。

赤杨爪急忙敷完燕麦掌的伤口。"待着别动，直到不再流血。"他叮嘱完之后才去帮助松鸦羽。

一星一动不动地躺着，就像新鲜猎物一般。他脖子下方浅棕色的皮毛上有一道血淋淋的口子。"我去找更多的蛛丝来。"赤杨爪喘息着说，"他在流——"

他的话音未落，身后传来呻吟声。他转头看去，荆豆皮挣扎了一下，又瘫软下去。

"荆豆皮！"赤杨爪向她冲过去。他看到母猫的侧腹向上一鼓，

雷影交加

然后瘪了下去。他感到喉咙发紧:"她死了!"

"死了?"黑莓星冲到赤杨爪身边。他的毛奓开着。

桦落和玫瑰瓣慢慢走过来。燕麦掌抬起头,凝视着倒下的族猫,他的眼睛因惊愕而瞪得浑圆。

烬足一瘸一拐地走近。"他们杀了她?"烬足难以置信地说。

赤杨爪寻找伤口,在荆豆皮的脊背上发现了咬痕,她的侧腹上也有抓伤。然后,他看到了荆豆皮后脑勺上那个不祥的肿块。"她一定是撞到头了。"他扫视地面,第一次注意到森林地面上有突出的尖锐岩石,它们大半都深埋在地下。旁边的一块岩石上正沾着鲜血和猫毛。他偷眼向松鸦羽看去。

巫医一动也没动。他的那双盲眼已经转向一星。鲜血正从风族族长喉咙里涌出来。

赤杨爪用脚掌摸摸荆豆皮已经没有生命力的身体。他已经帮不上她什么了,但他也许能够帮助一星。"我去找蛛丝。"他向树根走去。

"不。"松鸦羽的声音很低沉。

"但他在流血!"赤杨爪冲到老师身边。

一星身旁的地面已被染成红色。他喉部的毛呈现出深红色,反射着微光。

松鸦羽为什么不采取任何措施?赤杨爪感觉喉头干得发紧:"我们必须帮助他!"

"我们无能为力。"松鸦羽轻声说。

赤杨爪抬头看去。云尾和玫瑰瓣已经退开,他们都瞪大了眼睛。黑莓星没有动弹。他正盯着风族族长,他那双琥珀色的眼睛目光黯然,阴沉如黑夜。当燕麦掌摇摇晃晃地站起来走近他的族长时,桦落和狮焰交换了一下眼色。赤杨爪看出,燕麦掌在颤抖。

然后,一星发出一声喘息,仿佛几近溺亡后的第一次呼吸。他战栗着地吸入空气,睁开眼睛。

赤杨爪惊讶地眨眨眼睛,发现族长的伤口已经消失了。血还凝固在他皮毛上,但那道大口子已经闭合,仿佛从没存在过。

赤杨爪突然醒悟过来。"他失去了一条命。"赤杨爪对松鸦羽语道。

松鸦羽点点头。

赤杨爪吞了下口水。他知道族长有九条命,但他从来没想象过失去一条命是什么样子。死亡痛苦吗?起死回生的感觉如何?

狮焰用询问的目光看着燕麦掌:"他还有很多条命吗?"

燕麦掌耸耸肩:"只有一星知道这点。"

风族族长狠狠地瞪了燕麦掌一眼,低吼着站起来。燕麦掌低下头。

赤杨爪皱皱眉头。显然一星的族猫都知道。他们肯定会认真对待每一条丢失的命。但是,一只族群之外的猫,也许永远不知道一位族长还剩多少条命。赤杨爪搜寻着风族族长的目光,不知道他能看到什么。

一星扬起下巴,伏下耳朵,用凶狠的目光凝视着树林:"泼皮

雷影交加

猫到哪里去了?"

"走了。"黑莓星告诉他,"暂时离开了。"

"我们必须去追。"

黑莓星的目光从风族猫身上掠过。"荆豆皮死了。"他轻声告诉一星,"燕麦掌和烬足受了伤。到我们的营地去吧,松鸦羽和赤杨爪可以妥善地处理他们的伤口。"

一星把目光转向树林边,仿佛没有听到雷族族长的话:"我们应该回家。"

"燕麦掌和烬足伤势过重,暂时不能走那么远。"松鸦羽插话说。

一星眯起眼睛,看着受伤的武士们。燕麦掌正倚靠在桦落身上,血流从他的侧腹涌出。烬足正凝视着倒下的族猫,眼神悲痛:"荆豆皮的遗体怎么办?"

赤杨爪惊愕地看到,风族族长目光冷酷。难道失去一条命的同时,他的情感也丧失了吗?也许他只是震惊到麻木了。

黑莓星向云尾点头示意:"你和玫瑰瓣留下守着她。保证不能让任何东西侵扰她的遗体,直到有巡逻队来抬她回去。"他又转向一星,柔声劝说道:"跟我们回家吧。我们能照顾好你。"

"我们能照顾自己。"一星没好气地说。

松鸦羽嗤之以鼻:"前提是燕麦掌没有先流血而死。"

风族族长望向绵延的荒野与渐暗的天空相接的远方。暴风雨就要来临。他微微点头:"非常好。"

"再嚼一些马尾草和金盏花。"松鸦羽吩咐道。

赤杨爪正在巫医巢穴里帮着处理风族猫的伤口,外面风雨大作。他已经准备好足够的药糊,治疗燕麦掌和烬足的伤口以及他的族猫们的抓伤。他的舌头已经因咀嚼草药而麻木。他多希望叶池能在这里帮忙呀。是不是应该有谁去警告她,森林里有危险的泼皮猫?

赤杨爪曾见过暗尾杀死他在河谷附近找到的唯一的天族猫。现在,他已经带着泼皮猫到达这里,再次开始了杀戮。"我们是带着使命来到这里的,因为我们对你们所谓的族群的了解,比你们想象的要多得多。"他想到暗尾说过的话,不由得打了个寒战。星族啊,他们到底想要怎样?"他们太邪恶了。"他自言自语道。

松鸦羽抽抽耳朵:"自从黑森林消失之后,我还没见过像他们那样的猫。"

赤杨爪眨眼看向巫医。每一只小猫在育婴室时都听说过有关黑森林的故事。他的父亲和许多族猫曾参加过与潜伏在那里的邪恶猫之间爆发的一场战斗。"你认为他们是从那里来的?"赤杨爪问道。

松鸦羽摇摇头:"不知道。只有族群猫能找到去无星之地的路,但这些泼皮猫显然从来就不属于任何族群。"

燕麦掌吃了松鸦羽给他的罂粟籽后,已经在荆棘光窝边一个临时搭的窝里睡着了。烬足小声呻吟着,松鸦羽正在往他伤口中舔入药膏。

烁爪从低垂的黑莓中钻进来。雨水从她湿透的皮毛上滴落到巫医巢穴的地面。"他们饿吗?"她瞥了一眼燕麦掌,压低了声音,

雷影交加
LEIYINGJIAOJIA

"狩猎队回来了。新鲜猎物堆上有足够多的猎物。"

"我想先确认这些伤口没有感染,然后他们才能吃东西。"松鸦羽告诉她。

"那些泼皮猫太可恨了。"烁爪说,"全族群的猫都在议论他们。"

赤杨爪看看烁爪。他应该告诉她就是那些泼皮猫把天族赶出了他们的家园吗?他该说他们可能跟着远征队回到了湖边吗?不。他暂时什么也不能向烁爪说。他需要先告诉黑莓星。他不知道父亲是否已经猜到泼皮猫是从哪里来的。毕竟,松鼠飞几天前才报告说,泼皮猫已经离开了河谷。赤杨爪从没想过他们会在湖边出现。他将嘴里一直嚼着的草药吐到一片光滑的叶片上,将它拿给松鸦羽。"能让烁爪帮你一会儿吗?"

松鸦羽眯起眼睛对着他,但没说什么。

烁爪皱皱鼻子:"我可不是巫医。"

"你总会咀嚼吧?"松鸦羽嘟囔道。

"我猜会吧。"烁爪摆出一副痴呆的表情。

"那我可以走了吗?"赤杨爪看着松鸦羽,"这很重要。我不会耽误太久。我有事要给黑莓星说。"

"是关于什么的?"烁爪竖起了她的耳朵。

赤杨爪没有理会她,继续盯着松鸦羽。

松鸦羽点点头:"快点回来。"

"但如果有重要事情,我也想知道。"烁爪抖动着她湿淋淋的

皮毛。

松鸦羽将一堆金盏花叶子推到她面前："等你当族长后，你就可以第一个听到各种消息了。在那之前，你可以帮忙咀嚼这些叶子。"

烁爪气鼓鼓地嘟囔着，在巫医身边蹲伏下来，叼起一大口草药。"呸！"她倒抽了一口气，"你们怎么能忍得了这个？"

"你会习惯的。"赤杨爪用鼻子顶开低垂的黑莓藤。雨点打在他脸上。外面，族猫们都在营地边上的蕨丛下躲雨。赤杨爪能感觉到空气中的紧张气氛。灰条正从长老巢穴向外面张望。雪丛和琥珀月挤在荆棘屏障下面。炭心坐在倾盆大雨中，守卫着育婴室入口。

那棵倒下的山毛榉树有根突出的大树枝，黑莓星、一星、狮焰和桦落正在树枝下躲雨。赤杨爪疾步向他们走过去。快要走到时，他放慢了脚步。

"是你们把他们赶到雷族领地上来的吗？"黑莓星问一星。

"他们当时已经在你们领地上。"风族族长的眼里仍然放射出阴沉的怒光，"他们好像在寻找什么东西。我不确定是什么。我们越过边界，命令他们马上离开。我准备等他们走后，就来向你报信。"

狮焰眯起眼睛："但他们却攻击你们。"

"你们先激怒的他们吗？"桦落问。

一星低吼道："我们质问他们为什么在族群领地上打探，如果你觉得这就是激怒，那么是的。"

赤杨爪捕捉到黑莓星的目光："我可以单独和你说话吗？"他

雷影交加

知道他打断了谈话，但这事很重要。

黑莓星抽抽耳朵。

一星皱着眉头看着他："什么事？"

"我需要和我父亲说话。"赤杨爪迎视着风族族长的目光。

一星咆哮一声，把头转开了。

黑莓星皱了皱眉头，他的皮毛不安地起伏着。"什么事？"他领着赤杨爪飞快地向营地入口附近一片蔓生的凤尾蕨走去，低头钻进正在发黄的蕨丛中。

雨点滴落到赤杨爪脊背上，冷得他直打战："袭击风族的泼皮猫就是我们在河谷发现的泼皮猫。"

黑莓星闭上眼睛，叹息一声："我就担心这个。一群泼皮猫现在突然现身，这绝非偶然。"

"你觉得他们是尾随我们来的吗？"赤杨爪感到愧疚如寄生虫般在他的毛皮下蠕动。

"有可能。"黑莓星凝视着他说，"但你不能为别的猫所做的事责备自己。"

赤杨爪挪挪脚掌，心里希望事情真的这么简单。"你觉得他们为什么要到这里来？"自从认出暗尾之后，这个问题一直在赤杨爪脑海中盘旋，"暗尾说他们是带着使命来到此地的。"

黑莓星转开目光。"谁知道泼皮猫会怎样行事？我们能做的就只有保护好自己的族群。"他向赤杨爪靠近了一些，"河谷中有多少泼皮猫？"

"我不知道。"赤杨爪竭力回忆,"但肯定比袭击风族巡逻队的多。"

黑莓星的目光阴沉下来:"这么说,森林里可能还藏着更多的泼皮猫。"

"是的。松鼠飞说河谷中一只猫都没留下。"赤杨爪不安地挪挪脚掌。森林里会不会到处都有泼皮猫?他们为什么到这里来?"我们应该警告叶池。"赤杨爪低语道。

"我们应该警告所有族群。"黑莓星从凤尾蕨中走出,向族猫们喊道,"所有可以独自狩猎的猫,到高石台下集合,参加族会!"

赤杨爪看着父亲跳到高石台上。

蕨毛、云尾、亮心和刺掌从武士巢穴走出。白翅、莓鼻和罂粟霜从杜松丛下钻了出来。松鼠飞走出黑莓星位于高石台上的巢穴,跳下来和族猫们站到一起。松鸦羽和烁爪从巫医巢穴里出现时,鸽翅和樱桃落从倒下的山毛榉树边的遮蔽处走出来。

鸽翅环顾四周。"有谁看到藤池了吗?"她那双蓝眼睛里盈满担忧。

"她可能在和香薇歌一起狩猎。"赤杨爪走到她身边。

鸽翅担心地竖起皮毛:"但愿他们不要碰到那些泼皮猫。"

樱桃落更紧地偎偎着她的朋友:"藤池在黑森林里都生存了下来,完全能对付几只泼皮猫。"

"但愿如此。"鸽翅缩紧身子,以免雨水淋透皮毛。

一星从猫群中挤过,站到前面。当他仰脸看向高石台时,雨水

雷影交加

顺着他的胡须直往下流:"我想把荆豆皮带回我们的营地,以便为她守灵。"

松鸦羽走上前去:"燕麦掌和烬足伤势过重,无法帮着搬运她。任何动作都会让伤口重新裂开。他们应该在这里静养几天。"

一星对松鸦羽怒目而视:"他们是武士。他们身强力壮。他们可以和我一起走回去。"

松鸦羽用他的盲眼对着风族族长的目光:"我有个学徒,隼飞却没有。让他把草药和精力节省下来,留给他荒野上的族猫吧。我们可以好好照顾燕麦掌和烬足,直到他们恢复健康可以走回去为止。"

一星怒视着黑莓星。雷族族长的态度柔和了下来,安慰般地说道:"一星,我会派一支巡逻队陪你回去。他们可以帮着抬荆豆皮的遗体。"

一星愤怒地摆动着尾巴。

松鸦羽寸步不让,语气坚定地说:"你今天已经失去了一名族猫。别冒险再失去一名。"

一星哼了一声:"很好。"

"一星,你的决定很英明。"黑莓星扫视着自己的族猫,"雪丛、梅花落和莓鼻,你们去护送一星回家,并把荆豆皮的遗体抬回去,要像抬自己的族猫一样。"

三名武士点点头。黑莓星继续讲话。

"危险的泼皮猫进入了森林。我们不知道他们有多少只。他们

已经表明，他们会殊死战斗。在我们知道他们为什么来这里、下一步打算做什么之前，我们必须严阵以待。而且我们必须向影族和河族示警。"他再次扫视聚集在高石台下的猫，"狮焰，带上炭心、桦落、烁爪和罂粟霜，到河族营地去，警告雾星有泼皮猫来袭。我将带樱桃落、黄蜂条、鸽翅和暴云去影族向花楸星报警。"

"我想去！"一个很小的声音从育婴室里传出。

赤杨爪听出是小枝的声音，转过头去。小枝正吃力地从育婴室里钻出来。

炭心看着小猫噼噼啪啪走到泥泞的地面上，仰头看着黑莓星。

"请让我跟你一起去影族。我想见我的妹妹！"

"别鼠脑子了！"罂粟霜从空地另一边盯着她说。

刺掌哼了一声："这可是巡逻队，不是育婴室！"

聚集在空地上的猫纷纷表示反对。

赤杨爪从族猫们中间挤过，在小枝身边停下脚步。"你还太小，不能去影族。"他柔声告诉小枝，"尤其现在森林里有泼皮猫。"

小枝仰望着赤杨爪，眼睛瞪得像猫头鹰的眼睛一般大。"这正是我必须去的原因。我必须确认小紫罗兰是否安全。"她的声音在颤抖。

炭心走近小猫，用尾巴环抱着她。雨水已经将小枝的皮毛淋湿。"赤杨爪说得对。"炭心低语道，"你还太小，不能到森林里去。在这样的天气下尤其不能出去，而且到处都可能有泼皮猫。"

小枝挣脱她的环抱："但小紫罗兰是我的妹妹！万一他们已经

雷影交加

伤到了她怎么办?她应该和我在一起,待在安全的地方。"

赤杨爪的心揪成一团。如果烁爪遭遇危险,他会有何感觉?他抬头看着父亲。"让我跟你去吧。"他说,"我在那里的时候可以看看小紫罗兰,和叶池说说话。"他期待地看着松鸦羽。当看到松鸦羽在点头时,赤杨爪欣慰地舒了一口气。

"最好弄清楚叶池还要在那里逗留多久。"松鸦羽表示同意。

黑莓星点点头:"好吧,你可以去。"

赤杨爪低下头,用鼻子碰碰小枝湿透的皮毛:"我不能把小紫罗兰带回来,但我可以确保她会是安全的。"

小枝仰起头,用她那双大眼睛认真地看着赤杨爪。过了一会儿,她伸长脖子,用口鼻亲吻他的脸颊。"好吧。"她喃喃说道,"我信任你,赤杨爪。"

赤杨爪闭上眼睛,感受到小枝脸颊上柔软的绒毛贴着他的脸颊。小枝,但愿我不会辜负你的信任。他深深地呼吸了一次。但愿我能确认我们大家的安全。

第四章

"回来，赤杨爪！"

赤杨爪停下脚步，转过身来。他又一次脱离了队伍，远远地跑到了前边，黑莓星在喊他回来。挫败感撕扯着他的毛发。你们走得太慢了！万一泼皮猫已经伤害到小紫罗兰呢？我必须弄清楚。"我们就不能走快点吗？"他向黑莓星吼道。

"我们必须保持警惕。"黑莓星追上他，"泼皮猫可能在任何地方。影族也不会感谢我们冲过他们的边界的。"

赤杨爪焦躁地踱着步，和黑莓星一起等着。樱桃落、黄蜂条、鸽翅和暴云扫视着小路两边的灌木。赤杨爪看到影族边界就在前方，从那里开始，橡树逐渐被松树取代。那些树汁的气味从他舌头上滚过。

雨就要停了。黄蜂条抖抖皮毛，在赤杨爪身边停下脚步。黄蜂条湿漉漉的毛直立着，向四面八方奓开。

樱桃落打趣地咕噜起来，轻轻用鼻子碰碰黄蜂条的肩膀："你看上去像只刺猬！"

"你看起来像只河族猫。"黄蜂条揶揄樱桃落，并用鼻子碰落

雷影交加

她胡须上的雨珠。

黑莓星绕着他们转了一圈,张大嘴巴嗅闻着空气。"集中注意力!"黑莓星命令道,"泼皮猫可能无处不在。"

"我们一路都在探查他们的气味,可什么也没闻到。"暴云说道。

鸽翅竖起耳朵:"他们可能跑远了。"

黑莓星扫视着森林:"我觉得那些泼皮猫没么容易被吓到。"他瞥了赤杨爪一眼,赤杨爪猜到了他在想什么。他们知道那些泼皮猫不怕族群猫——他们把天族赶出家园之后就不再怕族群猫了。"我们仍然要检查边界上是否有他们的气味,然后才能过去。他们可能绕了一个大圈,来过这里。"

"但我们需要到达影族营地,去向他们报警。"赤杨爪不耐烦地扒着地面。我们还要去看看小紫罗兰是否平安!

"知道泼皮猫的去向更加重要。"黑莓星从他身边走过,沿着靠近边界的一条小径往前走。

暴云跟上去,黄蜂条、鸽翅和樱桃落紧随其后。赤杨爪急不可耐地小跑着追上去。

突然,黑莓星停下脚步,抬起口鼻。他无须说什么。其他猫也闻到了那种气味。

"他们走过这条路。"暴云嗅闻着一丛山楂说。他的鼻翼翕动着。

"就是你们先前战斗过的那些猫吗?"鸽翅问。

黑莓星若有所思地眯起眼睛:"气味是一样的。"

猫武士
MAOWUSHI

黄蜂条抽抽鼻子："我觉得所有泼皮猫的气味都一样。"

黑莓星用犀利的目光看着他："你最好学着分辨他们的区别。我们要对付的泼皮猫可能多得超乎我们的想象。"

鸽翅瞪大眼睛："这是一次入侵吗？"

此刻，樱桃落正嗅着山楂，她的皮毛因恐惧而起伏着。"是他们，对吗？"她大惊失色地说，"是毁灭——"

赤杨爪的心提到了嗓子眼儿。樱桃落曾随他参加探索。她见过那些泼皮猫。而且她知道天族。于是，他连忙打断她的话，以免她将秘密暴露给暴云、黄蜂条和鸽翅。"就是我们在探索中遇到的泼皮猫。"赤杨爪说着意味深长地瞪了樱桃落一眼。

樱桃落难为情地挪挪脚掌，嘟囔道："哦。"

鸽翅还在盯着黑莓星："你知道他们是谁吗？"

"赤杨爪和其他猫上次探索的时候见到过这些泼皮猫。"黑莓星承认说。

暴云皱皱眉头："他们为什么到这里来？"

黑莓星走到一丛香薇边嗅闻着："我不知道。但愿他们只是路过。"

我们是带着使命来到的这里。

赤杨爪觉得皮毛在抽动。不得不向族猫隐瞒真相，这让他感觉很不自在。

突然，沉重的脚步声在附近的森林地面上响起。

赤杨爪僵在那里，心怦怦直跳。他不由自主地向黄蜂条靠近，

雷影交加
LEIYINGJIAOJIA

脖子上的毛也直立起来。族群猫紧紧靠在一起。

黄蜂条嗅闻空气:"是泼皮猫吗?"

暴云突然迅速地抽动口鼻转向松树。树干之间有身影在移动。

"不!"鸽翅急匆匆地向边界跑去,又回头看着巡逻队,目光炯炯,"是影族猫。"

赤杨爪瞥见树木间有熟悉的身影。虎心正快步向他们走过来,石翅和杜松爪跟在他两旁。接着,他看到了褐皮,心怦怦地跳了起来,升起了些许期待。褐皮走在最后,她是松针爪的老师。松针爪和他们在一起吗?

接近边界时,影族巡逻队呈扇形排开,对雷族猫怒目而视。赤杨爪的心里充满了失望,松针爪没在他们中间。

"你们在这里做什么?"虎心质问道。

鸽翅向他走过去。"虎心!"鸽翅的声音听上去很高兴见到虎心,"我们有消息要告诉你们。"

当鸽翅踏过边界时,虎心龇出牙齿。

鸽翅停下脚步,惊讶地抽动着耳朵。

褐皮走上前来,看着黑莓星。"什么消息?"她抽抽鼻子,不安地嗅嗅那丛蔓生在边界上的黑莓,"这是什么气味?我们离开营地后,一直闻到这种气味。"

"是泼皮猫。"黑莓星告诉她,"我们来就是为这个。我们需要和花楸星对话。"

"泼皮猫?在我们的领地上?"褐皮抽动着尾巴。

79

赤杨爪感到一丝安慰。如果影族甚至还不知道泼皮猫的存在，那小紫罗兰一定平安无事。

"我必须和花楸星对话。"黑莓星坚持说。

褐皮点点头："虎心，带他们去营地。我和石翅还有杜松爪循着这条气味踪迹追踪下去。"

"当心一些。"黑莓星警告他们说，"这些泼皮猫不是流浪猫或者独行猫。他们很危险。如果你们发现他们，立即求助。"他看看杜松爪。尽管杜松爪体态轻盈，黑色皮毛下肌肉凸现，但他个头儿很小。"两名武士加一名学徒不足以战胜他们。"

杜松爪蓬起皮毛："我很强壮。"

"那些泼皮猫更强壮。"黑莓星认真地告诉褐皮。黑莓星跨过边界，迎视着虎心的目光，"带路。花楸星必须尽快得到通报。"

虎心瞥了一眼褐皮，然后点点头："跟我来。"

黑莓星跟着虎心往前走去，赤杨爪走到黄蜂条身旁。当脚掌下的树叶渐渐被松针取代时，他回头看向褐皮、石翅和杜松爪。"黑莓星应该警告他们泼皮猫杀了荆豆皮，还让一星失去了一条性命吗？"他小声说。

黄蜂条摇摇头："一星不会想让这个消息扩散开来的。他不想其他猫知道他失去了一条命。族长都不想让自己显得脆弱。"

赤杨爪突然想知道，他的父亲是否失去过性命。他在松树之间疾步前行，快到营地时，他认出了通往营地的小路。

虎心把巡逻队带进营地时，一张张惊愕的脸庞转向了他们，眼

雷影交加

中闪动着不友好的火焰。

雪鸟龇出牙齿:"又是雷族?"

焦毛在她身旁嘟囔着:"一只雷族猫不得不和我们一起生活,这已经够糟糕的了。其他猫没必要来探亲。"

黑莓星的目光一直停留在虎心身上。赤杨爪则扫视着营地。松针爪在吗?小紫罗兰呢?他搜寻着小猫崽黑白相间的皮毛。没有踪影。也许她和松针爪在一起。想到那只银色母猫,他的目光不由得向营地更远处瞟去。蜂爪和击爪正在空地边上练习战斗动作。他们十分专注,没注意到雷族猫的到来。松针爪没和他们在一起。她也不在新鲜猎物堆边。她到哪里去了?

"黑莓星。"花楸星深沉的声音将赤杨爪的注意力猛地拉了回来,让他差点撞到刚刚停在黑莓星身旁的樱桃落身上。

影族族长站在空地一端,疑惑地眯起眼睛:"你是来接你的巫医的吗?她出去采集草药了。"

虎心从雷族猫身边走开时,乌霜从营地围墙中的一个巢穴里走出来,昂首挺胸地站到花楸星身旁。

"他们说有消息要告诉我们。"虎心说。

"什么消息?"花楸星盯着黑莓星问。

"一星和他的巡逻队怀疑一群泼皮猫正在我们领地上四处打探。泼皮猫向他们发起了进攻。荆豆皮被杀,一星……"黑莓星迟疑了一下,"一星伤势严重。巡逻队的另外两名成员也伤得不轻。"

赤杨爪和黄蜂条交换了一下眼神。黄蜂条说得没错,黑莓星想

猫武士

保护一星。

"有多少只泼皮猫?"花楸星问。

"六只。"

花楸星的目光因惊讶而锐利起来:"还有别的什么吗?"

"如果我们没有派出援军,他们可能杀害更多风族武士。"黑莓星镇定地告诉他。

"这是你的一面之词。"花楸星听上去好像不相信,"难道雷族认为其他族群离了你们就活不下去吗?"

黑莓星微微点头:"我只是实话实说。影族的安全可能也受到严重威胁。"

鸽翅走上前去:"你们领地上已经有他们的气味了!"

黑莓星警告地瞥了鸽翅一眼:"我们不知道树林里究竟有多少只泼皮猫。"

"是什么让你认为可能还有更多呢?"花楸星怀疑地眯起眼睛。

"我们的猫上次远征探索时,遇到过一大群泼皮猫。这些猫就是从那里来的。我们不能假定只有几只来到了湖边。"黑莓星转头环视营地,"我们已经闻出一道气味踪迹,从我们的领地一直延伸到你们的领地。我想请求你允许我们继续循着这道踪迹追下去。我想看看泼皮猫是否已经离开族群领地。"

花楸星伸缩着爪子:"你想搜查影族领地?"

"这不是我们来此的目的。"黑莓星迎视着影族族长的目光,"但现在既然我们知道他们已经来过这里,我想弄清楚他们去了哪里。"

雷影交加
LEIYINGJIAOJIA

"不。"花楸星一口回绝,"影族可以捍卫自己的领地。不需要雷族的帮助。"

黑莓星再次点点头:"我明白你担心什么,花楸星。但我们已经熟悉他们的气味。而且我们的爪下仍然有着泼皮猫的血迹。影族和雷族至少应该派出一支联合巡逻队,去追寻他们的踪迹。我们联合起来,力量就更强大,泼皮猫威胁到了我们所有族群。别忘记预言,'拥抱你们在暗影中的所得,只有它们能驱散天空的阴霾。'也许这些泼皮猫和预言有关。黑森林之战以后,我们还没见过这样凶残的猫。他们可能就是星族警告我们要警惕的危险。"

虎心闪动着眼睛:"预言指的是幼崽!"

乌霜挪了挪脚掌:"黑莓星说的好像有道理。"

花楸星猛地把目光转向他的副族长。

乌霜并没让步:"万一这些泼皮猫和预言有关怎么办?也许我们应该一起追踪他们。"

虎心咆哮道:"我们为什么不能独自追踪他们,在下次森林大会上报告追踪结果?"

花楸星若有所思地皱皱眉头。"你说一星伤势严重?"花楸星对黑莓星说,"有多严重?"

黑莓星镇定地回望着他:"相当严重。"

花楸星的眼睛饶有兴趣地闪了闪。"看来,"他低吼道,"这些泼皮猫真的很危险。"

黄蜂条凑近赤杨爪:"他在担心他可能成为下一个失去性命的

族长。"

"好。"花楸星终于同意,"我将派出一支巡逻队和你们一起追踪这些泼皮猫。乌霜,你担任队长,带上虎心、焦毛和尖毛。"

一只深棕色公猫从空地那边向他们走过来。他是尖毛,耳朵之间有一簇直立的毛:"你叫了我的名字吗?"

"你跟这些猫去。"花楸星不屑地看着雷族巡逻队说。赤杨爪听到黄蜂条强忍住咆哮声。"我们的领地上有泼皮猫。你们去追踪他们,看看他们去了哪里。"

"我要带上薯爪吗?"尖毛问。

"当然。"花楸星说,"这对她是很好的锻炼。"

气味的踪迹向太阳落下的地方延伸,将两支巡逻队带入松林深处。他们穿越影族领地时,赤杨爪紧张地抽动着皮毛。脚掌下铺满松针的地面渐渐变得泥泞起来,树木愈发密集,树影层层叠叠地摞起来宛如黑夜笼罩。

臭水沟的阴湿气味从前方升腾起来。赤杨爪勉勉强强才能看清前面。

虎心已经走到了一条狭窄的水沟边。

黑莓星追上他时,乌霜嗅了嗅泥土。

"气味踪迹在此中断了。"影族副族长宣布说。

"我闻到了兔子血的气味。"鸽翅绕着巡逻队转了一圈。

乌霜抽抽鼻子:"他们离开领地之前,一定曾经在这里狩猎

雷影交加

过。"他冲着水沟那边点了下头,"这边是影族边界。那边不是任何族群的地盘。如果泼皮猫去了那边,那看上去他们就已经走了。"

"我们不应该到沟那边去看看吗?"黑莓星提议。

鸽翅跳过臭气熏天的水沟,开始嗅闻地面。

虎心跟着跳过去,轻轻将鸽翅推到一边,将自己的鼻子贴近地面:"这里什么也没有。"

"也许为了掩饰气味,他们是从水沟里蹚过来的。"鸽翅猜测道。

虎心嗤之以鼻。"泼皮猫没那么聪明。再说了……"他向水沟里看看,沟底流淌着臭烘烘的黑水,"什么猫肯在那里面打湿脚掌?"

鸽翅挑战地怒视着他:"想隐藏气味踪迹的猫!"

虎心盯着她看了一会儿,然后低吼道:"你仍然自认是族群中最聪明的猫。"

鸽翅的蓝眼睛忧郁地闪动着:"你也仍然是族群中最傲慢的猫。"

"你们两个都回来。"黑莓星摇摇尾巴,"看来泼皮猫已经离开了领地。我们也许应该回家了。"

赤杨爪不知道黑莓星是否真的相信泼皮猫已经走了。他想捕捉到黑莓星的目光,想看到能让自己安心的目光,但雷族族长正看着乌霜。

"感谢你让我们帮着搜索你们的领地。"雷族族长说。

乌霜礼貌地点点头:"我们送你们到你们的边界吧。"

赤杨爪顿时僵在那里。他曾答应过小枝去看望小紫罗兰。"我

需要回到你们的营地去。"他对影族副族长脱口而出。

乌霜惊愕地眨眼看着他。

赤杨爪结结巴巴地说着,竭力保持着镇定:"松鸦羽想让我去见见叶池。他需要知道她什么时候能回到自己的族群。"

乌霜转了转眼珠。"很好。"他气哼哼地说,"你可以和蓍爪一起回去。虎心、尖毛和我将带你的族猫去边界。"

黑莓星安慰地向赤杨爪眨眨眼睛:"我们会在那里等你。"

赤杨爪点点头。巡逻队其他成员离开后,他跟着蓍爪回影族领地。

"今天松针爪在哪里?"赤杨爪假装漫不经心地问。

蓍爪怀疑地回头看了赤杨爪一眼:"你为什么想知道?"

"她没与褐皮在一起,也没在营地。"赤杨爪说,"我只是好奇她到哪里去了。"

"这与你无关。"蓍爪厉声地说,"我打听过你的同巢猫的去向吗?"

"我只是想找话说。"赤杨爪说。

蓍爪摇摇尾巴:"我不介意安静一点。"

他们没再多说一句话,默默向营地走去。到达营地入口时,蓍爪率先钻进通道。等到赤杨爪钻出通道后,蓍爪冲着巫医巢穴点了点头:"如果叶池采集草药回来了,那她就在那里。如果没回来,你就必须等着。我才不会陪你满领地去找她呢。"

"谢谢!"赤杨爪说。影族学徒昂首挺胸地走开时,赤杨爪向

雷影交加

她扮了个鬼脸,然后穿过空地,向巫医巢穴走去。

走近时,赤杨爪闻到了叶池温暖熟悉的气息,以及刚刚采回的新鲜草药的气味。她一定回来了。"叶池?"赤杨爪把头伸进巢穴,看到她正蹲伏在洼爪旁边。

"这是艾菊,这是马尾草。"叶池告诉小学徒,"艾菊治疗咳嗽效果好。马尾草对已感染的伤口疗效显著。"

赤杨爪心里不由得一惊。她还在教他这样简单的知识吗?

叶池抬头看到赤杨爪,开心地说道:"赤杨爪!我还以为见不到你了呢。草心说,我不在的时候,有几只雷族猫来过。"

"他们在边界等着我。"赤杨爪解释说,"松鸦羽希望我在离开之前来见见你,所以我回来了。"他瞥了洼爪一眼。他想单独和叶池说几句话,不想让学徒听到。

叶池好像猜到了他的想法。"我们到外面去吧。"叶池对赤杨爪说。然后,她又转向洼爪:"我希望你能把我们今天采集的全部草药分成一小堆一小堆的。"

洼爪瞪大眼睛看着面前的一大堆草药。赤杨爪不禁同情起他来,突然想起他自己刚进巫医巢穴的日子。他曾以为自己永远记不住每一种草药的名称。

叶池示意赤杨爪退出巢穴,自己也迅速钻出巢穴,和他并肩站在小雨中。"我知道,在这样的日子里采集草药很愚蠢。"她抖抖身上的水珠,"它们很久都不会干。但我嗅到了冷天的气息。我想在秃叶季到来前,为影族采集尽可能多的草药。"她的眼神阴沉下

87

来,"天知道他们怎样挨过秃叶季。"

"洼爪学得快吗?"赤杨爪满怀希望地问。

叶池叹息一声:"他已经竭尽全力了。但有一半的时间,他仍旧不会区分草药和野草。"

"但你已经训练他半个月了!"她还必须逗留多久呀?

"他还小,我不确定他是否天生就是当巫医的料。他不做梦,也没看到过幻象。他说他一直想当武士,和他的同巢猫一样,直到花楸星告诉他,他将成为巫医。"

忧虑令赤杨爪肚子一缩:"你觉得影族选了一只错误的猫当巫医?"

"我不知道全影族是否有正确的猫,"叶池苦恼地说,"难怪小云一直没挑选到学徒。他们都只对狩猎和战斗感兴趣。"她疲惫地摇摇头,"这好像很不公平。星族给我们三名巫医,影族却只有洼爪。"

赤杨爪担忧地凝视着她:"你能很快回家吗?"

"当然。"叶池回头看着巫医巢穴,仿佛很担心洼爪没有她的帮助,会不知如何处理那些草药,"我可不想在这个阴沉的地方过秃叶季。"

"不过,他们对你还好吧?"

"他们对我很好。"叶池安慰地向他眨眨眼睛,"我总是最先到新鲜猎物堆上挑选猎物。每一只猫都对我很客气。我和草心相处融洽。她的孩子也很可爱。"

雷影交加

"小紫罗兰怎么样?"赤杨爪知道,小紫罗兰没有受到泼皮猫的伤害,但他记得,在树林里不得不离开姐姐时,她是多么不安。"她现在开心点了吗?她好吗?我离开前能去看望她吗?我答应过小枝会来看她。"

叶池心烦意乱地看了看巫医巢穴:"我看不出有什么不可以的。但我不能和你一起去。我必须帮助洼爪。他可能又会将荨麻与水薄荷放在一堆。"

她耸起皮毛,转身离开。快走到巫医巢穴时,她又转过头来:"谢谢你来看我。请转告松鸦羽,我在这里很好,我会尽早回家。"

赤杨爪向她温和地眨眨眼睛,她消失到巢穴中。然后,赤杨爪向育婴室走去。蜂爪和击爪已经练完战斗动作,正眯起眼睛看着他。他们会质问我为何去育婴室吗?

"赤杨爪!"一个熟悉的声音在营地入口响起。松针爪的气味扑面而来。

"嗨!"赤杨爪叫了一声,转身去迎接她。

她蹦跳着跑过空地。

当她滑动脚步停在赤杨爪身边时,赤杨爪问道:"你去哪里了?"

她凝视着赤杨爪:"你这话是什么意思?"

她是否意识到她正不停地挪动着脚掌,好像很焦虑……或者内疚呢?"我们到这里时,你没与褐皮在一起,也没在营地里,"赤杨爪突然有些尴尬,仿佛自己在打探什么似的,"我只是好奇你去

89

哪里了。"

"我在两脚兽地盘。"松针爪连忙告诉他,"你知道的,我有时喜欢尝尝宠物猫的食物。"

赤杨爪眨眼看着她。我知道。但你通常不会这么爽快地承认。再者,她身上有新鲜猎物的气息。他眯起眼睛。她的行为为何如此奇怪?

松针爪转换了话题:"蓍爪说,你和你的族猫们来追寻泼皮猫的踪迹。你们找到他们了吗?"

"没有。"赤杨爪看着她。松针爪好像有些口是心非。有什么事情让她浑身不自在。赤杨爪咕噜一声,暗自猜测这次她又违反了武士守则的哪一条。赤杨爪凑近她,揶揄地轻轻推她一下:"你又在打什么鬼主意?"

松针爪顿时毛发倒竖。"没有!"她厉声说,"你为什么有这么多问题?"

"对——对不起。"赤杨爪被她突如其来的怒火吓了一跳,内疚宛如波涛般冲刷着他。我是不是显得与她太熟悉了?但我们本来就是朋友,不是吗?她已经忘记我们一起进行过探索,还发现了幼崽?也许她不想和我有什么关系,只把我看作一只外族猫。但她刚才却又冲过来迎接我。赤杨爪迷惑不解地看向育婴室:"我可以和小紫罗兰说说话吗?"

"想说就说吧。"松针爪耸耸肩,向布满刺的入口走去。

赤杨爪跟在她后面,仍然不确定是什么让松针爪的情绪变化如

雷影交加

此之大。

"小紫罗兰!"松针爪向入口喊道,"有猫想见你。"

黑莓丛沙沙响起,小紫罗兰飞快地钻了出来。当她看到赤杨爪时,她的眼睛顿时亮起来。然后,她又向赤杨爪四周看看。"小枝和你一起来的吗?"她兴奋地问。

"她还不能离开营地。"赤杨爪温柔地提醒说道。

"可是她——"

松针爪打趣地推推小猫:"那是我们的秘密,还记得吗?"

小紫罗兰不好意思地向她眨眨眼睛。"噢,是的!对不起。"她连忙闭上嘴。

松针爪又用鼻子推推她:"你真是个蟾蜍脑子。"

小紫罗兰也推推她:"你才是蟾蜍脑子。我们玩藏松果的游戏时,你用了一整天才找到松果。你还记得吗?"

"我到哪里去找呀?你把它藏在杂毛的窝下面了!"松针爪说道,"那个老杂毛一直坐在松果上面!"

赤杨爪强忍住笑。看到这两只猫之间如此亲密,他非常高兴。这下小紫罗兰在影族也不孤独了。看到松针爪表现得更像与他同行探索时那样友好,他也很开心。

小紫罗兰转向赤杨爪,瞪圆眼睛问:"小枝好吗?"

"她很好。"他告诉小紫罗兰,"小枝托我捎来她对你的爱,让我来看看你是否平安无事。"

"我好极了。"小紫罗兰天真地看着松针爪,"我现在真正地

喜欢上影族了。松针爪正在教我狩猎。我昨天抓住了一只飞蛾。"

松针爪很得意。

"不过，我还是很想念小枝。"小紫罗兰又补充说。

"她也想念你。"赤杨爪告诉小紫罗兰。

"小紫罗兰！"松树鼻严厉的声音从育婴室内传出，"进来，别淋雨。我可不想让你感冒。你可能传染给草心的孩子。"

小紫罗兰的肩膀耷拉下来。"我必须走了。"她转身向育婴室入口走去，"告诉小枝，我把她送我的羽毛保管得很好。我每晚都和它一起睡。"

赤杨爪轻轻"嗯"了一下，用口鼻碰碰她的脑袋。然后，小紫罗兰钻进了育婴室。

小紫罗兰离开后，赤杨爪向松针爪眨眨眼睛。"也许我们能让她们尽快再次见面。小枝一直在问。"再次夜间相会，对两个幼崽都会有益处。能再次见到松针爪，无须忍受其他影族学徒灼热的目光，也是很惬意的事情。

"我猜可以。"松针爪听上去有些心不在焉。她的心思明显在别处。

"我相信小紫罗兰会很高兴。"赤杨爪继续说道。

"是的。"松针爪的目光碰上了赤杨爪的目光，但是，赤杨爪却感觉她并没有真正看着自己。"我们就这么办。"松针爪点点头，转身离去。

"尽快？"赤杨爪冲着她的背影高声问。

雷影交加

"尽快。"松针爪头也没回地说。

赤杨爪皱皱眉头,向营地入口走去。黑莓星和其他族猫还在等着他。回到营地,躲到干燥巢穴里的感觉一定很好。但是,他却无法摆脱心里的不安。尽快。松针爪为什么不说具体时间?她不在乎幼崽们是否见面吗?她一定很在乎!松针爪好像真心喜欢小紫罗兰。也许她是不想再见到我。赤杨爪穿过松树林,向自己的族猫走去,脚掌犹如石头一般沉重。也许随着他们回到各自的族群,那些在探索中建立起来的友谊,就已经结束了。

第五章

小紫罗兰凝视着巢穴的另一边。月光从黑莓的缝隙里透出,洒落在草心的孩子们毛茸茸的皮毛上。小蛇、小花和小涡都还太小,不能和他们一起玩。此刻,他们正舒服地依偎在一起,蜷缩在草心的肚子旁边,只露出脚掌和尾巴。小紫罗兰叹息一声,心里一阵绞痛。她和小枝也曾那样睡觉,而现在,她却独自蜷伏在呼呼大睡的松树鼻身边。只有我还醒着吗?她听到夜晚巡逻队不久前才回来,他们小声向乌霜汇报之后,才回到自己的巢穴休息。

她想知道他们是否发现了泼皮猫的任何踪迹。黑莓星来访之后的这些天,影族流言四起。曙皮已经宣布道,那只是一群宠物猫在滋事。她声称:"他们迟早会厌烦的,不久就会回到他们的两脚兽温暖的巢穴里。"小紫罗兰希望她说得没错。一想到有陌生猫在森林里游荡,她就很紧张。

巡逻队就寝之后,没有猫再有任何响动。一只狐狸曾在远处号叫,小涡曾睡意蒙眬地抬起脑袋,但他只是打了个哈欠,就又钻到同窝手足中间,重新睡着了。

小紫罗兰好想走过巢穴,在他们身边蜷缩起来,但她不想惹恼

雷影交加
LEIYINGJIAOJIA

松树鼻。她知道，这只猫后已经竭尽全力，尽可能耐心地呵护她关心她。但是，她怀疑松树鼻脚掌痒痒，很想重新到森林里去，与其他武士一起狩猎，因为松树鼻的孩子已经搬进了学徒巢穴。

我为什么就不能搬到学徒巢穴里去呢？她猜测其他猫不会同意的。她还不到三个月大。但她唯一真正的朋友松针爪却在学徒巢穴里。她咕噜一声，想象着蜷缩在松针爪窝边会有多惬意。她们如果愿意，在其他的猫都在睡觉时，她们可以通宵聊天，还可以打苔藓球，或者共享一只老鼠。那一定很棒！

一双眼睛在育婴室入口闪动。小紫罗兰猛地抬起头，脖子上的毛慢慢直立起来。然后，她闻到了松针爪熟悉的气味。她的朋友也一直在想她吗？她兴奋得脚掌发麻，蠕动着身子，像蛇一般悄无声息地从窝里爬出。

"松针爪？"她嘘声喊道。

"快！到外面来。"松针爪悄声回应道。

小紫罗兰开心地竖起耳朵。她们又要进行一次夜间历险吗？她的喉咙突然哽住了。她们要去见小枝吗？

她用鼻子开路，踩着已被踏得非常平滑的黑莓丛钻出巢穴，走到外面。星星在无垠的黑色天空中闪烁，宛如柔软皮毛上的露珠。月亮让空地沐浴在晶亮的银光中。一股寒意沁入小紫罗兰的皮毛，但她并没有什么感觉。

"我们要到营地外面去吗？"她悄声问松针爪。

松针爪将尾巴从她脊背上拂过："是的。"

小紫罗兰看到，松针爪的绿眼睛从她身旁瞥过。她顺着她的目光看去，发现另一只母猫正站在阴影中，不禁愣在那里。那只猫的黄色皮毛宛如鬼魅一般，在暗影中泛出微光。

"我仍然不明白我们为什么必须带上她。"

滑爪！小紫罗兰认出了学徒的声音，颤抖起来。那声音听上去很尖刻。

滑爪以前甚至从没正眼看过小紫罗兰。即使在营地里从小紫罗兰身旁走过，她也是目不斜视，仿佛正从发臭的猎物边经过。此刻，她正凝视着小紫罗兰。小紫罗兰很想把头转开，但强忍住了。年轻猫眼里透出轻蔑的神情。小紫罗兰疑惑不解地重新看着松针爪。"我不明白。滑爪也要去见小枝吗？"

滑爪把头偏向一侧。"你们经常这样做吗？"她用探究的目光看着松针爪。

松针爪摇摇尾巴："我们只去过一次。"

"真的？"

滑爪说话的时候，小紫罗兰感觉到一阵不安。黄毛学徒的话听上去有威胁的意味。

松针爪用力一甩尾巴："别这样狐狸心肠。我今晚请你来，是因为我信任你。"

滑爪的表情变了，仿佛曙光穿透黑暗。"你当然可以信任我。我最爱分享秘密。"她看着小紫罗兰，"但你能信任她吗？"

小紫罗兰愤怒地竖起尾巴："她当然能！我是她的朋友。"

雷影交加

滑爪逗趣地抽动着胡须,将口鼻猛地伸到小紫罗兰面前:"那么,你最好压低声音,不然你会把全族群的猫都吵醒的。"

"走吧!"松针爪向通往排便处的狭窄通道走去。

小紫罗兰小跑着跟在松针爪后面。她想再问问滑爪为什么要和她们一起去。但滑爪就在她身后,离她很近。松针爪什么都清楚,她推测道,也许她担心我们会碰上泼皮猫。突然,她觉得很安心。当然是这样!滑爪是来保护她们的。

她跟着松针爪钻过通道。闻到排便处的气味,她直皱鼻子。到了营地外面后,她们转向离开排便处,沿着上次所走的路线前进。

小紫罗兰兴奋不已,因为她很快就要再次见到小枝了。她们可以玩猫捉老鼠。她还要让小枝看看她长了多少。也许小枝也长了。

松针爪绕过一丛黑莓,继续直行。

小紫罗兰皱皱眉头。她们上次的路线是绕过黑莓后,越过了很多小沟。"我们没走错路吧?"她鼓起勇气,有些不安地问。

"我们没走错路吧?"滑爪模仿她的声音,像幼崽一样喵喵叫着说。

小紫罗兰顿时浑身燥热,尴尬难当。

松针爪回过头来,与滑爪交换了一下眼色。

小紫罗兰心里担忧起来。这是一条更加安全的道路吗?也能通往雷族边界吗?但她不敢再问,她害怕滑爪又取笑她。

她们继续跋涉。小紫罗兰的脚掌痛起来,她有点渴望松针爪能再次主动提出驮着她走,但却又不得不把这个愿望抛开。如果她让

松针爪像驮弱小的幼崽一样驮着她，滑爪会嘲笑她的。

没过多久，脚掌下的松针变得湿软起来。她们离营地越来越远，松针渐渐被泥土取代。路边的黑莓丛也变成了蕨丛。树木愈发密集，月光被遮蔽。小紫罗兰不得不瞪大眼睛，才能看清脚下。赤杨爪提出了新的见面地点吗？

有小脚掌从前头的小路上走过。松针爪竖起耳朵，抽动尾巴。然后，她大步跑向前去，一头钻进蕨丛中，蕨叶晃动起来。

小紫罗兰停下脚步，抽抽鼻子。她闻到了老鼠的气味。

滑爪停在她身边，舔着嘴唇，两眼紧盯着蕨丛。

松针爪从蕨丛中钻出，一只死老鼠在她嘴边晃荡。

"多漂亮的猎物！"滑爪向她走过去，嗅闻老鼠。

松针爪放下老鼠。"你想咬第一口吗？"她问黄毛学徒。

小紫罗兰惊讶地眨眼看着她们："我一直以为学徒只能为族群狩猎。"

滑爪嗤之以鼻："别假装正经了。"

"其他族猫都在睡觉。"松针爪指出，"我觉得他们不会希望我们把他们吵醒，就为了吃一小口新鲜猎物。"

滑爪将老鼠推向小紫罗兰。"我们假装松针爪是给你抓的，你就是影族猫，好吗？"她又眯起眼睛。"噢，不，你甚至不是这里出生的。"她用一只爪子钩回老鼠，咬了一口，"我觉得应该我吃。"

松针爪毛发倒竖。"别这么吝啬。"她用力将老鼠从滑爪那里抓回。"你饿吗？"她问小紫罗兰，老鼠在她的爪子上晃动着。

雷影交加

"不饿,谢谢!"小紫罗兰摇摇头。她喉头发紧,难以吞咽。她只想见到小枝和赤杨爪,滑爪令她紧张。"我们就要到了吗?"

松针爪向四周看看:"快了。"

小紫罗兰张开嘴巴,嗅闻空气:"我没闻到赤杨爪和小枝的气味。"

滑爪走过一片狭长的泥地,向影影绰绰的树林中看去。她脊背上的毛泛起涟漪:"我闻到他们的气味了!"

松针爪竖起耳朵。正当她转过头,循着滑爪的目光看去时,一簇凤尾蕨沙沙响起,一只长毛灰色公猫一跃而出。

泼皮猫!小紫罗兰吓得直哆嗦,不停地往后退,心跳得怦怦响。她听到身后有脚步声,猛地转过头,看到一只母猫从蕨丛中钻出,昏暗的月光下,母猫肮脏的白色皮毛闪着光。一只黑色长毛母猫与她并排走着。她们被包围了!

接着,一只银色公猫出现了,站到灰色公猫身旁。"我还以为她不会来呢。"他用怀疑的目光看着松针爪。

"她当然会来。"灰毛公猫贴着银色公猫的皮毛走过,停在松针爪面前,"作为一只族群猫,她是勇敢的。"

小紫罗兰僵在那里,满心惊恐。她看着滑爪。会发生打斗吗?但滑爪目光镇定地看着泼皮猫,她的皮毛也很平顺。

"松针爪。"灰毛公猫目光炯炯地说。

他怎么知道她的名字?

松针爪垂下眼帘:"嗨,雨。"

她显得很害羞！小紫罗兰大吃一惊，仿佛被浇了一身冷水。正在这时，松针从头顶的松树上雨点般落下。她仰头看去。一个身影正沿着树枝移动，然后顺着树干滑下，落到地上。

是一只白色公猫。

"嗨，暗尾。"松针爪向他点点头。

小紫罗兰看到他皮毛下肌肉起伏，吓得战栗起来。松针爪和滑爪为什么到这里来？松针爪怎么会认识这些猫？"这些就是袭击风族的泼皮猫吗？"这些话不由自主地从她嘴里冒出。

她身后的公猫得意地咕噜起来。

"是风族袭击我们。"暗尾咆哮道。

小紫罗兰想冲到松针爪身边去，但她的脚掌却好像在地上生了根。她盯着暗尾，竭力抑制住心里的恐惧。

"他们当然会袭击你们。"松针爪甩甩尾巴，"族群猫的自我保护意识都很强。"

松针爪表现得好像和他们是朋友。突然，小紫罗兰明白了，顿时满心失望。我们不是来这里见小枝的！我们是来见他们的！

滑爪无聊地钩起一片树叶："族群猫不喜欢与任何猫共享地盘。"

"他们想把所有猎物据为己有。"雨讥讽地说。

小紫罗兰意识到，所有的猫都正盯着她。他们期望她也说族群的坏话吗？

"这就是你给我们讲过的那只小猫吗？"银色公猫向小紫罗兰

雷影交加

走过来,他的眼睛好奇地闪动着。

"是的。"松针爪大步从他身边走过,站到小紫罗兰身边,高高扬起下巴,"这是小紫罗兰。"

银色公猫嗅嗅小紫罗兰:"她闻上去像族群猫。我觉得你说过她不是你们中的一员。"

小紫罗兰难以置信地盯着松针爪。她真的那样说过吗?

"她一直和我们一起生活。"松针爪告诉他。她又看着小紫罗兰,冲着银色公猫点点头:"这是蟑螂。那是雨和暗尾。"

小紫罗兰随着她的目光,看向灰毛公猫和白毛公猫。

"那是粉沙和渡鸦。"松针爪又介绍了那些母猫。

小紫罗兰吞了下口水:"他们为什么在这里?"

暗尾坐了下来:"我们必须找地方生活。"

"松树鼻说,你们不属于湖区。"小紫罗兰小声说。

暗尾哼了一声:"松树鼻听上去就是一只贪婪的猫,想把所有猎物据为己有。"

"她不是!"小紫罗兰辩解道。

暗尾没理她,看着松针爪:"你说得对。这里的猎物的确很多。我们会长胖的。"

"你们要留在这里吗?"小紫罗兰几乎不敢相信自己的耳朵。

蟑螂眯起眼睛:"我们有什么理由不留下吗?"

小紫罗兰吓得皮毛发麻。这只猫看她的眼神,仿佛她是只猎物。"这是族群领地。"她声音嘶哑地嘀咕道。

松针爪愤怒地抽抽尾巴:"我们为什么就不能分享它呢?为什么族群猫总是表现出很特殊的样子?他们也只是猫而已,和这些猫一样。"

小紫罗兰看着目光阴沉的泼皮猫。你们根本不像族群猫。

滑爪走上前去:"小猫无法决定自己生在何处。族群猫为什么就因为出生在族群里,就可以剥夺其他猫享用丰盛猎物的权利?"

暗尾的目光从滑爪身上扫过:"这是谁?"

松针爪低下头:"滑爪。我给她说起过你们,她想认识你们。"

"我们可以信任她吗?"雨竖起毛,走近一点问。

滑爪抬起口鼻。"你们当然可以信任我!"她宣布说,"我也认为族群猫是错误的。所有的边界和规则只能引发更多的战斗。"她轻轻推推小紫罗兰。

小紫罗兰惊愕地看着她。

"你不是族群里出生的。"滑爪告诉她,"你不觉得有这么多规则是很奇怪的事吗?"

小紫罗兰还没来得及回答,粉沙探过头来:"如果你不生在族群,他们为什么让你和他们一起生活?"

小紫罗兰眨眼看着她:"我不知道。"

暗尾盯着她:"你明知道自己是外来者,却要和族群猫一起生活,有什么感受?"

小紫罗兰心里忐忑不安。她想保持对影族绝对忠诚。她想到了褐皮和洼爪。如果花楸星知道她在这里,会怎么想?他很严肃,但

雷影交加

她想赢得他的重视。"我觉得还好。"她努力不去回忆她在族群里有多么孤独，松树鼻的孩子们如何不理睬她，她又是如何被禁止接近草心的孩子，生怕她会传染什么疾病给他们。"他们设法让我感觉自己是受欢迎的。"她的喉头哽住了。他们是这样做的吗？

暗尾凑近她："但你却没感觉到。"

小紫罗兰直往后退。他怎么知道？

松针爪昂首挺胸地绕着暗尾转了一圈。"由花楸星规定谁可以加入族群，谁不可以加入。但他老了，不会变通。他需要知道，我们都是猫，我们都有相同的需要——狩猎、和平与生活。但是，他却忙于捍卫自己的边界，忘记了我们的需要。"

小紫罗兰的脑子飞快地转动着。松针爪听上去语气坚定。她说得对吗？他们的确都是猫。也许族群猫错了。他们认定泼皮猫比狐狸好不了多少，就因为泼皮猫是外来者。

但她并不真的是我们中的一员，对吗？她回忆起鼠痕说过的话，一个想法突然从脑海中闪过，让她寒彻骨髓。他们都是这样看待我的吗？她盯着泼皮猫，影族猫认为我和他们一样？

第六章

小枝吞下最后一小口野鼠,舔舔嘴唇。她觉得无聊透顶,尽管太阳已经高高挂在天空上,但营地里依旧很冷。赤杨爪需要帮助吗?她知道,如果松鸦羽再看到她去巫医巢穴,一定会很生气。但她已经决定不去理会他的抱怨了。她猜测松鸦羽能从抱怨中享受到快乐。于是,她站起来,绕过空地,向巫医巢穴走去。当她经过营地入口时,闻到荆棘通道四周弥漫着风族气味。烬足和燕麦掌已在黎明时离开。战斗发生以来,松鸦羽和赤杨爪一直像照料族猫一样照料他们。小枝很自豪——她提供了很多帮助,为他们采集做窝的苔藓,替他们从猎物堆上取来新鲜猎物。有一次,趁着松鸦羽不在,赤杨爪甚至让她调配草药。

风族武士的伤势刚刚好转到已经可以走远路的程度,他们就回到自己的营地去了。看到他们说起回家就皮毛蓬开的样子,小枝猜测,他们是在为族猫担心。他们曾与侵扰他们的泼皮猫发生战斗。事实上,泼皮猫已经侵扰到每一只猫。黑莓星现在派出了更加庞大的狩猎队,而且坚持对边界实行日夜巡逻。

"小枝!"百合心从育婴室外喊道。她一直坐在一团微弱的阳

雷影交加

光下,"你不困吗?你天不亮就起来了。来打个盹儿。"

小枝摇摇尾巴。"不用了,谢谢。我不困。"她回应道。她一点也不觉得累。她一上午啥也没做,就在营地里瞎转悠,一会儿在香薇丛中探寻,希望抓到一只青蛙;一会儿在倒下的山毛榉树上练习平衡。

小云雀、小叶和小蜜也在育婴室外,正懒洋洋地在母亲身边打瞌睡,落叶季的冷风吹拂着他们的皮毛。小枝心里一阵沮丧。根据经验,她知道,请他们和她一起玩是徒劳的。就算他们同意,他们也跑得太快,并且很快就玩腻了,让她总是很失望。她更喜欢和赤杨爪一起打发时间。至少,在巫医巢穴里,尽管松鸦羽会抱怨,仿佛她是一只讨厌的跳蚤,但她感觉自己能派上用场。荆棘光喜欢和她一起玩苔藓球,那对那只瘫痪猫是一种很好的锻炼,也许她现在就能和她一起玩。

她走过武士巢穴,扫视营地,寻找大小合适的旧苔藓碎片。

"你真的认为,她就是星族希望我们去找的那只猫吗?那只能驱散天空阴霾的猫?"

玫瑰瓣的声音从武士巢穴多刺的围墙那边飘过来。小枝停下脚步。玫瑰瓣在说谁?

鼠须用倦意十足的声音回答她说:"她很普通,不像是什么与众不同的猫。"

"我猜是因为她还小的缘故。"玫瑰瓣勉强让步,"不过,她来之后,的确什么都没变。没有什么变得更好。事实上,泼皮猫还

来了，情况变得更糟糕了。"

"你说得对。再说了，如果她的确与众不同，星族难道不会传来更多的征兆吗？"鼠须的窝里窸窸窣窣地响，"我知道，她们是在'暗影中'被找到的，但那好像并不足以说明她们就是星族所说的猫。"

小枝凑近巢穴围墙，竖起耳朵。他们在谈论我和小紫罗兰！

"也许预言里指的是其他东西。"玫瑰瓣若有所思地说。

"发现小枝和小紫罗兰纯属偶然。"鼠须得出结论。

"正如你所说，小枝看上去的确很普通。在她学会自己狩猎之前，族群还得多填饱一个肚皮。"玫瑰瓣叹息道，"但愿这个秃叶季不那么难挨。大雪意味着猎物的稀缺。也许没有足够的猎物可以让我们支撑到新叶季。"

多填饱一个肚皮？小枝满心焦虑地想。他们说的普通是什么意思？雷族之所以接纳她，仅仅是因为他们相信她是预言中的猫吗？她屏住呼吸。万一她没有什么特别之处呢？他们会让她离开吗？如果秃叶季里没有足够的猎物，他们也许会那样做！她想象自己独自在森林游荡，树木间堆着厚厚的积雪，刺骨的冷风穿透她的皮毛；她仿佛看到，饥肠辘辘的狐狸正从矮树下向外张望，当它们看她时，眼睛顿时亮起来。我怎能独自生存下去？

育婴室外，小云雀睡意蒙眬地打了滚，伸伸懒腰。

如果我出生在族群就好了。他们就不会把我赶出去。她坚定地抬起下巴，我必须证明我是与众不同的！

雷影交加
LEIYINGJIAOJIA

因为紧张不安，小枝的皮毛不住地抽动着，她匆匆走向巫医巢穴，钻进黑莓中。

赤杨爪转过头来。当他看到小枝时，他担心地瞪圆眼睛："出什么事了吗？"

小枝迫使自己让皮毛平顺下来，假装天真地向他眨眨眼睛："没有。"她多想跑到他身旁，偎偎到他温暖的侧腹，问他自己是否与众不同，听到他肯定的答复。可是，他正站在松鸦羽身边。

"看这里，赤杨爪。"松鸦羽似乎没注意到小枝的到来，严肃地说，"你能看出任何感染的迹象吗？"

巫医正在检查桦落脚掌上的一条伤口。小枝知道，松鸦羽不高兴她来打扰。

赤杨爪凑近去看武士的脚垫："伤口看上去很干净。"

"我们该怎样处理伤口？"松鸦羽问。

"用蛛丝。"赤杨爪回答。

松鸦羽抬起头，用犀利的目光看着学徒。"只用蛛丝？"他的声音中透着恼怒。

赤杨爪挪挪脚掌，目光紧张地从草药堆那里掠过。

"现在没有感染，并不意味着伤口就不会恶化。"松鸦羽说。

"包扎之前，可以先往伤口中涂一些金盏花药膏。"赤杨爪满怀希望地建议说。

"那就去拿一些来！"松鸦羽把注意力转回到桦落的脚掌上，用自己的脚掌轻轻地把它翻过来，更加仔细地检查脚垫，桦落直往

猫武士

后缩。

这时，小枝身边的黑莓丛晃动起来。

白翅一瘸一拐地走进来，目光因为痛苦而黯淡。"我肚子痛。"她嘀咕道。

松鸦羽放下桦落的脚掌，匆匆向她走过去。

"什么时候开始的？"他嗅嗅白毛母猫呼出的气息，然后用口鼻触碰她的侧腹。

"大约天亮的时候。我吃完一只老鼠就开始痛了。"

"是突然发作的吗？"松鸦羽问。

"很突然，而且疼痛一上午都在加剧。"

"你呕吐过吗？"松鸦羽用脚掌按压白翅的侧腹。

她痛得倒吸一口凉气。

"这里痛吗？"他绕过白翅，按压她另一边的侧腹。

"不痛。"白翅粗声粗气地说，"我也不觉得恶心。"

"赤杨爪，到这里来。"松鸦羽摇摇尾巴。

赤杨爪从巫医巢穴的另一边看过来，嘴里叼着一卷金盏花。

"快点！"松鸦羽呵斥道。

赤杨爪放下金盏花，匆匆向老师跑去。

"按这里。"松鸦羽指着白翅的侧腹说。

赤杨爪慢慢抬起脚掌，轻轻按着白翅的皮毛。

"再用力！"松鸦羽命令道，"你那样按她甚至感觉不到。"

赤杨爪更加用力地按压白翅的侧腹，小枝看到他的眼睛闪过一

雷影交加

丝忧虑。

白翅痛得直咧嘴。

"对不起。"赤杨爪连忙说。

松鸦羽哼了一声:"如果你每次让病猫感到痛时都向他们道歉,那你什么事情也做不了。说,你有什么感觉?"

"她皮毛下面摸着很硬。"赤杨爪回答道。

"气体被困在肠道了。"松鸦羽返身去检查桦落,"她吃老鼠时吃得太快了。你该怎样处理这种情况?"

我知道!小枝兴奋地探身向前。她还记得小蜜肚子痛的事。她希望赤杨爪能回忆起来。

但赤杨爪无助地看着松鸦羽。

"山萝卜根!"小枝脱口而出。瞧!我的确与众不同!

松鸦羽恼怒地抽动着胡须,厉声说:"山萝卜是缓解反胃的。气体被困肠道需要水薄荷。没有谁在问你。如果你必须在这里逗留,请保持安静!"

小枝羞愧地缩了起来,感觉浑身阵阵发热。

赤杨爪从她身旁挤过,匆匆走向草药库。"别理他。"赤杨爪小声说。

小枝几乎没听到他的话。松鸦羽为什么对我这么刻薄?一个想法突然从她脑海中闪现出来。她愣在那里。他能和星族对话。他们已经告诉他我没什么特别之处了吗?

"只剩几片叶子了。"赤杨爪将脚掌伸进石缝深处,抓出一把

积满灰尘的茎叶。

"那我们必须多采集一些。"松鸦羽语速飞快地说,"不过今天不行。要到离湖边很近的地方去采。把剩下的水薄荷都给白翅;然后嚼一些药膏,准备敷桦落的伤口。我出去收集新鲜的蛛丝。"

松鸦羽走出巢穴时,小枝看着赤杨爪将积满灰尘的叶片放在白翅身边。叶片很大,是苍白色的。她努力想象着它们新鲜时候的样子。一个念头闪现出来。我知道怎样证明自己与众不同了!我去湖边采集更多的水薄荷回来。然后,全族群的猫都会看到,我聪明能干,他们就不会想着把我赶走了。想到这里,她情绪高涨,仿佛从蛛网中幸运逃脱的蝴蝶。

"我回头再来找你。"她向赤杨爪喊道。

"你不用离开。"赤杨爪抱歉地看着她,"松鸦羽说话总是口是心非。"

小枝愉快地竖起尾巴:"没什么。我有重要事情要去做。"

"什么事?"赤杨爪好奇地眨眼看着她。

小枝迟疑着。"嗯……我必须重新给小紫罗兰找一根羽毛。万一你再去看望叶池,就可以带给她。"她慌忙地说。

赤杨爪舔起一口金盏花,开始咀嚼。"祝你好运。"他声音含糊地说。

"谢谢。"小枝礼貌地向白翅和桦落点点头,退出巢穴,没想到竟然撞上一个软绵绵的东西。

"走路看着路!"松鸦羽的嘶吼声吓了她一跳,还差点被他的

雷影交加

脚掌绊倒。

她连忙从他身边挤过。松鸦羽低头钻进巫医巢穴。

小枝闷闷不乐地看着他的背影。下次见到我,你将会很高兴!

她穿过空地,紧张地扫视着营地。灰条正在长老巢穴外打瞌睡。小蜜正蹲伏在香薇丛旁边,显然在寻找青蛙。百合心已经不见了。她一定在育婴室里休息。黑莓星和松鼠飞正在高石台上分享一只老鼠。小叶和小云雀正在空地里自创战斗动作,罂粟霜、琥珀月和雪丛正看着他们。其他猫一定在各自的巢穴里,或者外出巡逻或狩猎了。小枝一边这样想,一边向荆棘屏障走过去。她避开了营地出口。那里太危险。相反,她钻到武士巢穴后面。看不到空地之后,她开始在荆棘屏障下端搜寻缺口。她看到有一处靠近地面的地方,树枝编织得不太密集,便从那里往外钻。荆棘从她皮毛上划过,她痛得直咧嘴,但她紧闭双眼,奋力往前钻,最后终于钻出了屏障。

成功了!她迅速地仔细查看了营地外一个落满树叶的小土包。我出来了!气味踪迹十分清晰,她一边循着它匆匆往前走,一边竖起耳朵,时刻警惕巡逻队。然后,她转变方向,钻进斜坡上的蕨丛中。她兴奋得脚掌发麻。普通小猫是不应该离开营地的。但她与众不同。当她带着一大卷水薄荷回来时,每一只猫都会知道这点。松鸦羽将对她感激不尽。他再也不会对我刻薄!玫瑰瓣和鼠须会感到难为情,因为他们曾经说她没什么特别的。

她用鼻子开路,钻出蕨丛。眼前是一片开阔的林间空地,空地那边,森林渐渐下沉,延伸向一条干枯的河床。然后,地势往上攀

升,延伸到一大排黑莓旁边。哪条是去湖边的路?她停下脚步,张开嘴巴,让森林气息从她舌头上流淌而过。各种陌生的气味流入口鼻,恐惧攫住她的心。那种恶臭是什么东西的气味?狐狸?猫头鹰?泼皮猫?她环顾四周,心跳如雷。有个小东西从河床中疾步而过。头顶,树叶在冷风中瑟瑟抖动,树枝摇摆不定,吱嘎作响。

小枝抬起下巴。我与众不同。她提醒自己,但却感觉比在营地里更没什么特别之处了。我必须证明这一点,否则他们会让我离开的。她的肚子收紧了。努力克服了心中的恐惧,她走下斜坡,跳过干枯的河床。她确信,只要她能绕过那一大排黑莓丛,就能看出她走的路是否正确。她爬上山坡,钻进多刺的树枝间的一道缝隙。她从另一边钻出来时,水的气息扑鼻而来。微风吹来了湖的气味。一定是湖水的气味。她能闻出潮湿的石头和泥土的气味,想象着有一个大水潭,水拍打着岸边。在她前面,森林倾斜而下。远处是水波在荡漾吗?她拔腿就跑,在树木间迂回前进,爬过一条又一条树根。她的脚掌在落叶上滑动,她在一片荨麻中举步维艰。荆棘直接戳进她的鼻孔,她往后一跳,疼得直眨眼睛。然后,她继续奔跑,朝着树干之间闪动的微光冲去。

突然之间,她已经冲出森林。风撕扯着她的皮毛,一片宽阔的斜坡绵延开去。她惊得倒吸一口凉气。大湖!湖面和前方的天空一样深远浩瀚,像银带一样波光粼粼,在微风中泛起涟漪。她伸长脖子去看对岸,惊愕地发现,从这里看去,树木是那样渺小。远处地势高起来,一座座小山顶被石楠丛覆盖着。更远处,有一座从水中

冒出的小岛。

　　这里一定有水薄荷！湖岸一直向远方延伸，小枝确信她能在水边的什么地方找到那种浅绿色的叶子。她冲下山坡，脚掌在挂满露珠的草叶上打滑。走到鹅卵石岸边时，她放慢脚步，在卵石中小心前行。石头硌着她柔嫩的脚垫，痛得她直皱眉头。

　　她扫视着湖岸。微波拍打着鹅卵石，但没有植物的迹象。沿着水边往前走，她非常小心地不让水波打湿脚掌。两眼一直凝视着前方。突然，她看到一大片从湖水中突出的砾石，四周有泛着绿色的茎叶，她的心跳顿时加快。

　　是水薄荷吗？她抬起头，仰望着飘着朵朵白云的天空，星族啊，请让那是水薄荷吧！

　　走近之后，她兴奋不已，辨认出了那种宽大的浅绿色叶片。正是她在巫医巢穴里看到过。它们没有积满灰尘，也没有干枯，但她能闻出，叶片浓烈的气味与松鸦羽给白翅的叶片的气味相同。星族回应了我的祈祷！小枝满心欢喜，我一定与众不同！

　　她爬到第一块砾石上，伸出爪子去抓光滑的石头。有些岩石突出到更深的湖水中，水薄荷就生长在它们之间。她爬过一块又一块砾石，向它们爬过去，一直爬到茎叶最繁茂的砾石边上。

　　我要尽我所能，带回最大的一卷！小枝想象着，她叼着一大卷水薄荷走进营地，族猫们满面惊讶。小云雀、小叶、小蜜会震惊的。他们甚至会让她和他们一起捉青蛙。每一只猫都会祝贺她。松鸦羽会从巫医巢穴里出来，看看外面为什么吵吵嚷嚷。然后，他会闻到

水薄荷的气味，一定会感谢她。

　　小枝开心地用爪子钩住最大的叶片，用力拉拽。令她惊讶的是，叶片并没有从茎秆上被撕扯下来。她拉拽的力量却让她失去平衡。她笨拙地一扭身，脚下随之一滑。当她的后臀碰到岩石时，她的心收紧了。她松开叶片，试图爬起来，但脚掌却在光溜溜的石头上滑动。救命！她感觉自己正在下落。伴随着一声惊恐的号叫，她掉入湖水中。

　　冰凉的湖水让她顿时无法呼吸。她发现自己正在往下沉，吓得魂飞魄散，拼命蹬动脚掌，张嘴呼救，但却立即被湖水噎住。湖水刺痛她的眼睛，灌进她的耳朵，浸透她的皮毛，水泡从她四周冒出。她奋力挣扎，水流却紧紧攥住她，将她往深处拖去。星族，救救我！她想用力将自己往水面上拉，但四周好像都有光。哪个方向才是上面？她的惊恐不断升级。我出不去了！她的肺憋得生疼。我要死了！怎么可能发生这样的事？我是一只与众不同的猫！

　　突然，一个声音穿过咆哮的湖水，钻进她耳朵里。小枝。她停止挣扎，让湖水卷着她，就像卷着一片树叶。小枝！那个声音再次响起。她觉得那声音似曾相识，心里升起一线希望。

　　是妈妈的声音吗？她已经忘记妈妈温柔的咕噜声。她只和妈妈一起生活了几天。赤杨爪把她带回雷族后，她甚至想不起母亲的皮毛摸上去是什么感觉。现在，母亲的气息环绕着她。

　　游，孩子，游！

　　听到妈妈的命令，小枝再次蹬动腿脚，努力向水面靠近。湖水

雷影交加

将她往下拉,她就奋力往上游,她的肺仿佛要炸开。我的力量不够大!救救我!

有牙齿咬住她的后颈,叼着她的皮毛,将她往上拖。妈妈?她惊得瘫软下来,任由自己被拖拽。她感觉四周的水越来越轻,直到她像逃出狐狸恶口的猎物一般,重新进入新鲜空气中。

她大口吞下空气,吃力地将肺部装满,无助地咳嗽起来。那牙齿仍然叼着她的后颈,拖着她,直到她感觉到鹅卵石从脚掌下擦过。她无助地任由自己被拖到岸上。"你救了我的命。"她虚弱地说。母亲回来了!她救了我的命!小枝神情恍惚地将肺里的水咳出来,将肚子里的水呕吐出来。

"是小枝吗?"一只姜黄色母猫正俯身看着她,眼神里透出担忧,"你还好吗?"

小枝惊愕地眨眨眼睛。"烁爪?"失望刺痛她的心。原来不是妈妈。她抑制住心中的悲伤,让思绪慢慢清晰起来。当然不是妈妈。我真是个鼠脑子!妈妈到这里,到这湖边做什么?她吃力地站起来,勉强咕噜一声。"你救了我的命,烁爪!谢谢你!"她又咳嗽起来,瘫倒下去。

烁爪坐下来,她湿透的皮毛在滴水:"你究竟跑到这里来做什么呀?你想看看河族猫是怎样生活的吗?"

小枝眨眼看着她,羞愧难当,浑身如此燥热,甚至将湖水的寒意从皮毛中驱赶了出去。"我来采水薄荷。"她虚弱地说。

烁爪瞪圆了眼睛:"赤杨爪让你来的吗?"

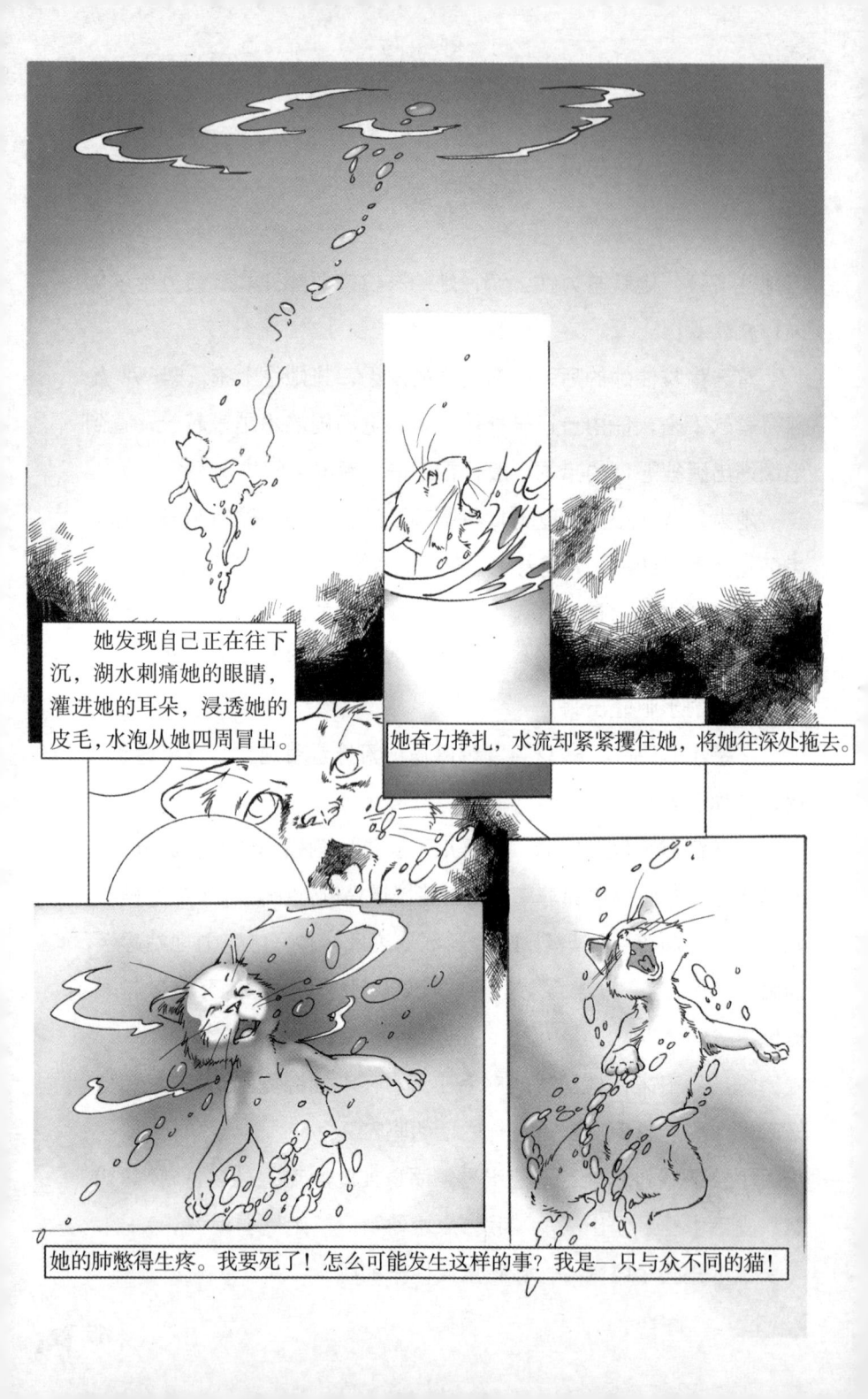

她发现自己正在往下沉,湖水刺痛她的眼睛,灌进她的耳朵,浸透她的皮毛,水泡从她四周冒出。

她奋力挣扎,水流却紧紧攫住她,将她往深处拖去。

她的肺憋得生疼。我要死了!怎么可能发生这样的事?我是一只与众不同的猫!

小枝！

突然，一个声音穿过咆哮的湖水，钻进她耳朵里。

是妈妈的声音吗？她已经忘记了妈妈温柔的咕噜声。

母亲的气息环绕着她。

游，孩子，游！

我的力量不够大！救救我！

小枝摇摇头："是我自己来的。我想帮助族群。"

"我可不确定你淹死自己是不是对族群很有帮助。"烁爪抖动皮毛，水珠溅落到小枝身上。

接着，她们听到沉重的脚步声，鹅卵石哗啦作响。另一只猫跳到湖岸上。小枝抬起头，看到樱桃落。

这名武士盯着小枝。"你说得对，烁爪。"她惊讶地说，"先前岸上的确有只小猫。我还认定是只水獭。"

"水獭会游泳。"烁爪开玩笑地拍拍小枝的口鼻。

小枝无助地向她眨眨眼睛。她感到又冷又尴尬，而且已经精疲力竭。

樱桃落从徒弟身边滑过。"小枝，我不会问你在湖边做什么。我们需要尽快把你弄回家，让你暖和起来。"她蹲伏下来，"爬到我背上来。我背你回营地。"

小枝伸出前掌，努力地将自己往武士肩膀上拖，但她的脚掌还不够有力。她感觉烁爪的口鼻伸到她臀下。然后，学徒低吼一声，用力将她托起。

小枝紧紧趴在樱桃落背上，闭上眼睛，惬意地感受着武士皮毛中散发出的温暖，让武士带她回家。

"你为什么要离开营地？"松鸦羽将她塞进烬足用过的窝里，责骂道。

"我想帮忙。"小枝难过地说。她将目光转向巢穴入口，期望

雷影交加

赤杨爪快点回来。他也会生她的气吗?她很想快点知道。

"小猫崽不应该想着帮忙。他们只会添麻烦!"松鸦羽将干苔藓堆到她四周,"荆棘光,用你的身体环抱着她。我们得让她暖和起来。"

荆棘光轻轻滑进窝里,在小枝身旁侧躺下来,蜷起身子,环抱住她。小枝仍在发抖。由于用力咳水出来,她的嗓子很痛。她听到族猫们在外面议论纷纷。樱桃落将她背进营地时,他们都围了过来。

"你们在哪里发现她的?"

"泼皮猫把她绑架了吗?"

"她去营地外面做什么?"

"她怎么浑身透湿了?"

四周都是焦急的询问声。她一直把口鼻埋进樱桃落的皮毛中,紧紧闭着眼睛。这可不是她设想的凯旋。她甚至没有带回一片水薄荷。

此刻,在烬足的窝里,她听到了百合心的声音。

"她在哪里?"猫后从黑莓屏风中挤了进来。

小枝胆怯地从苔藓中看着她。

"樱桃落说你去湖边了,"百合心听上去和松鸦羽一样生气,"你怎么可以离开营地?我为你感到羞愧。全族的猫会怎样想啊?"

小枝更深地缩进窝里。

松鸦羽站到猫后面前。"她需要休息。"他告诉百合心,"等她恢复之后,你再冲着她吼叫吧。"

百合心愤怒地蓬松起皮毛:"她应该是由我照顾的。"

"那你就不应该让她游荡到营地外面去,尤其在森林里有泼皮猫的时候。"松鸦羽非常坚决地将百合心引向出口。

百合心嘴里嘟囔着,怒气冲冲地走出巫医巢穴。

小枝向松鸦羽眨眨眼睛。他刚才真的在保护她吗?

松鸦羽向巢穴后部走去。"我给你调配一些压惊的草药。"他回头说道,"如果味道不好吃,别抱怨。这都是你自作自受。"

就在他说话时,赤杨爪冲过黑莓屏风,滑动脚步停在小枝窝边。"我出去摘橡树叶了。"他气喘吁吁地说,"我一回来樱桃落就告诉我了。小枝!这是怎么回事?你到湖边去做什么?"

小枝眨眼看着赤杨爪,做好再被臭骂一顿的准备。可是,赤杨爪正用惊恐的大眼睛盯着她:"你没事吧?"

"她会好的。"松鸦羽从巢穴后部吼道,"荆棘光正将她暖和过来。我在给她配一些百里香和罂粟籽。"

赤杨爪探身向前,用鼻子轻推荆棘光。"你辛苦了。让我来吧。"他轻声说。荆棘光挪开之后,他滑进窝里,用自己的身体包裹住小枝。他熟悉的气味让小猫崽感到极大的安慰。

"烁爪说,你是想帮忙。"他喃喃说道,"你到湖边去怎么帮忙呀?"

"我想采水薄荷。"小枝带着哭腔,哽咽着耳语道,"你们的水薄荷用完了,我想证明自己是与众不同的猫。"这些话从她嘴里翻滚出来时,她的心仿佛都碎了。"鼠须和玫瑰瓣说,他们认为我

雷影交加

没什么特别之处。他们说有个预言。雷族以为我和预言有关,但我没有。他们还说,我只是一只普通的猫。但是,如果我只是一只普通的猫,雷族就不会再要我。因此,我必须证明我是与众不同的。"

赤杨爪抱紧了她。小枝终于不再颤抖。"你当然与众不同!是星族指引松针爪和我到你身边。雷族永远都会要你。你现在是我们中的一员,一切都不会再改变。"

"你现在是我们中的一员。"他的话让小枝感到欣慰。她放松了身体,依偎着他,咕噜起来。

"赤杨爪!"

烁爪的声音吓得她一跳。这名火焰色皮毛的学徒冲过黑莓屏风,目光炯炯。"樱桃落告诉黑莓星我救了小枝,她说可以对我进行考核了。你知道这意味着什么吗?我即将成为武士!"

小枝感觉到,环抱着她的赤杨爪愣了一下。

"你就要成为武士了?"他的声音听上去有些生硬,"那太好了,烁爪。真是太棒了!"

"我知道!"烁爪来回踱着步,"我迫不及待地希望命名仪式尽快开始——我的意思是,如果我能通过考核的话。我一定能通过的,对吗?"她急切地看着赤杨爪,但没给他回答的机会,"我当然能。为了这一刻,我一直在刻苦训练。不知道狩猎考核在哪里进行。希望他们选择小河边那片林间空地。那里一直都有松鼠……"

小枝的注意力飘走了。赤杨爪身体的温暖和窝里苔藓的温暖让她睡意蒙眬。她的眼皮越来越重。闭上眼睛后,睡意渐渐袭来,开

始拉扯她的皮毛。她很奇怪，当烁爪告诉赤杨爪她很快就要参加命名仪式时，赤杨爪为何如此紧张。他为他的妹妹高兴，对吗？他当然高兴。黑暗在她周围盘旋。

他怎么就不该高兴呢？

第七章

"烁皮！烁皮！"

他呼喊着手足的武士名称，自豪之情在赤杨爪的皮毛中涌动。族猫们也在他四周欢呼。

灰条的声音从空地远端传过来。长老正在和米莉闲聊。"我还以为他们会选择烁火作为她的武士名称。她长得比我见过的任何猫都更像火星。那将是纪念他的好办法。"他叹息一声，"但我想，黑莓星是族长。他一定知道自己正在做什么。"

烁皮站在空地中间，黑莓星身旁，她高高地扬起下巴和尾巴，她那双明亮的绿眼睛里，闪着喜悦的光。一剪明亮的半月高挂在晴朗的漆黑夜空中，将营地照亮，在高石台上投下道道阴影。

黑莓星用口鼻轻轻蹭蹭烁皮的下巴。松鼠飞疾步上前，和她碰碰鼻子。赤杨爪心神不定地挪了挪脚掌，试图忽略让他脚掌刺痛的嫉妒感。烁皮得到武士名称当之无愧。从接受训练的第一天开始，她就是一名非凡的学徒。樱桃落和蕨毛已经宣布，她在考核中表现出色，抓到一只鸽子和两只老鼠。在一场模拟战斗中，她用自创的战斗动作智胜樱桃落。但赤杨爪却情不自禁地希望，他此刻正站在

空地里，站在妹妹身边，而不是在一旁观看。

他望着月亮。今晚在月亮池的集会上，星族会和他说话吗？也许他们会告诉他，他的学徒期正接近尾声。他心中充满渴望，想象着松鸦羽给予他巫医名称，族猫们都在一旁观看的情景。松鸦羽终于不会再对他颐指气使了吧？

"赤杨爪！"烁皮的声音打断他的思绪。族猫们正向营地边上走去，继续去吃他们为了观看命名仪式而匆匆抛下的未吃完的猎物。

他疾步走去迎接她："祝贺你！"

烁皮看上去像幼崽一样开心："谢谢！"她用口鼻碰碰他的脸颊。"下一个就到你了。"她轻声向他保证说。

"但愿如此。"他叹息一声。

松鸦羽跺着脚从他们身边走过，他的尾巴抽动着："别空想了，赤杨爪，快走。我们可不想成为最后到达的猫。"

烁皮的目光追随巫医直到营地入口。"我觉得你真了不起。"她对赤杨爪耳语道，"你竟然能忍受他。如果换成我，早把他那些愚蠢的草药全部扔到湖里去了。"

赤杨爪强忍住才没咕噜着笑出声来："我也想过那么做。"

烁皮轻轻将他推开："你最好快走。"松鸦羽已经消失在通道出口中。当赤杨爪转身去追老师时，烁皮喊道："你回来时我们再见！"为了表达对她的新名称的敬意，今晚，她将在空地里通宵守夜。

至少，赤杨爪不嫉妒这一点。晴朗的天空意味着寒冷的夜晚。

雷影交加

空地上可能还有霜。"别着凉!"他回头喊道。

"我的新名字会让我一直暖和的!"

赤杨爪咕噜着低头钻进通道。

松鸦羽已经爬到半坡上。赤杨爪急忙去追他。

他们在边界遇到蛾翅和柳光,一起沿着将荒野和森林分隔开来的小溪逆流而上,走向它的发源地所在的山丘。

赤杨爪跟在松鸦羽身后,翻过一块大石头。溪水在他们身旁潺潺流淌。"我们应该等着叶池和洼爪吗?"

"他们已经到那里了。"松鸦羽答道,脚下不停,"你没闻到他们的气味吗?"

赤杨爪张开嘴巴,从浓烈的水、石头和石楠的气味中间,嗅到了叶池的微弱气息。

"我想知道洼爪的训练进展如何。"蛾翅在他们身后喊道。

"你着什么急呀?"松鸦羽生硬地嘟囔道,"我们到那里就知道了。"

"如果不是一只盲猫在带路,我们也许能快点到那里。"蛾翅善意地开玩笑说,并疾步去追松鸦羽。她大步从赤杨爪身边走过时,眼珠一转,嘘声说:"他像长老一样乖戾。"

"我听到了。"松鸦羽气鼓鼓地说,"而且你知道,我对这条路非常熟悉,可以走得和任何看得见的猫一样快。"

"对不起,松鸦羽。"蛾翅咕噜道,"我忘了你有蝙蝠一样好的听力。"

125

猫武士

两只年长的猫闲聊时,柳光走到赤杨爪旁边,和他并肩前行:"你的训练进展如何?"

"我觉得我还行。"赤杨爪小声说,"但我不确定松鸦羽是否满意。"

"我觉得松鸦羽这一生对什么都不会满意。"柳光咕噜道,"不过,你一定能成为了不起的巫医,因为你正在接受最佳巫医之一的培训。"

赤杨爪忍住一声叹息。松鸦羽也许是最佳巫医之一,但有时候,接受獾的培训也许都比接受他的培训要更轻松。

爬上最后一道岩石山脊时,他已经上气不接下气。他拖着脚步走到边上。当他看到下面的月亮池时,他的心提了起来。一潭池水静卧在不深的山谷中,四周环绕着光滑的岩壁。今晚,水面很平静,倒映的月影纹丝不动。他让柳光带路,走下布满数不清的脚印的山坡。下到山脚后,他看到了叶池。

松鸦羽走到水边时,她疾步过来迎接。"族猫们怎么样?他们还好吧?"叶池眼中闪着急切的光芒。

"有几只猫肚子痛,还有些脚掌上扎了刺。"松鸦羽告诉她,"没有什么好担心的。"

赤杨爪走到他们身边,很高兴闻到叶池熟悉的气味。"大家都很想念你。"他告诉叶池。

叶池眼中充满渴望。"我也想你们。"她瞥向洼爪。那只小猫正茫然地凝视着被月光照亮的水面。

雷影交加

"训练进展如何？"松鸦羽问。

"我们取得了一些进步。"叶池告诉他。

赤杨爪试图解读她的目光。这意味着洼爪比上次他去影族营地时做得更好了吗？他还没来得及问，三个身影出现在山谷边上。

月光下，赤杨爪认出了隼飞。他的两侧走着两位风族武士。金雀花尾和莎草须和他一起，正步伐僵硬地沿着布满脚掌印的小径往下走。

松鸦羽和叶池交换了一下眼色。

"他为什么带她们来？"叶池嘘声问。

蛾翅喊道："这是巫医的集会。"

"我们马上就走。"隼飞到达水边时，金雀花尾停下脚步说。

叶池向隼飞眨眨眼睛。"一切都好吧？"她又朝着他的族猫们点点头，"你通常不需要别的猫陪你来。"

"这是一星的命令。"风族巫医抱歉地说。他向金雀花尾和莎草须点点头："我已平安到达。你们最好离开。"

"我们在山谷外面等你结束。"莎草须低吼道，然后转身就往坡上爬。金雀花尾跟在她后面。

赤杨爪不安到皮毛刺痛。武士们好像有些不耐烦。隼飞的毛直立起来。

"出什么事了？"蛾翅走近一点，好奇地瞪圆眼睛。

"一星担心有泼皮猫。"隼飞解释说，"他已经下达命令，每一只猫离开营地都必须有其他猫陪同。"

松鸦羽抽抽耳朵:"他不相信星族可以守护你们吗?"

隼飞挪挪脚掌。"自从和泼皮猫发生战斗后,他好像不相信任何猫了。"他愁眉苦脸地说,"如果他受伤时我在那里就好了。我也许可以帮助他。"

"你帮不上什么忙。"松鸦羽语气生硬地告诉他。

赤杨爪同情地向风族巫医眨眨眼睛,回想起沙风死时自己的愧疚。这就是作为巫医的意义所在吗?永远都会为没能挽救的生命遗憾?

"可怜的一星。"蛾翅嘀咕道,"失去一条命一定是很难过的事情。"

赤杨爪眨眼看着她。河族猫怎么会知道一星失去了一条命的?黑莓星曾在和花楸星的对话中暗示过,但仅此而已。难道和狮焰一起去报警的猫轻率地透露了秘密?

松鸦羽哼了一声:"至少,他还有不止一条命可以失去。荆豆皮死时可能更难过。"

叶池凑近隼飞身边。"为什么金雀花尾和莎草须这么烦躁?"

隼飞压低声音:"这段时间,一星的行为很奇怪。他出去巡逻或者狩猎之前,会先派侦查队出去。他在营地入口设立了永久性守卫。他重申了每一条规定。有一半的族猫因为违反这条或那条守则受到惩罚。"他回头看看:"每一只猫都害怕被告状。武士们都很紧张,几乎不敢互相说话,学徒们也战战兢兢,如履薄冰。"

松鸦羽不耐烦地摇摇尾巴:"一星越快恢复正常越好。你们想

雷影交加

到过在他吃的猎物中放几粒罂粟籽吗？等他睡着之后，你们就能放松一阵子。"

隼飞逗趣地抽抽胡须。"我可以试试。"自从到达月亮池以后，他的肩膀第一次放松下来。

叶池看起来依然很焦虑："荒野上有泼皮猫的踪迹吗？"

"暂时没有。"隼飞回答道。

蛾翅吸吸鼻子："他们肯定已经走远了。他们为什么要留在已经被占领的地盘上？"

柳光点点头："如果想得到每一口猎物，都必须和我们战斗，那也太麻烦了。他们肯定已经走了。"

"但愿如此。"叶池赞同道，"泼皮猫通常喜欢旅行。所以他们才叫泼皮猫。"

赤杨爪肚子一紧。她不了解这些泼皮猫。他们把天族从自己的领地上赶走，在河谷中安家。而且暗尾曾发誓说，这不会是他们最后的碰面。他应该警告其他猫吗？他瞥了松鸦羽一眼。他的老师也听到了泼皮猫首领的威胁。但是，这名盲眼巫医此刻正绕着洼爪踱步，一边走，一边嗅着学徒的皮毛。

"你满身都是草药味。"松鸦羽嘟囔道，"叶池一定教了你许多知识。"

叶池疾步走过去："洼爪学得很快。"

"好。"松鸦羽喵道，"因为我们需要你回雷族。他已经准备好，可以成为正式巫医了吗？"

已经?赤杨爪气得皮毛发麻,如果松鸦羽一意孤行,我会一直训练到成为长老。

"正式巫医?"叶池震惊地看着松鸦羽,"接受一个月训练之后吗?"

蛾翅将尾巴从石头上甩过:"我相信,就算叶池再离开一段时间,你和赤杨爪也能照顾好雷族。如果你们需要帮助,来找我或者柳光。"

松鸦羽不屑地哼了一声。"我们不需要帮助。"他那双盲眼死死盯着洼爪,"但如果能知道你还要在影族猫身上浪费你的才能多久,那就太好了。"

叶池愤怒地抽动着耳朵:"分享知识从来就不是浪费。"

洼爪眼中闪着焦虑的光:"我非常感谢叶池教给我的一切,我也在尽可能快速地学习。"

赤杨爪心里突然涌起对这只小猫的同情。也许训练太快比训练太慢更糟糕。再过一个月,洼爪就将肩负起为每一只影族猫治病疗伤的重任。"我相信,你能成为一名了不起的巫医。"赤杨爪安慰他说,"这只需要耐心。"

松鸦羽突然转过头来:"还需要有区分山萝卜根和叶的能力。"

赤杨爪气得皮毛刺痛:"这不公平——"

叶池急忙打断他:"至少,我们都知道,赤杨爪很有耐心。"她意味深长地看着松鸦羽。

松鸦羽仿佛能看到她犀利的目光,转开头,走到水池边。"既

然已经没有多少别的事可说，我们还是跟星族沟通吧。"说罢，他蹲伏下来，用鼻子碰触平静的水面。

赤杨爪失望地将鼻尖从冰凉的水面上移开。

"星族和你说话了吗？"叶池正期待地看着他。

他摇摇头，直起身。除自己的所想之外，他什么也没看到。松鸦羽、隼飞和柳光面面相觑。洼爪盯着地面。

"有谁和你们说话吗？"叶池追问道。

松鸦羽蓬松起皮毛："我猜可能没有什么好说的。"

"关于泼皮猫呢？"叶池满面焦虑地问。

"一定没有威胁。"柳光猜测道。

"我早就告诉过你们。"蛾翅猛地抬起头。她趴在水边，但她没像其他巫医那样用鼻子触碰水面。她怎么可能与一个她似乎不相信其存在的族群交流？尽管她亲眼看到了与黑森林的大决战，却从不相信那些猫是他们自己的祖先，只是简单地把他们看成是从族群领地以外来的泼皮猫。"他们现在已经走远了。"

赤杨爪真希望自己可以相信她的话。但这还不是他忐忑不安的原因。他曾希望星族能给他一点有关天族的线索。他越想这件事，越确信预言中提到的阴霾散尽，指的是天族。星族一定知道那个消失的族群去了哪里。祖先为什么不能传个话来呢？或者至少给点线索，让他知道小枝和小紫罗兰是否与预言有关。想到小枝掉进湖里之后，紧紧依偎在他身旁瑟瑟发抖的样子，他心里充满同情。"如

猫武士

果我只是一只普通的猫,族群就不会再要我。"他颤抖着把这个念头抛开。雷族当然会要她,无论她是否与众不同。

"你准备回去了吗?"莎草须的声音从山谷顶上传来。她的身影被月光勾勒得清晰可见。

隼飞急忙向她走去。"我来了。"他又回头看看其他巫医,"愿星族照亮你们回家的路。"他大声说完,向族猫走去。

蛾翅和柳光跟着他爬上斜坡。"森林大会见。"蛾翅回头说道。

柳光从其他猫身边走过时,向他们点点头:"保重。"

松鸦羽又在打量洼爪。"告诉我,你认识哪些草药。"他考核年轻的学徒说。

"水薄荷、马尾草、金盏花……"

洼爪开始一一说出草药的名称时,赤杨爪注意到,叶池正焦急地看着水中月亮的倒影。

他走到她身边,小声问道:"你希望星族会告诉你,花楸星是否对洼爪做出了正确的选择吗?"

"我知道他做得对。"叶池轻声回答,"他学得很快,对病猫有同情心。他会成为不错的巫医。"

"那你为何如此担忧?"赤杨爪看出了叶池眼里的阴影。

"我是在为影族担心。"叶池喃喃说道。

"出什么事了吗?"赤杨爪凑近她问。

"没什么具体的事。"叶池迟疑地说,"不管怎么说,暂时没有。但影族太混乱。"

雷影交加

"也许影族就是那样。每个族群都不同。"

"影族对武士守则一直就有自己的认识,但以前至少他们尊重它。"叶池焦急地凝视着赤杨爪,"现在,年轻猫对长老没有表现出应有的尊重。他们甚至完全无视一些规则。昨天,我不得不去为草心狩猎。学徒们没给她送去足够的食物,无法保证她的奶水充盈。小花、小蛇和小涡长得很快,草心需要吃到尽可能多的猎物。"

"武士们为什么不派他们的学徒出去狩猎?"赤杨爪疑惑不解地问。

"老师们好像无法让他们的学徒做任何事情。滑爪顶撞每一只猫,甚至花楸星。松针爪也好不到哪里去。"

听到叶池批评那只年轻母猫,赤杨爪脖子上的毛直立起来:"不过,她还在照顾小紫罗兰,对吗?"

叶池向他眨眨眼睛:"如果你说的照顾,是指她无论去哪里,都让小紫罗兰跟在她屁股后面,那么是的。她经常把小紫罗兰带出营地,天知道她们去了哪里。"

"带出营地?"赤杨爪内疚得皮毛燥热。那是我的错吗?是我最先怂恿她那样做的。"花楸星不惩罚她吗?"

"我觉得他根本就不知道。"叶池叹息一声,"学徒太多,族长根本无暇顾及。蜂爪和蓍爪一直在说,我们不应该理会星族。他们还问,他们为什么要相信一群他们从未见过的猫。"

赤杨爪惊愕地打断她:"他们肯定不是抵触星族吧!"

叶池担忧地继续说下去:"滑爪说,死猫连话都不会说。她还

说,星族不可能再知道森林里的事情,他们在自己的狩猎地生活得太久了。"

赤杨爪探身向前:"你难道不能告诉他们——用你亲眼看到的事实说服他们是错误的吗?"

"我是雷族猫。"叶池无助地看着他,"我说什么都会让情况更糟。武士们已经不再和他们争辩,好像他们觉得信仰星族没有意义了。"

赤杨爪惊恐得心跳加快:"也许这就是星族今晚不和我们交流的原因。他们可能对影族生气了。"

叶池闭上眼睛。"也许星族都不知道如何是好。"她眨巴着睁开眼睛,仿佛将担忧抛开,"也许会过去的。这些猫还小。他们会逐渐明白事理的。"她蓬松起皮毛,抵御夜里的寒气,"我可能是杞人忧天。就像你说的那样,影族一直与众不同。可能每一拨新学徒都一样,武士们正确的做法就是默默等待他们长大。"赤杨爪还未做出任何回应,她已经向洼爪走过去,打断了松鸦羽的提问。雷族巫医正在考问洼爪怎样治疗感染的爪子。"走吧,我们该回去了。"

洼爪如释重负。他向叶池点点头,往斜坡顶上走去。

"我再过一两个月就回来。"叶池对松鸦羽说,然后跟着洼爪离去。

"我希望你再早一些回来。"松鸦羽气呼呼地说。

"我也希望如此。"叶池又捕捉到赤杨爪的目光,继续说着,"对赤杨爪耐心一些。小猫从善良中学到的东西比从愤怒中学到的

更多。"

赤杨爪紧张地看着松鸦羽,真希望叶池什么也没说。千万别用爪子去捅马蜂窝。

松鸦羽逗趣地抽抽胡须。"如果我现在开始对他温和,他会担心我是不是因为老了心才变软的。"他跟着叶池往坡上走,"听上去,你对洼爪的训练进展顺利。至少,他好像知道山萝卜的作用。"

赤杨爪几乎没听到老师对他的讥讽。他在为影族担心。万一叶池的预感是错误的呢?万一学徒的不良行为不会得到改善呢?松针爪会怎么样?他的心揪成一团。在那样的地方,小紫罗兰怎能成长为一名真正的武士?

第八章

小紫罗兰眯起眼睛,看着树梢之间炫目的落日。她的脚掌好痛。她已经渐渐习惯了从泼皮猫的营地走回来的路程。翻越倒树和跨过小沟时,松针爪通常会帮她,但她依然感觉那段路很漫长。看到营地的黑莓围墙就在前头,她终于舒了一口气。

"来吧。"松针爪小声说,带着她向排便处通道走去。小紫罗兰疲乏不堪,正跌跌撞撞往前走,却被突然传来的声音吓了一跳。

"你们去哪儿了?"褐皮从树林里大步走出,挡住她们的去路。她用愤怒的目光逼视着松针爪。

松针爪毫无怯色地眨着眼看向她:"我带小紫罗兰去看狩猎松鼠的最佳地点。"

褐皮怒目圆睁:"小紫罗兰太小了,还不能狩猎松鼠。她甚至不应该离开营地。"

松针爪哀求地睁大眼睛:"但她太无聊。松树鼻的幼崽现在都是学徒了。"

"草心的幼崽呢?"褐皮寸步不让,"她可以带他们玩。"

小紫罗兰走上前来:"松树鼻说,他们太小,不能和我玩。"

雷影交加

至少,她说的是事实。那些孩子很可爱,但松树鼻总能找出各种理由,说小紫罗兰应该远离他们。

"胡说。"褐皮厉声说,"我小的时候,刚刚睁开眼睛,就和同巢猫一起玩耍,无论他们多大。"

但你是族生猫。小紫罗兰强忍着心里的怨恨。她不想表现出不感恩的样子。松树鼻和草心都对她很好。她们只是保护欲太强,仅此而已。"如果我能得到允许,我是愿意和他们玩的。"她为自己辩解道。

褐皮眯起眼睛。"我会去跟松树鼻和草心说的。"然后,她又猛地用犀利的眼光逼视着松针爪,"就算小紫罗兰在育婴室里玩得不高兴,你也不能为了解决问题就违反规则。你应该直接来找我。"她愤怒地抽动着尾巴:"一下午的训练就这样荒废了。我本来打算教你怎样追寻气味踪迹的。这是你要学会的最重要的武士本领。"

小紫罗兰僵在那里。万一褐皮循着我们的气味追踪到泼皮猫的营地,怎么办?

但是,玳瑁色母猫还在继续说着。"我和雪鸟还有石翅一起去狩猎了。"她上下打量着松针爪,"你抓到松鼠了吗?"

"它们逃得太快了。"松针爪急忙说。

"这么说,你没有任何东西可以放到新鲜猎物堆上去?"褐皮被彻底激怒了,"记住,族群利益是第一位的!"

"我在照料小紫罗兰。"松针爪顶嘴说。

"你是在教她怎样违反规则。"褐皮的喵声逐渐转为愤怒的低

来吧。

褐皮！

你们去哪里了？

我带小紫罗兰去看狩猎松鼠的地点。

小紫罗兰太小，不能狩猎松鼠。她甚至不应该出营地。

但她太无聊。松树鼻的孩子现在都是学徒了。

草心的孩子呢?她可以带他们玩。

松树鼻说,他们太小,不能和我玩。

我小的时候,刚刚睁开眼睛,就和同巢猫一起玩耍,无论他们多大。

胡说。

猫武士

吼，"跟我来。我必须向花楸星报告这事。"

她转身就走，她的尾巴来回抽动，似乎预示着不祥的事情。

松针爪瞥了小紫罗兰一眼。"别担心。"她低语道，"我不会让你有麻烦的。"

小紫罗兰的心怦怦直跳。花楸星！影族族长走过营地时，偶尔会停下脚步，和她打招呼，问她是否适应族群生活。但她除了短促地吱唔着作答外，几乎什么也说不出来。现在，她将被告发给族长，因为她违反了族群规则。

松针爪耷拉着肩膀，漠然地甩着尾巴，在褐皮身后走着。小紫罗兰压下心里不断升起的恐慌，迫使皮毛平顺下来，故作镇定地跟在她们后面。

太阳已经落到树后，族猫们已经在空地四周安顿下来进食。小紫罗兰瞥了一眼新鲜猎物堆，现在几乎已是空空如也。蜂爪正在所剩无几的猎物中翻找。当学徒嗅闻一只画眉时，小紫罗兰的肚子里一阵翻腾，空着肚子使她感到非常难受。

正在乌霜身旁吃一只老鼠的花楸星抬起头。"褐皮？"他站起身，脸上现出忧虑的神色，迎向母猫，"出什么事了？"很显然，他从伴侣起伏的皮毛上看出了她内心的愤怒。

"松针爪把小紫罗兰带出了营地。"褐皮站到一旁，让松针爪面对花楸星。

小紫罗兰停下脚步。她感觉到其他猫都已暂停吃新鲜猎物，正注视着她。她的脚掌颤抖起来。她紧张地看着松针爪。朋友遇到大

雷影交加

麻烦了吗？我呢？影族惩罚幼崽吗？

花楸星怒视着松针爪。"幼崽不能离开营地。"他严厉地说，"你究竟在想些什么？森林里可能有泼皮猫。肯定还有狐狸。尖毛说他昨天看到一条蝰蛇。武士被蝰蛇咬了能活下来是运气好，幼崽被咬到就死了。"

松针爪冷静地向他眨了眨眼："我时刻都在提防蝰蛇和狐狸。我不会让任何东西伤害她的。"

听到学徒顶嘴，花楸星仿佛很诧异，他的颈毛竖了起来。"幼崽不能离开营地。"他重复道。

松针爪镇定地看了一眼新鲜猎物堆边的蜂爪："这是愚蠢的规定。"

蜂爪探头看过来，她眼中闪出饶有兴趣的光。

小紫罗兰凝视着松针爪，她的皮毛都似乎因震惊而嘶嘶作响。她真的那样说了吗？她为什么偷偷瞥了一眼蜂爪？她们一直在策划这样挑战花楸星吗？

乌霜站起来，愤怒地抽动着尾巴。松针爪继续说着。

"正如我告诉褐皮的那样，小紫罗兰在营地里觉得无聊。"她不屑地将口鼻转向空地，"在这里她只是虚度光阴，什么也学不到。"

滑爪、杜松爪、蓍爪和击爪都走近了些，他们眼里也闪动着饶有兴趣的光。桦爪、狮爪落在后面，紧张得面面相觑。但蜂爪已经兴奋地竖起耳朵，仿佛期盼松针爪继续说下去。

花楸星的目光向他们瞥过去，然后又转回到松针爪身上，那目

光中燃着怒火。"营地里有许多可以学的。"他嘶吼道,"首先学习武士守则,有太多的规则被忽视了。"

"根本没有可能记住你的全部规则。"松针爪愤怒地抽抽尾巴,"如果我们的规则少一点,也许我们就能多遵守一些。"

乌霜伏下耳朵:"如果我们的学徒更聪明一些,就不会觉得规则那么难记。"

滑爪和击爪——乌霜的孩子,齐声向影族副族长嘶吼起来:"你是在骂我们愚笨吗?"

击爪怒视着父亲。"如果你对我们好一些,我们也许会更加努力。"他厉声喝道,"别忘了,我们的数量和你们一样多。你们最好放聪明点,对我们多一些尊重。"

那是威胁吗?小紫罗兰目瞪口呆地看着他,不安地移动着脚掌。学徒们在向松针爪靠近,仿佛每抱怨一句,他们就多一点信心。是他们一直在预谋造反,还是松针爪的无畏点燃了他们心中积聚已久的怒火?

蓍爪和杜松爪愤怒地甩着尾巴。蜂爪从新鲜猎物堆边走到他们中间。

"尊重?!"花楸星眯起眼睛。"尊重必须靠自己赢得!"他咆哮道。

蜂爪歪歪脑袋:"我没看出有哪只老猫在努力地去赢得尊重。他们只知道狩猎和睡觉。"

雪鸟疾步上前,她的毛蓬松着。"蜂爪!"她担心地向女儿眨

雷影交加

眨眼,"你不能这样说你的长辈。"

"为什么不?"蜂爪向著爪靠近了一点,"是你教我们,影族猫可以畅所欲言。"

看到孩子们都暴怒地盯着自己,雪鸟眼里闪现出惊恐的神色:"这一切究竟是怎么回事呀?"

蜂爪盯着母亲:"如果你用心聆听,而不只是说教,你就明白是怎么回事了。"

乌霜抖散身上的毛,紧张地看着自己的孩子。滑爪、杜松爪和击爪紧紧挤在一起,用质问的目光看着花楸星。

滑爪用力甩动着尾巴。"长老曾给我们讲过那些有关其他族群如何畏惧影族的故事。"她说,"现在,我们却只是努力地维持和平。"

击爪讥笑道:"我们躲在边界后面,像宠物猫一样。"

"没错!"杜松爪赞同道,"甚至风族也不再尊重我们。上次森林大会上,香薇爪骂我们是吃青蛙的家伙。从前,其他族群的学徒甚至不敢和我们说话。鼠痕告诉我们说,雷族育婴室里过去经常流传着我们如何可怕的故事。我敢打赌,他们现在的育婴室故事不再那么可怕了。"

花楸星挪挪脚掌。"和平带来猎物。"他说,"我们有足够的食物,可以喂养每一只猫,为何还要越过边界去战斗?"

鼠痕站起来。这只棕色公猫的眼睛眯成了两条缝:"学徒们说得有道理。过去,影族是森林的主宰。现在,我们却活得像雷族猫。

和平与食物就是我们所需的全部。我们比宠物猫好不了多少。"

杂毛咆哮起来:"胡说!影族将永远受到其他族群的敬畏!"

"只可惜我们自己的孩子都不敬畏我们。"鼠痕苦涩地说。

橡毛穿过空地,站到花楸星面前:"老师为什么管不住自己的学徒?我们小的时候,老师让我们做什么,我们就做什么。"

石翅用肩膀开路,从聚在一起的族猫中挤出,怒视着杜松爪:"你怎能让我这样难堪?我不是你的好老师吗?你学到的一切,都是我教给你的。"

杜松爪蜷起嘴唇,龇出牙齿:"猫天生就懂得怎样狩猎和战斗。我已经会做的东西,为什么还要你来教我?"

石翅责备地把口鼻转向花楸星:"我早就提醒过你,这些学徒太狂妄自大了。"

花楸星愤怒地与他对视,身上的毛发直立起来:"你的学徒当然不应该由我来管教。"

曙皮疾步上前,用哀求的目光看着滑爪和她的同巢猫们:"我不明白你们为什么如此愤怒。我还是你们这么大的时候,为自己是一名学徒而感到骄傲自豪。"她说,"我们都很自豪,都想学习武士守则。"

"那只是因为你们想变得像雷族猫一样。"松针爪嘲笑道。

曙皮勃然大怒:"不是那样的!"

褐皮向松针爪怒吼道:"对长辈放尊重点!"

"除非他们尊重我们!"滑爪插嘴说。

雷影交加

营地里响起愤怒的吼叫声。四周的族猫们争吵起来。小紫罗兰吓得直往松针爪身下缩。也许武士守则的确太严厉了。她经常听到松针爪抱怨它。但是,真的值得为此争斗吗?武士有守则肯定是有原因的。否则他们就与泼皮猫和独行猫无异了。

"安静!"花楸星跳到空地边那块不高的岩石上,怒视着他的族猫们。他的毛发直竖着,眼睛在暮色中迸射出怒火。

族猫们安静下来,期待地注视着族长。

"松针爪,"花楸星将狂怒的目光锁定在银色学徒身上,"你违反了规定,将受到惩罚。你将负责照料长老,清理他们的铺草,帮他们捉跳蚤,为他们狩猎。从现在起,你负责满足他们的全部需要。"

松针爪若无其事地迎上他的目光:"负责多久?"

花楸星龇出牙齿:"直到我说结束为止。"

"好的。"松针爪耸耸肩,转身就走,从同巢猫中间挤过,向新鲜猎物堆走去。小紫罗兰注视着她。她怎么能表现得如此冷静?

"小紫罗兰。"花楸星的声音吓了她一跳。

她凝视着族长,心跳到了嗓子眼儿。

"你不应该离开营地。"影族族长的喵声很严肃。他又向育婴室瞟去。松树鼻正从育婴室外向这边张望。他一摆尾巴,示意猫后上前。猫后向他走过去时,他说:"你对小紫罗兰的看管应该更严密一些。"

她点点头:"对不起。"

猫武士

"别让她离开你的视线。"花楸星警告说。

松树鼻在小紫罗兰身边停下脚步。"现在可以由草心照料她了吗?"她期待地说,"我自己的孩子已经离开育婴室,我想重新开始履行武士职责。"

小紫罗兰努力地不去理会心中的刺痛。她早就知道,松树鼻从没喜欢过她。她当然宁愿狩猎也不愿照看我。我又不是她的孩子。她闻到了猫后皮毛中松树和新鲜空气的气息。她今天已经出去过了吗?

花楸星责骂道:"我知道,你渴望出去巡逻和狩猎。但这是草心第一次做母亲,她没有时间多照看一个孩子。"

小紫罗兰大胆地抬起口鼻:"我可以自己照顾自己。"

花楸星从岩石上跳下来,向她们走过来。"如果真的像你说的那样,你今天就不会离开营地。"他又转向松树鼻,"照管好她。一定要让她学习武士守则。我不想让她变得和他们一样。"他狠狠地看着滑爪和她的同巢猫们:"她和松针爪一起的时间太多了。"

松树鼻垂下目光,嘟囔道:"好吧。"

可松针爪是我唯一的朋友!小紫罗兰看着花楸星,心情沉重得像石头。这下没有一只猫和我说话了!怒火在小紫罗兰的皮毛下燃起,她走向育婴室,低头钻进去。草心在打瞌睡,她的孩子们在窝里蠕动着,喵喵直叫。小紫罗兰目光阴沉地看着他们。他们永远不会知道,失去母亲和手足是什么滋味。她拖着脚步,走进巢穴边的暗影中,蜷缩起来,将鼻子埋在脚掌下。

雷影交加

"小紫罗兰！"松针爪的嘶喊声从空地那边传过来。

小紫罗兰抬起头，在午后的阳光中眨眨眼睛。和草心的幼崽们玩了一上午之后，她觉得很累。一定是褐皮信守承诺，和草心沟通过了。那天早上，她刚刚醒来，草心就让她带小蛇、小涡和小花到外面去玩。她很高兴地教他们玩苔藓球和猫捉老鼠，暂时感觉不那么孤独了。但幼崽们现在正在休息，都依偎在母亲身边，小紫罗兰无事可做。

"小紫罗兰！"松针爪又叫了一声。

小紫罗兰向松树鼻看去。猫后正不耐烦地在营地另一端的新鲜猎物堆中翻找着。小紫罗兰从地上爬起来，匆匆跑过空地。

松针爪正拖着一大捆蕨叶向长老巢穴走去。小紫罗兰走到她身边时，她放下蕨叶。"愚蠢的老猫。"松针爪骂道，"他们的要求真多。'松针爪，把这只虱子捉掉。''松针爪，给我拿食物来。'"松针爪模仿他们苍老的声音说："'我要换铺草，松针爪。'"她疲惫不堪地坐下。

"我能帮忙吗？"小紫罗兰热心地说。

松针爪的眼睛一亮："当然。"

小紫罗兰凑近她，准备接受命令。松针爪会让她到营地四周去找苔藓吗？或者去新鲜猎物堆取猎物？

松针爪凑到她耳边，小声说："我需要你今晚到泼皮猫营地去。"

"我？"小紫罗兰诧异地向她眨眨眼，"你也去吗？"

"当然不！"松针爪翻了个白眼，"族群里的每个老跳蚤都在

147

监视我，生怕我不履行照顾长老的愚蠢职责！"

小紫罗兰皱皱眉头："那为什么需要我去？"

"我想让你捎信给雨。我答应过今晚和他见面，但现在不行了，因为我带你出去玩被抓住了。"

愧疚刺痛着小紫罗兰的肚皮。

"你会去吗？"松针爪哀求地看着她说。

小紫罗兰挪挪脚掌："我怎么去呢？松树鼻会一直看着我的，还有草心。"

"月亮升起后，她们就睡着了。"松针爪说，"她们睡得像刺猬一样，什么也吵不醒她们，直到天亮。"

小紫罗兰看了看育婴室。两名猫后的确睡觉很沉。幼崽们也是。她也许能偷偷溜出育婴室，不会被察觉。不过，她从没晚上独自到森林里去过。万一遇上狐狸怎么办？万一被抓住怎么办？花楸星会发怒的。想到这里，她心惊胆寒。

松针爪似乎读懂了她的心思："你不会有事的。如果被巡逻队抓住，就说是我叫你去的。当心狐狸和猫头鹰。狐狸的臭味很容易闻到，离它远点。猫头鹰在树上，往头顶看，它们的眼睛在黑夜里亮闪闪的。"

猫头鹰？小紫罗兰打了个寒战。她永远不想再看到猫头鹰！

"你必须去！"松针爪表情绝望，"雨会等我。如果我不现身，他也许不会再喜欢我了。"

小紫罗兰心中充满同情。松针爪是她在影族唯一真正的朋友，

雷影交加

一直对她很好。没有其他猫带她去见过小枝。"好吧。"她同意了。

松针爪的眼睛立即亮起来。"谢谢！你必须在半夜以前到达他们的营地。"

猫头鹰在叫。小紫罗兰紧张地抬起头，向黑暗的树冠中看去，寻找暗影中闪烁的眼睛，但她已经进入松林深处，密集的松树之间几乎没有一丝光线。猫头鹰的声音再次响起，她的心跳到嗓子眼儿里。她确信，从她越过上一条小沟开始，猫头鹰就一直在追她。

她身上的毛竖立着，继续往前走，恐惧驱散了疲惫。

这个夜晚，两名猫后和小猫们一睡着，她就偷偷从松树鼻身边温暖的苔藓中爬出了。她从巢穴入口挤出时，育婴室里轻柔的呼噜声此起彼伏。巢穴外面寒气逼人，她浑身僵冷，钻出排便处通道时，心怦怦直跳。独自走在森林里，她感觉自己就像一只猎物。现在，她已经接近影族领地的边缘。泼皮猫的营地就在附近。就算是在夜里，她仍能找到路线。她钻到一丛黑莓下，灌木中还残留着松针爪上次来时留下的气味。

跨过边界后，树木稀疏起来，地势渐渐上升。小紫罗兰继续艰难跋涉，月光终于开始照亮小径，让她感到些许安慰。最后，松树终于被赤杨和山毛榉取代，星星在光秃秃的树枝间闪烁。她伸长脖子往前看，看到了标示出泼皮猫营地边沿的花楸灌木。*我成功了！*

正当她暗自得意时，头顶一声尖啸传来。她猛地抬起头，看到一只猫头鹰的巨大剪影。它向小紫罗兰俯冲的速度如此之快，把她

吓得愣在原地，动弹不得。猫头鹰在半空中停顿片刻，爪子闪着寒光。然后，它拍打着翅膀，向她扑了过来。小紫罗兰先感觉到一股强大的气流，然后是剧烈的疼痛。鹰爪嵌入她的皮毛。

紧接着，一声猫的号叫划破夜空。羽毛抽打着她的耳朵。猫头鹰的爪子松开了，有什么东西撞向它，将它撞开。

她瞥见了灰色皮毛和银色皮毛。雨和蟑螂正用后腿直立着，将猫头鹰往地上拽。

"跑！"雨尖声喊道，同时紧紧抓住猫头鹰有力的翅膀。

小紫罗兰无法动弹，呆呆地看着蟑螂跳到猫头鹰背上，将牙齿嵌入它厚厚的羽翼中。她的心都要蹦出来了。猫头鹰疯狂地用翅膀拍打地面，将蟑螂甩开。然后，它扭身摆脱雨，奋力蹿进空中，高声尖叫着，扑打着空气，穿过树枝，向上飞去。

雨气喘吁吁地转向小紫罗兰："我说让你跑！"

在他的怒视下，小紫罗兰缩成一团，瑟瑟发抖。

"温和一点！"渡鸦从花楸灌木中大步走出，滑动脚步，停在小紫罗兰身旁，"她一定是被吓坏了。"她用尾巴环抱着小紫罗兰，搜寻到她的目光："松针爪在哪里？"

雨顿时愣在那里："她被猫头鹰抓走了吗？"

小紫罗兰摇摇头，吃力地挤出一点声音，结结巴巴地说："她——她不能来。所以我才来了。她让我来给你送信。"

"你独自穿越森林？"渡鸦一脸惊愕地问。

"那又怎样？"雨好像不为所动，"我早就知道，族群猫无所

雷影交加

不能。一次小小的林间夜游不是什么难事。"

"她差不多才三个月大。"渡鸦在小紫罗兰身边蹲伏下来,用她温暖的侧腹贴紧小紫罗兰。

我在发抖。小紫罗兰意识到,她抖得像被围困的猎物。

蟑螂轻轻推推雨,他的眼睛闪动着。"雨,松针爪来不了啦。她一定有更好玩儿的事情要做。"他听上去好像在取笑同伴。

"不是的。"小紫罗兰急忙说,"她遇到麻烦了,不得不留在营地里,负责照料长老。"

火焰从花楸灌木中钻出,月光下,她的橙色皮毛看上去颜色更浅。"是不是很温馨呀?松针爪不得不照顾老猫。"她拖长声音,讥讽地说。现在,她的白咳症已经痊愈,她的声音又清脆起来,但她的善意反而减少了。

"她一有机会就会来的。"小紫罗兰向他们保证说。

渡鸦用口鼻碰碰小紫罗兰的头:"我相信她会来。"

小紫罗兰心里涌起对渡鸦的感激之情。离开育婴室后,她第一次感觉自己是安全的。"我最好还是回家去吧。"她看看天空,心里巴望着那只猫头鹰已经被泼皮猫吓跑,再也不会回来。

一棵山毛榉后的暗影中传来脚步声。"你现在不能离开。"暗尾从黑暗中走出,满眼关切的样子,"你独自上路太危险。"

"但我必须在天亮前回到育婴室里。" 小紫罗兰的心跳仿佛骤停了一下。万一松树鼻发现她不见了,怎么办?

暗尾从她身旁走过,绕着他的同伴们转了一圈。"别担心,小

家伙。他们届时会送你回家。"他和雨交换了一下眼色,"你一定又累又饿。荨麻!"他向暗影中喊道。

一只棕色虎斑猫走出,一只兔子在他嘴边晃荡着。粉沙跟着走出来,她叼着一只松鼠。

"我们一起吃猎物,然后你可以睡觉。"暗尾停在小紫罗兰面前,离她如此近,他的口气直冲小紫罗兰的口鼻,有股血腥味。

她不安地向他眨眨眼睛。她不想留下来,但她也不想独自回家。"你们能现在就带我回家吗?"她期待地问。

渡鸦在她身边柔声咕噜道:"亲爱的,你一定很累了。"她向暗尾看去,发现他的目光难以琢磨:"先和我们一起吃点东西,休息一会儿。然后,我们就带你回家。"

小紫罗兰醒来了。当她看到由树枝间隙漏进来的苍白曙光时,心里咯噔一下。她坐起来。她四周的凤尾蕨被风吹得沙沙作响。他们夜里吃过兔子后,渡鸦给她做了一个休息的窝,还在窝里铺上苔藓。窝里温暖舒适,小紫罗兰无法拒绝诱惑,闭上眼睛打了一会儿瞌睡,等着泼皮猫带她回家。

"天亮了!"她环顾四周。泼皮猫们都趴在自己窝里。他们也睡着了!她从蕨丛中跳出,穿过小山坡上他们扎营的小洼地,停在渡鸦窝边。"醒醒。"她用脚掌戳戳母猫。

渡鸦身子向后一缩,龇出牙齿。"谁啊?"她怒吼道。

小紫罗兰吓得往后跳开:"是我!我们都睡着了。我现在本该

雷影交加

在营地的。"

渡鸦的目光柔和下来。"原来是你呀,可怜的小东西。"她说着站起来,伸伸懒腰。"暗尾。"她轻声呼唤泼皮猫首领。暗尾还在他窝里打着呼噜。

他的尾巴抽动了一下。

"暗尾,"渡鸦又喊道,"我们早就该带小紫罗兰回她的营地了。"

暗尾抬起头,睡眼蒙眬地盯着她:"已经到时间了吗?"

"我还以为你们昨天晚上就会带我回家。"小紫罗兰心神不定地斗胆说道。

"可能荨麻和粉沙抓到的猎物太美味,让我们吃得睡意大发了。"暗尾坐起来,"雨!蟑螂!起来!"他向那两只熟睡的公猫喊道:"我们要带小紫罗兰回家了。"

小紫罗兰焦急地看到,那两只泼皮猫慢吞吞地起来,打着哈欠,伸着懒腰。她发现火红的太阳已经在森林那边露出脸来。影族猫肯定已经醒了。松树鼻发现她不见了时,会怎么说?她不安地踱着步。

暗尾向雨和蟑螂点点头:"你们两个跟我去。其他猫留在这里。"

小紫罗兰看向渡鸦。她想要这只善良的母猫跟他们一起。但她不敢反对暗尾。他似乎很友好,但他目光中总有一道无法抹去的阴影。这让她很害怕。

"走吧。"泼皮猫首领率先走出营地。小紫罗兰跟在他后面,雨和蟑螂走在最后。

猫武士

他们走到影族营地的黑莓围墙外时,太阳已经升起来。薄雾在树林里缭绕。他们走近时,小紫罗兰竖起耳朵,听到了影族猫准备开始一天生活的声音,她的心情顿时沉重起来。

"松针爪!"杂毛声音嘶哑地说,"告诉叶池,我需要鼠胆。我又在尾巴根那里发现有一只跳蚤。"

"褐皮和石翅,"乌霜的命令声在寒冷的空气中回响,"你们各自率领一支狩猎队。这次,必须让你们的学徒抓到一些有营养价值的东西。乌鸦食不算数。"

"蓍爪!击爪!"黄蜂尾的声音从空地上传过来,"你们早该出窝了。乌霜已经在组织狩猎巡逻队。"

暗尾的耳朵竖起来。他在营地入口停下脚步。"狩猎巡逻队?学徒?"他饶有兴趣地说,"这里专制得可怕,对吗?你们一定没有多少自由。"

小紫罗兰没有回答。她正努力地听,想听清是否有猫在找她。也许她运气好。也许松树鼻和草心没注意到她不见了。她向暗尾眨眨眼睛。"谢谢你送我回家。"她又把目光转向雨和蟑螂,"谢谢你们把我从猫头鹰爪下救出来。"说罢,她转身向排便处通道走去,想偷偷溜进营地。

"等等。"暗尾的声音吓得她打了个寒战。

"什么事?"她不安地面对着他。

"我想确保你不会陷入麻烦之中。"暗尾正看着营地入口。

"没问题。"小紫罗兰心里突然有种不祥的预感。他想做什么?

雷影交加

"我不会有事的。"

但暗尾已经低头钻进入口通道。

雨推着小紫罗兰跟上他。"走吧。"他鼓励她说,"我们最好亲眼看到你安全进入营地。"

小紫罗兰只好硬着头皮跟上暗尾,她的心怦怦直跳。雨和蟑螂跟在她后面。

他们一出现在营地里,小紫罗兰就感觉到,影族猫的眼睛全都向她看过来。她真想跑开,躲起来。花楸星会说什么?她把泼皮猫引进了营地。

暗尾高高竖起尾巴,大步走过空地。

嘶吼声在他四周响起。石翅弓起背,尖毛和雪鸟从武士巢穴中冲出,他们的眼睛都惊恐地睁着。

乌霜从围在他身边的武士中挤过,在空地里拦住暗尾:"你来这里干什么?"

暗尾一摇尾巴,示意雨和蟑螂。他们在小紫罗兰身后几步的地方停下来。小紫罗兰停在他们中间,她脊背上的毛竖立起来。"我发现这只小猫在树林里游荡。"他告诉乌霜,"我觉得应该送她回家。外面很危险。"

尖毛向他扑去,但暗尾一记快掌将他打开。

"我们将你们迷路的族猫送回来,这就是你表示感谢的方式吗?"泼皮猫首领听上去似乎很受伤。

"小紫罗兰!"松树鼻从育婴室里冲出,她身上的毛发竖立着,

"你没事吧?他们伤害你了吗?"

小紫罗兰看着猫后。"他们一直在照顾我。"她声音嘶哑地说。

"你到森林里去做什么?"松树鼻追问道。她的恐惧变成了愤怒。

松针爪疾步走出长老巢穴:"小紫罗兰。你回来了。你去找排便处通道又迷路了吗?"

小紫罗兰迷惑不解地向她眨眨眼。不是你让我出去的吗?

但她是在设法为我打掩护,小紫罗兰想,也许她刚刚想到这个主意。

杂毛哼了一声:"谁找排便处会迷路?你只需跟着鼻子走就行了。"

尖毛怒视着暗尾,咆哮道:"陌生猫都进营地了,你们竟然还有心思谈论排便处通道。"

"比陌生猫更糟。是泼皮猫。"曙皮跳到尖毛身边,伸出爪子。

"你们到我们营地里来干什么?"花楸星的咆哮声压倒了族猫们的嘀咕声。影族族长大步走过空地,停在离暗尾一须远的地方。

"我把你的小猫送回家。"暗尾向小紫罗兰点点头。

当花楸星的目光向小紫罗兰瞟过来时,她吓得缩成一团。

暗尾继续说着:"真不明白你们为何如此不友好。"他向花楸星眨眨眼睛:"我们只是想帮助你的族群。"

花楸星眯起眼睛:"就像你们帮助风族一样?"

暗尾假装无辜地回望着他:"我们只是在自卫。我们当然有权

利自卫,对吧?"

"泼皮猫没有权利踏入族群猫的领地!"尖毛厉声吼道。

滑爪走进空地:"为什么没有?"

她的族猫们都惊愕地转眼看着她。

"为什么?"褐皮的毛已经完全乍开,"简直不敢相信你会问这样的问题。他们不是族群猫。"

蓍爪走到滑爪身边:"如果他们不到我们领地上,他们就不可能救到小紫罗兰。"

滑爪向族长眨眨眼睛:"如果这只被高高在上的星族认为是与众不同的猫遇到什么不测,你猜他们会说什么?"

"闭嘴!"花楸星对黄毛学徒怒目而视。

暗尾看着雨和蟑螂:"我觉得我们应该离开了。"他镇定地说,"我们好像引起争端了。"

他转身向营地入口走去。

"等等!"花楸星扬起下巴,"非常感谢你们将小紫罗兰送还给我们,但你们在这里不受欢迎。"

雨和蟑螂不屑地交换了一下眼色。

"我会派一个巡逻队保证你们离开我们的地盘。"花楸星继续说:"褐皮、尖毛和曙皮,"他向武士们点点头,"和他们一起走,必须保证让他们越过边界。"

褐皮点点头。

"我可以跟你一起去吗?"松针爪满怀希望地疾步走到老师

身边。

褐皮咬牙切齿地说:"你要照顾长老,还记得吗?"

小紫罗兰看到,松针爪眼里闪着愤怒的光。然后,她看到,这名银色皮毛的学徒将目光转向雨。雨向她眨眨眼睛,然后把目光移开,转身跟着暗尾和蟑螂向营地入口走去。

褐皮、曙皮和尖毛疾步跟上他们。

小紫罗兰心惊胆战地转身面对花楸星。影族族长凝视着她,怒火在他眼中燃烧。小紫罗兰耷拉下脑袋,准备接受惩罚。

第九章

小枝跟着赤杨爪，在月光下的森林里穿行。为了抵御寒冷，她将皮毛全都蓬松开来。他们要去见小紫罗兰和松针爪。她们已经半个多月没有见面，小枝渴望见到她的妹妹。她要告诉小紫罗兰，在她差点被淹死的时候，她听到了母亲的声音，闻到了母亲的气息。或许小紫罗兰还记得母亲的气味和声音。小枝跟着赤杨爪爬上一个落满叶子的小山包，努力不去理会心中的愧疚之情。"你觉得黑莓星还在为我掉进湖里生气吗？"

赤杨爪在一片被霜打蔫了的蔷薇丛边停下脚步："他没有生你的气。他只是为你担心。"

"其他猫都认为我脑子进水了。"小枝回忆起水灌进她的口鼻时的感觉，当时她吓坏了，"我本来想向他们证明我是只与众不同的猫，到头来却只证明了自己是个鼠脑子。"

自从掉进湖里之后，小叶和小蜜一直在取笑她。

"你想变成河族猫吗？"

"也许她想变成鱼。"

她们也会用同样的方式取笑彼此——她们没有一点恶意。

但小枝仍然感觉很受伤。

赤杨爪跳到一根挡住去路的木头上，等着小枝爬到他身边。"松鸦羽小时候也曾掉进湖里。"他告诉小母猫。

小枝惊愕地向他眨眨眼睛："真的吗？"

赤杨爪咕噜起来："他和你一样，离开营地，想证明自己与众不同。"

"但他的确与众不同。他是三力量之一。"希望在小枝心中蠢蠢欲动，像振翅欲飞的飞蛾一样。

"你也与众不同。"

赤杨爪的话让她心里暖暖的。她迫不及待地想告诉小叶和小蜜，她和松鸦羽一样。她从在育婴室里听到的故事中得知，松鸦羽曾帮着族群战胜黑森林猫。她吞了口唾沫。我也必须那样做吗？

远处传来猫头鹰的叫声。小枝向赤杨爪身边靠了靠，她突然意识到夜里的森林显得多么庞大无边，而暗影又是多么深不可测。她向那阴影中看去。"你觉得黑森林猫会卷土重来吗？"她问赤杨爪。

他惊讶地瞪大眼睛："你怎么会这样问？"

"如果我和松鸦羽一样与众不同，也许我也应该去战胜他们。"

赤杨爪摆摆尾巴。"黑森林猫不敢回到这里来。"他从木头上跳下，沿着黑莓丛间的一条小径快步走去。

小枝疾步跟上他："你的预言中说过我该做什么吗？"

"没有。"赤杨爪目不斜视，"只说我们必须找到暗影中的东西，它将驱散天空中的阴霾。"

雷影交加

小枝若有所思地皱皱眉头:"你觉得我会让阳光更耀眼吗?"

赤杨爪咕噜起来:"甚至连星族也做不到这件事。"

"但如果各族群在森林大会上发生争执,他们可以让乌云遮蔽月亮。"小枝突然好想知道星族的力量究竟有多强大。如果他们能让乌云遮蔽月亮,他们为什么还需要森林猫帮助实现预言呢?

"快点。"赤杨爪说着加快步伐,他好像和小枝一样兴奋,对见面充满期待,"我们就要到了。"

他们接近影族边界时,赤杨爪猛地奔跑起来。小枝跟着他狂奔,寒冷的空气灌进她的肺部,痛得火烧火燎。他们到达上次和两只影族猫见面的空地时,她才追上赤杨爪。

赤杨爪正沿着空地边兜圈,满心期待地嗅闻树根。

"你能闻到她们的气息吗?"小枝扫视着阴影,期望看到小紫罗兰的缀有黑色斑点的白色皮毛在月光下闪亮,"你确定我们该在这里见面吗?"

"那天我在边界遇到松针爪时,她是这么说的。"赤杨爪向前探出身子。

小枝抬起头,透过树枝看去。月亮高挂在夜空。她们为什么不在这里?她担忧起来:"也许她们被猫头鹰抓走了。"

"松针爪可以赶走猫头鹰。"赤杨爪还在伸长脖子,向边界那边张望。

"万一是狐狸呢?"小枝开始心神不定地踱步,"也许泼皮猫

袭击了影族营地。万一小紫罗兰受伤了怎么办？"

"她们更可能是无法偷偷溜出营地。"赤杨爪推测道，"我确信没有发生任何意外。"

"但如果你错了呢？"小枝心跳加快。妹妹一定能找到办法来见她。正当她焦头烂额时，边界那边传来脚步声。她的心跳到嗓子眼儿里："小紫罗兰？"

"谁在那里？"一个粗哑的声音从气味界线上的黑莓丛那边传来。

小枝吓得急忙跑到赤杨爪身边，紧紧依偎着他。

"是我。"他喊道，"赤杨爪。"

赤杨爪能感觉到他的毛发正焦急不安地竖起。

一名影族武士从黑莓丛后面走出。那是一只肩膀宽阔的虎斑公猫，一只灰色虎斑母猫和一只白色公猫跟在他身后。

"你好，虎心！"赤杨爪向公猫点点头，"还有苜蓿足，涟尾。"

小枝嗅嗅空气。她以前从没见过这些影族武士。赤杨爪一定是在森林大会上认识他们的。

虎心正向他们背后的阴影中看去："鸽翅和你们一起来了吗？"

"没有。"听到这个问题，赤杨爪似乎很吃惊。

虎心耸耸肩。他的眼神中流露出的是失望吗？"你们在这里做什么？"

"采集草药。"赤杨爪的回答显得太快了。

"在晚上？"涟尾走进空地，抽动着耳朵。

雷影交加

"有些草药天黑以后采集最好。"赤杨爪告诉他。

涟尾看看小枝:"雷族经常派小猫崽晚上出营地帮巫医学徒履行职责吗?"

苜蓿足绕着他们踱步:"这难道不是有点危险吗?"

"她很担心她的同胞妹妹。"赤杨爪告诉虎斑母猫,"于是我就说她可以跟我来,说不定我们会撞见影族巡逻队。"

赤杨爪的故事使小枝有些钦佩。她自己几乎都信以为真了。

"我们运气真好,遇到了你们。"赤杨爪继续说道,"小紫罗兰还好吗?"

"当然好。"虎心挤到族猫们中间说,"她怎么会不好呢?"

小枝昂起下巴:"我担心泼皮猫会伤害她。"

虎心伸出爪子:"有影族保护她。"

"再说,"涟尾补充说,"泼皮猫也不是什么威胁。"

赤杨爪盯着这名年轻武士:"可他们杀死了荆豆皮。"

涟尾没好气地说:"那场战斗是风族挑起的。"

赤杨爪盯着影族公猫,脸上显露出惊讶的神色。

小枝走上前去。"你们会保护她的,对吗?"影族没有意识到那些泼皮猫有多危险吗?

"我们当然会。"虎心低吼道,"如果她不总是偷偷和松针爪溜出营地,保护她会更容易。"

赤杨爪眨眨眼睛:"她经常溜出营地吗?"

小枝迷惑不解地皱皱眉头。她已经半个多月没见到她的手足

了。那小紫罗兰去什么地方了呢?

"有天晚上,褐皮抓住了她们。"虎心告诉赤杨爪,"于是花楸星惩罚松针爪照顾长老,让松树鼻在近段时间对小紫罗兰严加看管。"

小枝感到一阵欣慰。至少她知道她的妹妹不能来见面的原因了。但她的心随即沉了下来。这意味着她今晚没可能见到妹妹了!突然,她吃惊地意识到虎心正盯着她看。

"你和小紫罗兰为什么就不能待在营地里,像普通幼崽那样呢?"他直率地问,"族群猫的幼崽在月亮升起时都在窝里睡觉。"

小枝愤怒地猛甩一下尾巴。"我们与众不同。"她告诉虎心。

虎心嗤之以鼻。"我们等着瞧吧。"他说罢转过身,向他的族猫们点点头。然后,他又探过身子,对赤杨爪说:"希望你能找到你想要的草药,但我觉得你应该先带小枝回家。今晚很冷,而她身上还只有幼崽的绒毛。"

赤杨爪点点头。"我会的。"他承诺道,"现在,她知道妹妹平安无事,就能睡个好觉了。"虎心领着族猫回到影族领地上,消失在黑暗中。

赤杨爪看看小枝。"好险啊,"他低声说道,"松针爪和小紫罗兰没来可能是件好事。如果巡逻队发现我们在一起,可就有麻烦了。"

小枝难过地看着他:"我想是吧。"还要过多久,她才能有机会再次见到小紫罗兰呢?

赤杨爪一定看出了她眼中的悲伤。他用口鼻碰碰她的头："我们回家吧。我会尽快同松针爪讲，安排下一次见面的。"

"万一小紫罗兰再也无法脱身了呢？"小枝跟着赤杨爪沿着小径往回走。

"我相信她能出来。"赤杨爪向她保证说。

"也许没有任何猫认为我们与众不同更好。"小枝叹息道，"那我们就可以待在一起了。"她停下脚步，一个突然的想法如荆棘般向她刺来："万一我们根本就没什么特别之处呢？花楸星把她带走不就毫无意义了吗？"

赤杨爪转过身，睁大的眼中盈满同情。"你们当然与众不同了。"他安慰她说。

小枝坚定地甩了一下尾巴："我会与众不同的。没理由不会。我会长大，变得强壮，变得跟你一样重要。"

赤杨爪抽抽胡须："我并不是非常重要的猫。"

"但你一定会的。"小枝固执地说，"等你像松鸦羽一样，成为巫医之后。"她挺起胸膛，"我也要成为巫医。我已经认识不少草药了，我还知道我能做得很好。而且我不会成为松鸦羽那样脾气乖戾的巫医。我要成为你和叶池那样的好巫医。"

赤杨爪眼中闪烁着慈爱的微光："你想成为我这样的猫，我很感动。但你还小，别急着确定你的未来。你的脚掌会带你去必须去的地方，而你或许也会改变要成为巫医的想法。"

"但我想变得重要。"小枝坚持说。

"你会的。"赤杨爪将尾巴搭在她的脊背上，领着她往前走，"但是，在族群内，还有其他方式可以使你变得重要。你看，从黑莓星和松鼠飞，到灰条和米莉，每一只猫都能在族群里找到自己的位置。终有一日，你也能找到你的位置。"

小枝走近一些，与他皮毛相擦："你真的这样想？"

赤杨爪用尾巴将她搂得更紧一些："我确信。"

第十章

小紫罗兰悲伤地蜷伏在育婴室旁,盯着营地那头。乌云遮蔽了太阳,潮湿的风吹得黑莓丛沙沙作响。她瑟瑟发抖。松树鼻在她身边吞下最后一小口老鼠肉,坐起身。"我打算进去了。天气眼看就要变坏。"她看看小紫罗兰,"你最好和我一起进去。"

小紫罗兰的心沉了下去:"我能先把这个吃完吗?"她把吃了一半的地鼠拖近了一点。她不饿,但她想在外面多待一会儿。被困在营地很无聊,但待在育婴室里更糟糕。尤其是在草心的孩子们都睡着了的时候,她不被允许弄出半点声响。

"好吧。"松树鼻赞同道,"但别待太久。"

猫后消失在黑莓巢穴中,小紫罗兰装模作样地又咬了一口地鼠。自从泼皮猫把她送回来之后,松树鼻就像只老鹰一样,紧盯着她。小紫罗兰对暗尾感到一阵愤恨。他为什么要昂首阔步地闯进营地?她知道,族猫们都怪她把敌猫引进他们的家园。年长的武士们都用看叛徒的眼光看她。但奇怪的是,年轻武士和学徒从她身边经过时,却开始和她打招呼,眼里还闪着饶有兴趣的光,仿佛刚刚注意到她的存在。蓍爪甚至停下脚步,问她泼皮猫是什么样的。但松树鼻把

那名学徒轰走了。"小紫罗兰怎么会知道?"猫后呵斥道,"他们只是在树林里发现了她。他们又没和她交朋友。"

她一边胡思乱想,一边看着空地那边。叶池和洼爪巫医巢穴正在将草药卷成一捆一捆。乌霜正和曙皮分享一只画眉。莓心和涟尾懒洋洋地躺在武士巢穴外面,半睡半醒,让风吹拂着他们的皮毛。褐皮、虎心和尖毛正在巨石旁避风。花楸星坐在他的巢穴外面,透过半闭的眼睛打量着营地。

小紫罗兰向长老巢穴看去。松针爪在那里吗?她一上午都没看到她的朋友。也许杂毛又派她去采集新鲜蕨叶作为窝草了。

寂寞啃噬着小紫罗兰的心。她用期待的目光看向蓍爪和蜂爪。他们正在空地边上练习战斗动作,滑爪则躺在深草丛中观看。也许他们可以教她如何格斗。那一定比和松树鼻一起坐在育婴室里有趣得多。她试图去捕捉他们的目光,但他们都没留意到她。她向杜松爪眨眨眼睛。这只黑毛公猫正跟着老师石翅向营地入口走去,没往她这边看。也许击爪会和她说话。但那只虎斑公猫正无精打采地点着头,而黄蜂尾正在空地中向他演示一个狩猎姿势。当黄蜂尾伏下身子贴近地面时,他有气无力地打了个哈欠。

突然,入口旁边传来一声嘶叫。小紫罗兰猛地将目光转向黑莓通道。石翅正站在那里,弓着背,毛发竖起。击爪伏在他身旁,发出低沉的吼声。他们紧盯着一只正走进营地的公猫。

雨。

小紫罗兰立即认出了那只灰毛公猫。她从地上站起来,脊背上

雷影交加

的毛不安地耸动着。雨来这里干什么？

他嘴里叼着一只肥硕的鸽子。在他身后，渡鸦和火焰也从通道里挤出来。她们都叼着猎物。小紫罗兰闻到了温热鲜血的香味。

乌霜猛地抬起头。当他看到泼皮猫时，立即龇出牙齿，疾步走过空地去阻拦他们。"你们到这里来干什么？"他停在雨面前，伏下耳朵。

叶池的头从巫医巢穴里伸出，惊愕地瞪大眼睛。

花楸星从他巢穴边跑过来，滑动脚步停在他的副族长身边。"我说过让你们离开我们的领地！"他对泼皮猫说。

雨把鸽子放在影族族长面前。"这是我们的礼物。"他点点头，火焰将一只幼兔放在鸽子旁边，渡鸦将一只肥画眉放在鸽子上面——都是美味的猎物。

乌霜警惕地看着那一小堆猎物。花楸星则伸出爪子。

他们俩都还没来得及说话，雨又抢着说："我们想加入你们的族群。"

"加入影族？"花楸星瞪大眼睛盯着泼皮猫。

褐皮、虎心和尖毛从巨石的遮蔽中走了出来。叶池向洼爪靠近了些。其他学徒在空地边上站成一排，他们眼中闪烁着兴奋的光。

松针爪！小紫罗兰突然意识到，她的朋友就在同巢猫之间。她眨眨眼睛。她先前到哪里去了？

雨谦卑地在花楸星面前蹲伏下来，用期待的目光看着影族族长。

花楸星怒视着他："难道你觉得你能用在我们的领地上抓到的

169

猎物贿赂我吗？"

乌霜嘶吼道："除了影族猫，其他猫都不许在影族领地上狩猎。"

雨将身子伏得更低："对不起。我们没有意识到。"他看看他的同伴们。那两只猫都谦卑地低着头。"请宽恕我们。"他继续说道，"如果我们冒犯了你，我们马上就离开。"

他转过身时，花楸星探身向前："等一等。"

雨面向族长，他的眼中亮起一丝微光。

"你们是在我们领地的什么地方找到这样鲜美的猎物的？"好奇使花楸星的喵声柔和起来。

"我们狩猎时运气向来很好。"雨告诉他，"或许我们也可以给你的族群带来些许好运。"

"不需要。"乌霜走上前，他那身黑白相间的毛发竖立着，"带上你们的猎物，滚！"他怒目看向花楸星："我们不能接受袭击其他族群的猫带来的猎物！"

"为什么不？"松针爪质问道。

看到朋友走上前去，小紫罗兰僵住了。

"风族现在是我们的盟友了吗？"松针爪环顾着四周的族猫们，"我一直认为影族是独立自主的。我们认可的只有森林大会的休战协定。为什么要为了风族拒绝到嘴的猎物？"

滑爪和击爪纷纷点头。

莓心也在点头，这只年轻的黑白相间的母猫用力甩了一下尾巴："风族会为我们做同样的事情吗？"

滑爪走到松针爪身旁:"风族从没给我们带来过猎物。雷族和河族也没有。但我们却要忠于他们。凭什么?"

小紫罗兰皱皱眉头。如果各族群不打算团结一致,那小枝不就成了她的仇敌?焦虑刺痛着她的皮毛。

"凭什么?"花楸星重复着滑爪的问题。他诧异地瞪大了眼睛:"因为他们和我们一样,都是族群猫。他们遵从武士守则。"

"这些家伙则是泼皮猫!"乌霜挺起胸膛,"他们没有武士守则。"

"我们可以学。"雨轻声喵道。

花楸星盯着他:"我们为什么要相信你?"

雨环顾营地。"我们看到了你们的生活、你们的繁荣。"他说,"我们想和你们一样。"

虎心大步上前,眼中闪烁着愤怒的火光:"那就去组建你们自己的族群,在你们自己的领地上!"

花楸星挺直身体。"我曾把你们遣送出我们的领地。今天,你们将再次被遣返。"他迅速地朝虎心、尖毛和褐皮点头,"下次,如果你们再在影族的领地上被发现,你们就将会领教到我们爪子的锋利。"

泼皮猫互相看看。小紫罗兰在他们的目光中搜寻恐惧的迹象,可他们展现出的却只有镇静的接受。

雨向花楸星眨眨眼睛:"我们会尊重你的意愿。"

花楸星僵住了:"你们别无选择。"

雨戏谑地瞥了他一眼，然后转过身，跟在褐皮身后走出营地。

小紫罗兰咽了口唾沫，这才意识到，她的心跳得咚咚响。松针爪为泼皮猫说话可真是在冒险。她为什么要这样做？难道族猫不比她新认识的泼皮猫朋友更重吗？

巡逻队一消失在黑莓通道中，松针爪就动身穿过空地。

当松针爪停在花楸星面前时，小紫罗兰紧张地屏住呼吸。

她将猎物踢向族长。"你打算怎样处理这些猎物？"她怒吼着问道，"把它们和泼皮猫一块儿扔出去吗？"

花楸星震惊地瞪大眼睛："影族猫都自己狩猎。"

"如果我们有他们那样的族猫，能捕到更多的猎物。"松针爪用尾巴指了指营地入口，"你为什么不让他们加入？"

曙皮从空地边上走过去："他们不是族群猫。"

"小紫罗兰也不是。"松针爪反诘道，"但你们却让她加入。除了一张吃食的嘴，她还为族群带来过什么？"

小紫罗兰心里一紧。松针爪真的那样想吗？我还以为她是我的朋友。

虎心看着银色皮毛的学徒。"是你去参加赤杨爪的探索时把她带回来的。"他指出，"你还煞有其事地说，她与预言有关，花楸星必须收留她。"

曙皮摆摆尾巴："她的确和预言有关。总有一天，小紫罗兰可以驱散天空的阴霾。"

"你们甚至根本不明白那是什么意思！"松针爪脊背上的毛竖

雷影交加
LEIYINGJIAOJIA

立起来,"你们刚刚赶走了三名身强力壮的狩猎猫。为什么?"

褐皮走上前去,用严厉的目光逼视着松针爪,怒喝道:"够了!"

"还不够!"击爪大步上前,停在松针爪旁边,"我们有机会让影族重新强大起来。"

蓍爪甩甩尾巴:"你们难道还没有厌烦整日同意雷族提议的一切吗?你们就不希望我们想在哪儿狩猎就在哪儿狩猎,而不是让其他族群告诉我们可以在哪儿狩猎吗?"

花楸星伸出爪子:"你们想和其他族群开战吗?"

击爪伏平耳朵:"我们想走自己的路,而不是追随其他族群。"

"你们想做什么不重要!"花楸星嘶吼道,"我是影族族长,由我决定怎么做对族群最好。事实已经证明,那些陌生猫很危险,吸纳他们对任何族群都不是好事。"

"对风族和河族那样羸弱的族群不是好事。"击爪咬牙切齿地说,"但我们是影族。有了他们那样的猫,我们可以统治整个湖区!"

"你们太年轻,太天真。"花楸星竭力保持镇定,"你们都还不明白战争带来的伤痛与损失。我对你们太温和了。"他用目光扫视其他学徒:"对你们都太温和了。我任由你们违反小的规则。"他捕捉到杜松爪的目光:"别以为你狩猎回来时,我没闻出你口中的血腥味。你们的猎物应该补充新鲜猎物堆,而非只用于自己果腹。"他抬起下巴,吼声响彻营地:"从现在起,必须遵守武士守则。星族正观望着我们。对祖先的尊敬将引领我们的脚步。"

猫武士

小紫罗兰观察着松针爪,暗自希望她能垂下目光,让步退开。

事与愿违,那只银色母猫怒视着影族族长。"你想让我们遵从一群死猫!"她向营地四周黑压压的松树点了点头,"看看这个活生生的世界吧。这里有我们需要的一切。我们想让领地延伸多远就可以延伸多远,想捕什么就捕什么。谁在乎星族怎么想?他们的生命已经结束。轮到我们享受生活了。"

蜂爪、杜松爪和滑爪都在她身后高声附和。

曙皮和乌霜惊恐地盯着他们,仿佛无法相信他们自己的孩子会反叛他们的族群。

花楸星冷酷地迎上松针爪的目光:"你可以按照我们的规则享受生活。"

"绝不。"松针爪猛地一甩尾巴,"我已经厌烦了在一个只在乎和平的族群里生活。那些泼皮猫本来可以让我们强大起来的。但是,既然你不想让他们加入我们,那我就去加入他们!"

小紫罗兰吓得直往后缩。什么?

她四周的猫都颈毛倒竖。

"叛徒!"乌霜对松针爪怒目而视。

褐皮惊呆了。"你疯了吗?"她说话时声音在颤抖。

石翅和鼠痕伏平耳朵。雪鸟和曙皮睁大了眼睛,面面相觑。

小紫罗兰惊得直吞口水。松针爪肯定不是当真的吧?可她难以置信地看到,松针爪阔步走向入口。

"我要跟她一起去。"杜松爪低吼道,"我再也不要谁告诉我

雷影交加

只能吃什么猎物。"

"我也去!"滑爪转身跟在松针爪身后。

营地四周响起难以置信的低语声。花楸星看着学徒们离去的背影,瞪大的琥珀色双眸中闪烁着震惊的光。"如果你们离开族群,影族就将与你们为敌!"他怒吼道。

小紫罗兰眼睁睁地看着松针爪从她身边走过。"不要走!"她的心因悲伤而绞痛。松针爪是她在影族唯一的朋友。但她刚才却说小紫罗兰只为族群添了一张吃食的嘴。难道我信任她是个错误吗?

松针爪停下脚步,看着小紫罗兰:"你跟我来。"

"我?"小紫罗兰目瞪口呆,但也感到一丝安慰。她的确是我的朋友!

"你不能和这些宠物猫待在一起。"松针爪用尾巴推着小紫罗兰往前走,她又回头看看花楸星,"我要把这只小猫带走,因为是我找到了她。"

"你不能这样做!"叶池快步上前,"她属于族群。星族需要她留在这里。"

"是我找到了她。"松针爪重复道,"她若是真的与众不同,那么身在何处都无所谓。"

花楸星愤怒地摆摆尾巴。"带她走吧!"他向松针爪喊道,"你找到她并没给影族带来任何好处。她带来的都是麻烦。没有她我们过得更好。没有你也一样!"

小紫罗兰感觉浑身麻木。她跌跌撞撞地跟在松针爪后面,滑爪

和杜松爪走在她两侧。她脑子里乱作一团。这是真的吗？她带给影族的真的就只有麻烦？她不知所措地跟着松针爪，走进营地通道。当黑莓丛就要将她包围时，她回过头去，看着熟悉的巢穴。她即将离开又一个家。她的选择是正确的吗？

她捕捉到花楸星的目光，那眼神寒冷如冰。

我别无选择。绝望洗刷着她的皮毛。这里不需要我，从来就没真正需要过我。

第十一章

头顶，满月照亮乌黑的天空。在寒冷的小岛空地上，赤杨爪在松鸦羽身旁坐立不安。

"你就不能安安静静地坐好吗？"松鸦羽埋怨道。

这是在森林大会上。他们前面，各族猫正在闲逛，月光下，他们的皮毛闪闪发光。黑莓星在他们中间走着，同老友寒暄。一星已经坐在大橡树上，正透过眯着的眼睛看着各族猫。

雾星在和树下一字排开的副族长们闲聊。空地边上，一群学徒正开心地互相炫耀着战斗动作。松鼠飞冲着他们点了下头，雾星便咕噜起来。赤杨爪真希望自己也能在学徒之间，和其他族群的猫分享见闻。就因为他是巫医学徒，他就必须同隼飞、蛾翅和柳光一起，庄严肃穆地坐在一起吗？他的学徒期既然已经比任何其他猫的都更长了，那他至少可以开心地玩吧？

他看着烁皮。这是她晋升武士后第一次参加森林大会。她坐在樱桃落身旁，自豪地挺起胸膛。看向其他猫时，她的绿眼睛神采奕奕。黑莓星走到她身边，慈爱地用口鼻碰碰她的头。赤杨爪尽力地忽略皮毛中刺痛着的嫉妒。但他也为烁皮感到骄傲。

猫武士

他把目光转向空地边的深草丛，品味空气中是否有影族的气息。他们迟到了。他急切地探身向前。松针爪会来吗？如果她还在为带小紫罗兰离开营地受到惩罚，她这次也许不会被允许参加森林大会。他焦急地甩甩尾巴。他承诺过会给小枝带回有关小紫罗兰的消息。如果他不能问松针爪，也许滑爪可以告诉他。

当薄荷毛突然把目光转向空地边缘时，赤杨爪怔住了。只见河族猫的鼻翼翕动起来，他连忙竖起耳朵。草丛那边的树桥上有脚步声。鹅卵石哗啦作响。影族猫来了。

空地上的猫都转过头去。深草窸窣作响，影族猫从中走出。

赤杨爪皱皱眉头。他们看上去伤痕累累。花楸星眼睛上方有道口子。乌霜皮毛上有抓痕。黄蜂尾走路一瘸一拐。他们和谁发生战斗了？他开始寻找松针爪。当发现她没在猫群中时，他的心沉了下去。滑爪也不在。也许蓍爪或者击爪可以告诉他有关小紫罗兰的情况吧。

对了，还有叶池！

雷族巫医从深草中钻出。

当然！他可以问她。当叶池向巫医们走过来时，赤杨爪快步上前迎接她。他走近时，看到她的双眸因忧虑而黯淡无光。洼爪走在她身后，耷拉着尾巴。"出什么事了？"他走到他们面前问。

叶池目光低垂，从他身边走过："花楸星会告诉大家的。"

"小紫罗兰好吗？"焦虑闪过赤杨爪的皮毛。

"我最后一次看到她时，她还好。"叶池在蛾翅身旁坐下。她

瞥了一眼赤杨爪。

"她最后一次看到小紫罗兰时?赤杨爪迷惑不解地看着她:"你这话是什么意思?"

松鸦羽伸出尾巴,将他拉回到位置上。"坐下,保持安静。"他命令道,"发布影族消息不是叶池的职责。"他那双盲眼朝向聚集在一起的猫群。

影族武士和学徒汇入猫群中。花楸星大步走向大橡树,爬到一星旁边的树枝上。一星向他投以敌视的目光,并往旁边挪了挪。

黑莓星离开烁皮,疾步走向大橡树。雾星动作僵硬地爬上树干,在花楸星身旁就座。当黑莓星坐下,低头凝视空地上的猫时,猫群的低语声渐渐平息下来。

"今晚天气不错。"黑莓星抬头看着繁星点点的星空说,"星族一直保佑着我们。"

花楸星不屑地嘟哝一声:"雷族猫总以为他们能受到保佑,即使秃叶季里被饿得半死时,也对此坚信不疑。"

"还没到秃叶季。"雾星提醒他们,"我们必须要感到庆幸,猎物仍在奔跑,降雪也尚未到来。"

"河族的猎物倒是一直在跑。"一星讥讽道,"也许我该说一直在游。"

"当然。除非河流结了冰。"雾星纠正他。

赤杨爪抽动着拖在地上的尾巴。族长们今晚为什么如此易怒?

花楸星站起身,抬起尾巴。"影族添了两名新武士。"他宣布

说,"击石和蓍叶。"

"击石!"

"蓍叶!"

各族猫欢呼着影族新武士的名字。他们的呼喊声响彻寒夜冰冷空中。

雾星抬高嗓门儿压过他们:"河族也有新武士。荫皮和狐鼻!"

黑莓星高声喊道:"烁爪现在是烁皮了!"

"荫皮!"

"狐鼻!"

"烁皮!"

烁皮环顾着四周欢呼的猫,兴奋地蓬起皮毛。

"烁皮!"赤杨爪抬高声音,确保自己的妹妹能听到他高呼她的武士名称。

烁皮捕捉到赤杨爪的目光,她那双绿眼睛被幸福点亮。自豪感在赤杨爪心中荡漾,他愈发大声地喊着烁皮的名字。

在他身旁,松鸦羽却一直保持着沉默。

赤杨爪轻轻推了推他,附在他耳边说:"就算是巫医,也可以大声欢呼。"

松鸦羽嘟哝着说:"我为什么要欢呼?武士越多,意味着创伤越多,我的工作也就越多。"

赤杨爪瞥了叶池一眼,期望她能为松鸦羽如此乖戾训斥他一顿。但叶池正在念叨着什么,她神色茫然,心思仿佛在别处。他凝视着

雷影交加

空地上欢呼的猫群,他的欢呼声湮没在喉咙里。滑爪不应该接受武士名称吗?杜松爪呢?他扫视猫群,寻找他们,但没有看到那两名学徒的身影。各族猫渐渐安静下来。赤杨爪心神不定地挪挪身子,把目光转向花楸星。

花楸星神情严峻地看着各族猫:"袭击一星巡逻队的泼皮猫就住在我们领地边上,离我们和雷族之间的边界很近。"

一石激起千层浪,猫群间泛起震惊的低语声。

"你们为什么不把他们赶走?"蕨毛大声问道。

风皮龇出牙齿:"他们是凶手!"

鸦羽抬起口鼻:"我们应该合力把他们驱逐出去。"

花楸星抬高声音盖过他们,说:"他们要求加入影族。他们还带来猎物做礼品。但我回绝了他们。"

"他们哪儿来的胆子!"燕麦掌用力甩着尾巴。

烁皮伏平耳朵:"他们永远无法成为族群猫!"

"我已经回绝了他们。"花楸星重复道。他脊背上的毛发竖立起来。在他的怒目注视下,愤慨的猫群安静下来。"但我们的一些学徒却选择了加入他们。"

赤杨爪准备迎接更大的喊叫声,但族群猫们都惊愕得缄默下来凝视着影族族长。花楸星接着说着:"他们把小紫罗兰也带走了。"

雾星猛地把口鼻转向他:"那只和预言有关的小猫?"

花楸星点点头。

黑莓星伏下耳朵:"你就任由他们带走她?"

花楸星拉下脸来："黑莓星，我们对预言的理解是错误的。小紫罗兰只是只普通的猫。小枝可能也很普通。她是松针爪找到的。松针爪为什么不应该把她带走？"

松针爪为什么不应该把她带走？赤杨爪怔住了。松针爪已经离开，加入泼皮猫？他感觉嘴巴发干。肯定没有。松针爪喜欢打破规则，但她绝不会背叛她的族群。

黑莓星咆哮起来，他愤怒的目光聚焦在花楸星身上："你竟然让一只脆弱的小猫被带走，去加入一群泼皮猫？你在想些什么？我早该知道，小紫罗兰在影族绝不会安全的。如果你不相信她是预言的一部分，当初你为什么要带走她？雷族本来可以留着她的。"

"我们必须把她带回来！"蛾翅大声说。

"她不在族群了，怎么驱散天空的阴霾？"薄荷毛吼道。

松鼠飞愤怒地抽动着尾巴："先让天空自己照顾自己吧。有只小猫被从她的族群里带走了！我们必须救她回来！"

空地上的猫纷纷表示赞同。但赤杨爪几乎没听到他们在说什么。我该怎么跟小枝说呢？是他把小紫罗兰带到族群来的。现在，她却落入了恶毒的泼皮猫掌中。他愧疚难当。小枝永远不会原谅我。她会心碎的。赤杨爪强忍住心中的恐慌。我们会把她带回来的。我们必须把她带回来。我会告诉小枝一切都会好的。但愿真的如此。

有皮毛摩擦着他的侧腹，叶池已经悄悄来到他身边。"很抱歉，我先前不能告诉你。"她喃喃说道，"那是花楸星要宣布的消息。但我相信，松针爪会照顾好她的。她很喜欢小紫罗兰。无论发生什

雷影交加

么，松针爪都会保护她的。"

赤杨爪与她目光相会，浑身都在颤抖："但是，松针爪也只是一名学徒。她能把一群泼皮猫怎样？"

叶池却只是无言地凝视着他，赤杨爪的心霎时悬了起来。他多么希望叶池可以打消他的疑虑。

黑莓星的吼声穿透了猫群焦急的议论声："花楸星，你打算怎样处理这件事？"他怒视着影族族长。

花楸星的尾巴抽动着。"我们昨晚向他们发起了进攻。"他报告说，"我们期望，我们的学徒看到我们为他们而战，会回到我们身边。"

看到暗姜黄色公猫眼中惊慌的神色，赤杨爪的心缩紧了。他以前从没看到过哪位族长被吓到。

"但他们没有回来。"花楸星的声音在颤抖，"事实上，又有另一名学徒和两名武士加入他们，还击我们。"

"谁？"一星追问道。风族族长已经狂怒得颈毛倒竖。

"蜂爪、莓心和苜蓿足。"花楸星沮丧地盯着自己的脚掌。

一星猛地把口鼻凑到影族族长面前："你竟然还有脸自称族长？你甚至控制不住自己的族群！"

"他们会回来的。"花楸星的喵声低沉无力，"他们年轻气盛，固执己见。但他们会认识到自己的错误，回到族群的。"

"也许你说得对。"黑莓星的语气柔和下来。

赤杨爪看到，父亲凝视着颓丧的影族族长，眼里充满同情。

一星龇出牙齿:"泼皮猫就驻扎在族群领地边缘。如果他们能拐走族群猫,他们肯定就会偷捕猎物。"

雾星怒视着风族族长:"他们离你的边界远着呢。你根本不必为你宝贵的兔子操心。"

一星轻蔑地向她嘶吼起来:"你也不必担心你的鱼。"

"这将影响到我们全部族群!"黑莓星咆哮道,"小紫罗兰在他们掌握中,她是预言的一部分。"

"那是你一厢情愿。"花楸星怀疑地嘀咕道。

雾星没理会影族族长,她转向黑莓星:"我们不能冒险营救她。她还是只小猫。如果我们进攻泼皮猫营地,他们轻而易举就能把她杀了。"

"那我们必须等待。"黑莓星做出决定。

一星的颈毛直立起来:"难道我们就什么都不做吗?"他难以置信地看着黑莓星:"这些猫杀死了我的族猫。"

还夺去了你的一条命,赤杨爪暗想,并把天族赶出了河谷。他不禁觉得一星的想法是正确的,他们应该更加主动地抗击泼皮猫。

"我们应该现在就发动进攻,尽我们所能,将他们赶到离湖区最远的地方。"一星接着说道。

因为恐惧,花楸星瞪大了眼:"即使我的族猫们做出了糟糕的决定,我也不想与他们作战。他们仍然可能回心转意,回到影族。"

"我能理解你的心情。"黑莓星同情地迎上花楸星的目光,"而且我们也不能贸然进攻,拿小紫罗兰的性命冒险。"

雷影交加

一星咆哮起来，月光下，他的眼里闪着怒火。"那我们无话可说了。"他从大橡树上一跃而下，大步穿过空地，愤怒地一摆尾巴，示意他的族猫们跟他离开。

兔泉急忙从其他副族长那儿跑开，来到他的族长身旁。他们的族猫们迅速从猫群中挤过，跟了上去。月光照耀在他们皮毛上，泛起微光。他们钻进深草，转眼便消失不见。

赤杨爪看着黑莓星。现在怎么办？

"散会。"雷族族长喊道，接着便从树上跳下。

赤杨爪的脚垫仿佛在地上生了根。就这样结束了吗？他们将与泼皮猫比邻而居，仿佛他们是另一个族群？难道黑莓星已经忘记了，正是这些猫曾把天族赶出家园？万一他们打算在这里故技重演，那该怎么办？

其他猫向树桥走去时，他喉头发紧，不想跟上去。回家就意味着要告诉小枝，她的妹妹正和泼皮猫待在一起。

第十二章

"放低后半身。"藤池命令道。

枝爪把身子放得更低了，目光聚焦在前面的树叶上。

新叶季的阳光斑驳地洒在森林地面上，树木已吐出绿色的嫩芽。离小紫罗兰消失已经过去四个月了。成为学徒后的半个月时间内，枝爪一直努力想要给新老师留个好印象。她想和云雀爪、叶爪和蜜爪一样优秀。他们已经在学习战斗动作，而她还在用树叶练习狩猎动作。但他们早在三个月前就成了学徒，那时，白雪覆盖着林地，河流的水结着冰。

"尾巴保持不动。"藤池提醒她。

枝爪把尾巴紧贴在柔软的地面上。她能够闻到弥漫在树木之间的猎物气味，也渴望捕到一只真正的老鼠。

"判定好距离。"藤池告诉她，"确定之后就起跳。"

枝爪眯起眼睛，感受着她和树叶之间的距离。她的后腿抽动着，浑身洋溢着兴奋之情。然后，她后爪一蹬，一跃而起。

她成功地落在叶子上，随后却开始打滑。树叶沿着滑溜溜的地面向前滑行，她的前掌也跟着树叶滑动。砰的一声，她胸脯着地，

雷影交加

扑到地上。

藤池走到她身旁，咕噜起来。"你跳跃的距离非常完美。不幸的是，你没料到猎物会企图逃跑，没做好相应的准备。"她轻推枝爪扶她起来，用一只脚掌拂去学徒肩膀上的一片落叶，"平衡着陆，是你要学习的最重要的技巧。这对狩猎和战斗至关重要。"

枝爪有些不好意思地抖了抖皮毛。"我没意识到地面那样湿滑。"她瞥了一眼森林地面地上那道泥泞的印迹，那是她落下时留下的。

"下一次，你要记得考虑落点。落在泥地、石头或者枯叶上，都要求不同的技巧。但是你已经做得很好了。你的注意力很集中，而且你学得也很快。百合心听到这些一定很开心。"

枝爪自豪地咕噜着。"我和云雀爪学得一样快吗？"她知道云雀爪已经是很棒的狩猎猫。百合心时常夸耀他是怎样每天带猎物回家给她的。

"这不是比赛。"藤池柔声告诉她，"你必须按照你自己的进度学习。"

"但是，我想证明我是与众不同的。"尽管已经过去几个月，玫瑰瓣的话依然萦绕在她耳边——"小枝看上去的确很普通。在她学会自己狩猎之前，族群还得多填饱一个肚皮。"她渴望地凝视着藤池："我必须是最棒的。"

"不是那样的。"藤池安慰她说。

"但是，如果我不是与众不同的猫，我凭什么待在这里？"

藤池同情地看着她。"你从没真正觉得自己是族群的一员，对吗？"不等枝爪回答，她又说道，"希望有一天你会有这种归属感。"

枝爪愧疚地垂下目光："你说的我好像对族群不忠诚似的。"

"不。"藤池慈爱地咕噜道，"我能够看出，你和其他任何族生猫一样忠诚，但是，你没能在你真正的至亲身边成长。那一定让你很难过。"她眼里闪着鼓励的光，"不过，百合心为你感到无比自豪。如果你的亲生母亲能看见现在的你，我敢肯定，她也会为你骄傲的。真可惜，松鼠飞率领的巡逻队没有找到她。"

枝爪困惑地皱皱眉头。"松鼠飞率领的巡逻队？"藤池在说什么？难道松鼠飞曾率领巡逻队去找过她的母亲？为什么没有一只猫提及这件事？她的心怦怦直跳，仿佛胸膛里面有只小鸟在跳动。也许他们已经发现了她母亲的尸体，但为了保护她，就没让她知道。她对藤池眨眨眼睛："他们没有找到任何踪迹吗？"

"只发现了赤杨爪找到你时的那个巢穴，但它已经被废弃了。"

"没有别的什么吗？"

藤池不安地挪挪脚掌："我真的不知道。后来就再没有猫提起过了。"

恐惧从枝爪的脊梁中散播开来。族群对她隐瞒了什么？我必须弄清楚！枝爪瞥了一眼通往营地的坡道。赤杨爪！他会告诉她实情的，即使是坏消息。"我们现在能回山谷吗？"

藤池的尾巴拂过潮湿的落叶："我不是有意让你心烦意乱的。"

"没什么。"枝爪思绪混乱，"我只是想回营地而已。"

雷影交加

"好吧。"藤池不安地看着她。

枝爪几乎没注意到她闪亮的目光,她已经爬上斜坡,朝着金雀花围墙走去。她俯身穿过通道,匆匆走进营地。她的思绪已经领先于脚步。赤杨爪应该就在巫医巢穴里面。他会说些什么呢?他知道有关她母亲的事情吗?她连蹦带跳着穿过空地时,灰条从倒落的山毛榉树那里喊她。

"什么事那么着急啊,枝爪?"

"出什么事了吗?"荆棘光正在新鲜猎物堆旁边和香薇歌分享一只老鼠。

"我有话要和赤杨爪说!"枝爪冲过黑莓屏风,闯进巫医巢穴。

松鸦羽嘟哝了一声,但没有抬起头来。他正在巢穴岩壁边的水洼中浸泡苔藓。"我还以为,你成为学徒之后,赤杨爪就少了个影子呢。"他甩掉脚掌上的水珠,"但作为影子,你太闹腾了。"

赤杨爪正在将荆棘光窝里陈旧的苔藓拿出来。枝爪一个滑步停在他旁边时,他转过身来。

"松鼠飞率领的巡逻队找到我母亲了吗?"她直截了当地问。

赤杨爪对她眨眨眼睛,眼神困惑:"松鼠飞率领的巡逻队?"

"就是几个月前黑莓星派出去寻找我母亲的那支巡逻队!"沮丧在枝爪腹中搅动着。当看见赤杨爪眼里闪现出惊慌的神色时,她的沮丧变成了怖惧。他肯定知道些什么!

"我们私下说吧。"他不安地看向松鸦羽。

"不用假装害怕我不高兴。"松鸦羽嘲讽地说,"你们随便留

多久谈多久。说穿了,这里只是一个巫医巢穴而已。"

枝爪没有理会巫医的讥讽。"你必须得告诉我,"她乞求着赤杨爪,"他们找到我母亲了吗?"

赤杨爪把她推向入口:"出去说吧。"

为什么非要出去说呢?他肯定有可怕的消息要告诉我! 枝爪突然觉得头晕目眩,跟着他钻过低垂的黑莓藤。

赤杨爪带着她,走进巫医巢穴旁边长着凤尾蕨的洼地,走到族猫们看不见的地方。他迎上她的目光。"我们不知道你母亲出了什么事。"他低声说道。

她茫然地凝视着他:"那为什么要躲到这里来告诉我?"

赤杨爪似乎局促不安。他为什么这么奇怪?

"如果她已经死了,你可以告诉我。"她催促道,"我宁愿明白地活着,也不愿在猜疑中度过一生。"

"但我没法儿告诉你。"赤杨爪盯着她,"因为我也不知道。"

"这么说,巡逻队没有找到她?"枝爪追问道。

赤杨爪扭头看向旁边。"巡逻队不是去找她的。"他含糊着说。

"什么?"枝爪几乎不敢相信自己的耳朵。他在说什么?"松鼠飞带领一支巡逻队去寻找我的母亲。藤池就是这样跟我说的。"

赤杨爪摇了摇头:"他们寻找的不是你的母亲。"

"不是我的母亲?那藤池为什么会那样认为?"枝爪盯着他。当他回过头看着她,却默不作答时,怒火在她心中涌动起来:"他们究竟有没有去寻找过她?"

雷影交加

赤杨爪内疚地盯着地面。"没有。"他的声音小得如耳语一般。

"从来没有？"看到赤杨爪搜肠刮肚地寻找词句，她气得皮毛灼痛。

"他们寻找的是别的东西。"他最后含糊道。

"那藤池为什么认为他们是去找我的母亲呢？"

"整个族群都相信他们是去寻找你母亲的。"赤杨爪依然在回避她的目光，"现在他们仍然这样以为。"

"那他们究竟在寻找什么？"枝爪努力去想还有什么能比她母亲更重要。

赤杨爪绝望地看着她："我不能告诉你。"

"为什么？"我还以为你什么都会告诉我！我一直这么信任你！她懊恼地将爪子插入地面。

"那是族群的机密。"

枝爪的毛顿时蓬起："这么说，我不能知道，是因为我不是族群的一员！"

"你当然是！"赤杨爪内疚地睁大眼睛，"我不是那个意思。只有为数不多的猫知道巡逻队去了哪里。这是个不能同你分享的秘密。"

枝爪迟疑了，不知道该为赤杨爪向她保密难过，还是该为她不是唯一受骗的猫而感到安慰。她气得浑身发抖："黑莓星为什么没有派遣巡逻队去寻找我的母亲？"

哀伤使赤杨爪的目光黯淡下来："他认为那没有意义。"

"难道他不关心我母亲发生了什么事情吗？"枝爪的心抽痛着。

"我确信他很关心。但是……一位母亲通常不会抛弃年幼的无法自立的幼崽，除非……"赤杨爪的声音越来越小。

"除非……除非她死了？"枝爪用力抽打着尾巴，"那就是你想说的，对吗？"她竭力地想要摆脱这种想法，但它就是挥之不去。只有这样才能解释她为什么会离开她们。但是我们无法确定。在他们彻底查清楚之前，就仍留有一丝最微小也最甜蜜的机会，她可能依然活着。枝爪抗拒地怒视着赤杨爪。"也许发生了什么事情，让她无法回来。也许她回来过，却发现我们不见了。她也许在猜想我们去了哪里。她也许还在找我们！"她把口鼻凑到赤杨爪面前，"要是你没把我们带走，小紫罗兰和我也许还和她在一起！"

赤杨爪还没来得及回答，枝爪已经从蕨丛中挤了出去，大步走出营地。要不是因为赤杨爪，她就不会待在这个愚蠢的族群里，而是和妹妹在一起，她的手足也不会和一帮泼皮猫待在一块儿。她怒火中烧，沿着通往影族边界的小路走去。自从松针爪把小紫罗兰从影族带走之后，她就再没见过小紫罗兰了。但是，她现在就要去见她，告诉她自己的发现。

枝爪听到过族群里的传言。当她在林下灌木中穿行时，那些话一直在她脑海中盘旋。"泼皮猫生活在影族领地那边，靠近雷族边界的地方。"她现在正朝那里走。我必须和小紫罗兰谈谈。她必须要告诉小紫罗兰，族群猫欺骗了她。要是母亲回来找我们呢？鸟儿在她头顶上的枝丫间互相鸣叫，时而互相示警，时而婉转地唱着小

雷影交加
LEIYINGJIAOJIA

曲,准备筑巢。太阳透过刚发芽的树枝照耀下来,斑驳地洒在枝爪的背上,带来柔和的温暖,但她却几乎感觉不到。靠近边界时,她改变方向,离开小路,将自己的气味踪迹隐藏到森林深处。地势开始上升。她从没离开营地这么远过——即使是成为学徒后的第一天,藤池带她参观雷族领地时也没走到这么远。那天,她知道了这是她的土地,有朝一日她将在此巡逻,保护小猫和长老的安全,感到无比自豪。

那谁在保护我母亲的安全呢?她坚定地扬起下巴,继续前进。随着树木渐渐稀疏,脚下的地面变得愈发柔软、泥泞起来。她到达雷族的气味线,并越过了它。当她踏出族群领地时,她的心跳加快了。

泼皮猫肯定就在附近,她能闻到陌生的气味。她紧张地扫视着灌木丛。暗尾的猫群似乎更像幽灵,而不是真正的猫。他们从来不参加森林大会,而且生活在领地外围,巡逻队偶尔会在阴影之中瞥见他们。族猫说起他们时,总是压低声音,仿佛是在谈论黑森林猫。

当她远离阳光,走近影族领地时,她毛发不安地刺痛着。她张开嘴搜寻空气中的气味她嗅到了新叶季的嫩叶与泥土的浓烈气味。脚下的地面变成了草地,坡地也更加倾斜。这里生长着山毛榉和桤木,树干之间蔓生着花楸丛。她放慢脚步,意识到自己可能已经进入了泼皮猫的地盘。接着,她俯身靠近灌木丛。

前方有皮毛在移动。她停了下来,心里一紧。一只公猫正带着猎物往坡上走。枝爪怔住了。她看着公猫走在两排蔷薇之间,然后

猫武士

从她的视野之中消失。

"你在偷窥?"

身后的声音吓得她猛地转过身,心都跳到了嗓子眼儿里。一只年轻的母猫责难地看着她。她嗅了嗅,闻到了不熟悉的泼皮猫气味。

"你在这里干什么?"母猫质问道。她的颈毛直立着,白色皮毛上的黑色斑纹泛起涟漪。

"小紫罗兰?"欣慰在枝爪体内汹涌。小紫罗兰看起来很健康。泼皮猫显然没有伤害她。枝爪盯着她,几乎不敢相信,这只皮毛油光发亮,皮毛下肌肉凸现的年轻猫就是她的手足。小紫罗兰的脚掌已经长宽长大了,皮毛下露出锋利的爪尖。小紫罗兰与她对视时,她不禁迟疑起来。她眼神中流露出的是怀疑吗?"是我,枝爪。"

小紫罗兰眯起眼睛:"我现在是紫罗兰爪了。"

枝爪向她眨眨眼睛。难道她不乐意见到我吗?"我是来找你的。"

"为什么是现在?"紫罗兰爪的目光里没有流露出任何情绪。

"我发现一些事情。所有其他的雷族猫都被告知,他们派遣了一支巡逻队去寻找我们的母亲,但他们并没有那样做。那是个谎言。他们根本没有查清母亲是否回来找过我们。"这些话从枝爪嘴里倾泻而出,快得让她几乎喘不过气。

紫罗兰爪耸耸肩:"你真的很惊讶吗?"

"但他们本应该那样做的!"枝爪震惊不已。她的同窝手足发

雷影交加

生了什么事？她和泼皮猫一起生活后也变了吗？"赤杨爪骗了我。我还以为他是我的朋友。每只猫都相信，黑莓星派遣了一支巡逻队去寻找我们的母亲。其实他没有。赤杨爪说，巡逻队是去找别的什么东西。"枝爪猜测自己有些词不达意。但是，她需要自己的妹妹理解她的感受。雷族没有一只猫能够理解她。紫罗兰爪是唯一可能理解她的猫。

紫罗兰爪对她眨眨眼睛，依然没有展现出任何情感。

枝爪瞪大了眼："难道你也不关心？"

"我一直认为我们的母亲已经死了。"紫罗兰爪皱起眉头。枝爪看出她在思考。"不然她为什么会离开我们呢？"

"要是赤杨爪带走我们之后，她回来过呢？"

紫罗兰爪歪歪脑袋："那她会发现我们已经不在了。"

"但她可能一直在寻找我们！"枝爪相信自己的妹妹和她有相同的感觉。

"过去这么久之后？"紫罗兰爪看起来不太相信。

"难道你不想找到她吗？"沮丧之情在枝爪喉中泉涌。

紫罗兰爪身后的凤尾蕨沙沙作响。"找到谁？"松针爪走了出来。

紫罗兰爪猛地转过口鼻，皮毛羞愧地蓬起："嗨，松针尾。"

松针尾。这名影族学徒离开族群之后，肯定给自己取了一个武士的名字。

她停在紫罗兰爪身边。"找到谁？"她伏下耳朵，重复道。

枝爪抬起下巴。"我们的母亲。"她说道，尽量不去理会体内泛起的恐惧。松针尾已经长大，她躯体颀长，皮毛光滑，尾巴上的毛浓密柔顺。她目光中闪现出威胁的神色。"我认为她可能还活着，而且在寻找我们。我想要紫罗兰爪帮我找她。"

"为什么？"松针尾凑过来，眯着眼："她和泼皮猫一起生活，这里就是她的家。"她的目光瞟向紫罗兰爪，"不是吗？"

"对。"紫罗兰爪赶忙答道，"现在，泼皮猫就是我的至亲。他们比过去影族对我更好，松针尾就像我的手足一样。"

枝爪心里一阵刺痛。但我才是你的手足！我这几个月都在为你担心。难道小紫罗兰已经忘记她们才是同窝手足吗？"这么说你不会帮我找她了？"她突然感觉疲惫不堪，她对赤杨爪的愤怒似乎已经丢到脑后了。

紫罗兰爪凝视着枝爪，目光温柔起来："我不能离开自己的营地伙伴。他们抚养我、保护我。跟你离开是错误的。"

松针尾抽了抽尾巴。"暗尾很看重忠诚。"她吼道。

枝爪本能地退后了一步。

紫罗兰爪对自己的姐姐眨眨眼睛："很抱歉，枝爪，我没法儿帮你。你该回去了。"

"是啊，族群猫，"松针尾冷笑道，"回家去吧，那里才安全。"她往坡上瞥了一眼，好像在等着泼皮猫。

枝爪腹中一紧。要是泼皮猫发现她在这里怎么办？松针尾显然不会保护她的。

雷影交加

"走吧,紫罗兰爪。"松针尾走进蕨丛中,"同伴们在等我们回去。"

"对不起。"紫罗兰爪对枝爪眨眨眼睛,盯着她看了一会儿,才转身离开。

枝爪看着蕨丛渐渐将自己的妹妹吞没。她怔怔地站在那里,心里空荡荡的。赤杨爪认为她的母亲已经死了,紫罗兰爪似乎根本不在乎她是否还活着。她突然感觉自己很蠢。她弄出了这样一个局面。没有一只猫感兴趣。

她回头望着森林。在淡蓝色天空的映衬下,森林看上去绿油油的。她知道,在森林的那头,阳光照耀下,大湖波光粼粼。

也许去找母亲的确是个愚蠢的主意。即使她还活着,现在也许已经有了新的幼崽。她怎么会在乎几个月前被她抛弃的两只小猫呢?枝爪拖着疲惫的脚步转身回家,走下斜坡。

第十三章

紫罗兰爪回头看去,试图透过蕨丛看枝爪最后一眼。但嫩枝阻隔了她的视线。疑心牵扯着她的五脏六腑。我应该跟她去吗?毕竟她是我的同胞姐姐。

"快点!"当她们冲出蕨丛,抵达通往营地的平坦草地时,松针尾甩了甩尾巴,"狩猎巡逻队很快就要回来,我也饿了。"

狩猎巡逻队!紫罗兰爪闷闷不乐地默念道。泼皮猫的狩猎巡逻队根本无法和影族的相比。暗尾总是突然决定什么时候需要猎物,然后就派猫出去狩猎。在他们离开的时候,他才提醒他们去标记那一直在改变的边界线。这里根本没有她在影族司空见惯的组织和线路意识。

也许他们终究能学会的。紫罗兰爪加快脚步。她差点没认出她的姐姐。枝爪看起来与以前大不相同,那样有雷族味。松针尾、蜂鼻以及其他前影族猫经常开玩笑说,雷族猫总是表现得比其他任何族群都更优秀似的。紫罗兰爪突然理解了他们的意思。难道枝爪真的期望紫罗兰爪离开同伴,去执行那鼠脑子的任务,寻找她们死去的母亲?紫罗兰爪气得连毛发都竖立起来。枝爪只在她想要什么东

雷影交加

西的时候才来看我。在我离开后的四个月里，她从没尝试过来找我。难道她就不为我担心吗？她恨恨地想。她认为自己的需要比其他猫的都更重要。再说了，她有什么理由认为母亲还活着？母亲当然已经死了。还有其他理由可以让母亲丢下她们吗？枝爪自以为很聪明，典型的雷族猫。紫罗兰爪愤愤地自言自语。

松针尾瞥了她一眼："你在抱怨什么？"

紫罗兰爪抖了抖皮毛。"没什么。"她不想向松针尾抱怨枝爪。虽然枝爪很令她气恼，但毕竟是她的至亲。不过，现在松针尾更像她的至亲。但其他猫呢？紫罗兰爪不知道，她对其他猫是否会有她对松针尾那样的亲密感觉。渡鸦不如紫罗兰爪加入泼皮猫以前那样友善了。没有一只泼皮猫是友善的。加入泼皮猫的影族猫现在还是一如既往，对她几乎没有一丁点儿耐心。

但我还有松针尾，紫罗兰爪安慰着自己，她就是我需要的一切。

脚步声敲打着地面。紫罗兰爪顺着老师的目光望向营地。雨和滑须蹦跳着朝她们跑来，各自叼着一只老鼠。他们一个滑步停在松针尾和紫罗兰爪旁边。

"你们跑什么！"松针尾惊讶地对他们眨眨眼睛，"有狐狸在追你们吗？"

滑须丢下老鼠。"我们为什么不应该跑？我们担心同伴们可能饿着了。"她逗趣地瞥了一眼雨，"对吗？"

雨嘟囔道："当然。"

松针尾妒忌地瞪了滑须一眼，挤到那两只猫中间。

紫罗兰爪不相信他们中的任何一个。她看见了滑须侧腹上被压平的毛。她肯定又狩猎时躺着睡觉了。紫罗兰爪和松针尾不止一次看见滑须在新叶季的阳光中打盹儿。雨也一样。他们俩好像都不觉得现在狩猎是很重要的事情。

松针尾瞥了一眼老鼠,显然不为其所动:"这些根本不够我们大家吃。但愿苜蓿足和蟑螂抓到了更好的猎物。我都要饿死了。"

滑须生气地甩动着尾巴:"你们抓到了什么?"

"我们就没在狩猎。"松针尾抬起下巴,"我在教紫罗兰爪一些新的战斗动作。"

滑须鄙夷地盯着紫罗兰爪:"我不知道你为什么要费心去训练她,我们已不再生活在族群了。让她以泼皮猫的方式学习战斗和狩猎吧——通过亲身体验。还是说,她不够聪明?"

松针尾龇出牙齿:"紫罗兰爪会成为武士,不是泼皮猫。"

雨一愣:"你还想着回归影族?"

"当然不是!"松针尾哼了一声,"但武士比泼皮猫更加善战。"

雨抽了抽胡须:"去把这句话说给一星听吧。"

松针尾歪歪脑袋。"但他当时不是在与普通的泼皮猫战斗。"她的声音柔和下来,带着挑逗的意味,"他在和你交战。"

雨两眼放光。"这么说,你认为我可以像武士那样战斗?"他边说边绕着松针尾走动,摩挲着她的皮毛。

"比武士更棒。"松针尾咕噜着回答。

滑须翻了个白眼:"你们两个能不能别表现得像一对鼠脑子一

雷影交加

样?我想把这个猎物带回营地,趁着它还没僵硬。"

紫罗兰爪抽抽耳朵。你是想在苜蓿足的狩猎队返回之前把它带回去,那样你才能把它放在新鲜猎物堆的最下面。就算狩猎者是滑须和雨,这猎物也少得无法原谅。暗尾已经开始注意到,并在抱怨他们了。幸好,粉沙和蜂鼻不想吃东西。她们生了某种让她们没胃口的病。

她看见雨与松针尾目光相对。"也许我们明天应该去狩猎。"他柔声说道,"就我们两个。"

紫罗兰爪生气地皱起眉头。她不想让雨轻易夺去她的朋友:"松针尾答应明天教我如何跟踪兔子。"

松针尾把目光从雨那里拉回来:"她说得对。"她的声音中透露出的是悔意吗?

滑须叼起自己捕到的老鼠,向往营地走去。雨也叼起他的老鼠跟过去,边走边回头看着松针尾。紫罗兰爪迅速走到老师前面,挡住他的视线。

走进营地的时候,苜蓿足转过头来。这只灰色虎斑猫正站在那里,脚边有一只肥硕的兔子和一只画眉。

"你们回来了。"滑须把老鼠放在新鲜猎物堆上面,故作惊讶地说。

苜蓿足嗤之以鼻道:"当然。抓这些花不了多长时间。"

杜松掌正在清理皮毛上的树叶碎片。他抬起头来说道:"猎物相当丰沛。"

"我们已经回来很久了。"蟑螂打了个哈欠。这只银色公猫正懒洋洋地躺在一旁。

雨把他的老鼠丢在滑须那只的旁边。"粉沙和蜂鼻怎么样?"他瞥向低垂的花楸丛,病猫们在那里栖身。

树枝晃动起来,荨麻从里面挤出来,看上去有些忧虑。他回答了雨的问题。"她们的病情加重了。蜂鼻一直在咳嗽,粉沙的体温还在上升。"

荨麻是泼皮猫中最接近巫医角色的猫。但是,这只棕色虎斑猫只认识几种草药,已经在病猫身上用了个遍,可没有一样能让她们好转。

雨耸耸肩。"哦,好吧。"他饥渴地闻闻兔子,"既然她们不吃那么我们可以多吃点。"

"等等!"营地外面传来一声尖厉的吼叫。

紫罗兰爪听出那是暗尾的声音,紧张起来。

泼皮猫首领从营地边上的深草丛中走出来,用威胁的目光盯着雨:"今天你不能从新鲜猎物堆拿走任何东西。"

雨的颈毛竖立起来:"没有猫可以不让我吃东西。"

"你想吃东西?"暗尾慢慢走向他,"那去抓些值得吃的东西回来呀。"他停在新鲜猎物堆旁,用爪子钩起一只老鼠:"这东西只能用来喂小猫。"

紫罗兰爪紧张地瞥了一眼松针尾。暗尾的语气充满威胁。雨也挑战地看着他。这只灰毛公猫最近越来越频繁地反抗泼皮猫首领。

雷影交加

昨天他就拒绝去巡逻。"他们这是要打架吗？"她低声问。

"嘘。"松针尾没看紫罗兰爪，她正盯着雨。长毛公猫走近暗尾时，她眼中闪烁着急切的光。

"我抓的猎物不够好，你无法下口吗？"雨咆哮道。

泼皮猫首领用力抽打尾巴："你带回营地的猎物越来越少。"他丢下那只老鼠："这已经是你最值得称道的贡献了。"

雨的眼睛眯成两条缝："难道你一直在数我抓的猎物？"

"我当然在数。"暗尾嘶吼道，"我是这群猫的首领，我要确保每一只猫做好自己的本分工作。"

"你听上去像只族群猫。"雨冷笑道。

"那又如何？"暗尾抬起下巴，"他们活得很好。"

"要是你喜欢规则的话！"雨伸出爪子。

"规则能让我们填饱肚皮。"暗尾缓缓说道，他恶狠狠的目光一刻也没从雨身上移开。

"那就是我们来这里的原因吗？"雨嘶声说，"躲在灌木后面，捕获别的猫不想要的猎物？"他甩动尾巴，指向他们身后绵延的影族松林："那里有整个领地可供我们占领，我们却只生活在这一小片土地上。"

一阵冰冷的恐惧感从紫罗兰爪脊背上掠过。难道雨想让泼皮猫把影族从他们的地盘上赶走吗？可为什么呢？这里有充足的猎物，而且在过去的四个月里，暗尾似乎也乐于与影族和平相处。她想起了花楸星和松树鼻，洼爪和草心以及草心的孩子！雨会让

203

他们陷于危险吗?

"我们暂时不需要松树林!"暗尾厉声说道,"我们现在已经拥有我们需要的一切,而且我们还不用为此而战。我们不需要占领任何猫的领地,除非我想。"

雨伏平耳朵。"你变软弱了。"他高声咆哮着,威胁地蹲伏下来。

暗尾目露凶光,随即咆哮一声,扑向雨。雨直起身子迎击暗尾。可是,那只健壮的公猫全力朝他撞来,让他直往后退。他连忙用爪子抓紧地面,翻过身仰面朝上,用后掌狠狠地击打暗尾的肚皮。两只猫在空地里翻滚着、尖叫着。紫罗兰爪急忙往后跳开,心怦怦直跳。她以前看见过泼皮猫互相打架,但他们今天的尖叫声充满恶意,吓得她颈毛直竖。

松针尾绕着他们飞快移动,眼睛紧盯着雨,皮毛起伏着,好像也为这场打斗而紧张不已。

暗尾挣脱开来,一个狂野的爪击贯穿空气。紫罗兰爪尖叫着警告道:"当心!"

松针尾躲闪开来,脚爪从她身边划过,猛击在雨脸颊上,抓出几道血痕。

雨爬起来,俯身躲过第二击,迎着暗尾的前掌扑去,从他身下击出,将泼皮猫首领打得扑倒在地。然后,雨直立起来,用脚掌猛踹暗尾的脊背。

泼皮猫首领号叫着滚到一旁,一跃而起,眼中闪着怒火。他龇出牙齿,扑向雨。紫罗兰爪看见,泼皮猫首领将牙齿深深嵌入雨脖

子中，她吓得惊叫起来。

雨惨叫一声，瘫软下去。暗尾发出一声低吼，将雨按到地上，牙齿依然咬着他的脖子。

雨在他身下抽搐着，空气被堵在喉咙里，咕嘟咕嘟响。

"放开他！"松针尾惊恐的叫声撕裂空气，"你会杀死他的。"

雨躺在泼皮猫首领身下，一动不动。紫罗兰爪吓得喘不过气来。直到雨已经毫无还击之力，暗尾才放开他。当暗尾退开时，紫罗兰爪心惊胆战。泼皮猫营地里一直会这样吗？为了争夺首领地位进行血战？她警惕地环顾着周围的其他泼皮猫，他们之中还会有谁挑战暗尾的权威吗？

松针尾扑倒在雨身边。"你还好吗？"她目光中闪着恐惧。

雨呻吟着，他的颈毛已被鲜血浸透。摇摇晃晃地站起来，他大口喘着气，面朝暗尾。

暗尾阴沉着脸："谁是首领？"

雨怒视着他。"你是。"他咆哮道。

紫罗兰爪战栗起来。

"别再惹我。"暗尾轻声说道，但他的尾巴尖在身后险恶地抽动着。

雨盯着他，目光中迸射出怒火："我不会了。"

"对，你不会了。"没有任何征兆，暗尾蹿了过去，动作快得犹如蛇行。他的爪子从雨眼睛上掠过，这只公猫根本来不及闭上眼睛。

猫武士

鲜血从眼窝里涌出。紫罗兰爪的心跳到嗓子眼儿里。雨摇摇晃晃地后退,耳朵震惊地耷拉下来。接着,他发出一声极度痛苦的尖叫,瘫倒在地上。

松针尾伏在他身上。"你把他弄盲了!"她对暗尾尖叫着。

暗尾缩起嘴唇。"我只是把他弄成了半盲。"他咆哮道,"一只半盲的猫无法对任何猫构成威胁。"他走向新鲜猎物堆,用嘴巴叼起那只肥美的兔子,把它带到空地边缘,开始进餐。

紫罗兰爪凝视着雨,一看见他的面庞,惊恐便像火焰一般蔓延。她以前看见过别的猫打架,但没有一次有这么残酷。雨的脸被撕开了,眼睛紧闭着,鲜血不断渗出。她感到极度恶心,冲出营地,一个滑步停在一棵赤杨树后,呕吐起来。她的身体剧烈抽搐着。

紫罗兰爪蜷缩在自己窝里,透过黑暗凝望着。除了雨的呻吟和松针尾的安慰,营地一片沉寂。松针尾在尽最大努力照顾雨。荨麻整夜带着草药在营地里进进出出。现在,他正蜷伏在深草丛外面,雨和松针尾则紧紧依偎在草丛中。

紫罗兰爪看到,随着睡意向荨麻袭来,他的眼睛慢慢闭上了。暗尾的呼噜声在营地里回荡。空地上没有月光,天空乌云密布。其他猫都蜷缩在各自的窝里,猎物堆上仍有猎物。今夜只有暗尾吃了东西,其他猫都默默溜到营地边上去了。紫罗兰爪怀疑他们也像她一样,对同伴的残忍感到震惊。她还怀疑那些前影族猫会不会后悔离开了自己的族群。也许影族的确有太多的规则,但那些猫彼此关

照。他们绝不会把彼此弄盲!

紫罗兰爪清楚,自己必须离开。她不能再这样生活,不能继续在这样一个由恐惧和利爪统治的猫群中生活。但是,她能去哪里呢?想到自己也许会过上独行猫的生活,她的心就焦虑得怦怦直跳。也许她可以请求花楸星或者黑莓星接纳她。也许有些族群猫依然相信她是预言的一部分,会欢迎她加入。无论如何,她都不能继续留在这里了。这些猫太难以捉摸。要是她说错了话怎么办?没带回足够的猎物怎么办?多久之后,暗尾或者另一只泼皮猫就会冲她发难呢?

她听见松针尾在深草丛里喃喃低语。松针尾和雨越来越亲密。她不会离开他的,现在尤其不会。如果他们真的成了伴侣,松针尾还会有时间陪伴紫罗兰爪吗?我在这会孤立无援的。

紫罗兰爪静静地站起来,从窝里爬出。她能听见自己的心怦怦跳动的声音。她踮起脚,穿过空地,在荨麻身边停下来。荨麻正轻声打着呼噜。她伸长脖子,探头从他身边向草丛中望去,但除了阴影,她什么也分辨不出来。她想告诉松针尾,她就要离开了,她想向松针尾致谢。但是,她不敢去冒被抓住的风险。

"别担心,雨,很快就不那么痛了。"

她倾听着朋友的柔声细语。这将是几个月来她第一次和朋友分别。再见了,松针尾。她心痛难忍,转身走出营地。

天刚破晓,新叶季初的阳光照进影族领地,松树和苔藓的气味

在她鼻腔里弥漫。紫罗兰爪蹲伏在距离营地围墙一棵树远的黑莓丛下面。一只肥美的兔子放在她身旁。这足够了吗?

雨曾带着一只猎物作为礼物要求加入影族。花楸星遣返了他,而且还让松针尾把她带走。"你找到她并没给影族带来任何好处。她带来的都是麻烦。没有她我们过得更好。"她离开之后这几个月里,花楸星的话一直在她脑海中回荡。她现在竟然努力地想要回来,这是不是在浪费时间?也许她应该径直前往雷族领地,恳求黑莓星接纳她。枝爪会支持她的,不是吗?

她的心跳因恐惧而加快。要是没有族群愿意接纳她怎么办?要是他们都把她看作麻烦怎么办:接纳她等于多一张吃食的嘴!泼皮猫永远不会原谅她偷偷离开。她会成为一只独行猫。

"谁在那里?"

褐皮的声音吓了她一跳。一副玳瑁色口鼻从黑莓丛探出。紫罗兰爪发现自己正凝视着武士那双绿色眼睛。"小紫罗兰?"她眨了眨眼。

"我现在是紫罗兰爪了。"紫罗兰爪心虚地说。她没有经历过命名仪式,是松针尾自己决定对她进行训练的。这意味着她不是正式学徒吗?

褐皮退后一步。"出来吧。"她的声音很严厉。

紫罗兰爪紧张地叼着兔子爬了出来。

尖毛和虎心正从褐皮身后盯着她。

"你在我们的领地上狩猎?"褐皮吃惊地注视着她。

紫罗兰爪丢下兔子。"我越过边界前就抓到它了。"她不想重蹈雨的覆辙。

"你为什么到这里来?"褐皮接着质问道。

紫罗兰爪从她的目光中看出了困惑和愤怒。"我想回到影族。"她盯着自己脚掌,声音小得几乎听不见。

尖毛怒吼道:"你已经选择离开了。这里不再有你的位置。"

"是花楸星让松针尾把我带走的。"紫罗兰爪抬起头,迫使自己勇敢起来,"我知道,这里从没真正需要过我,但我希望能为自己赢得一个位置。"

尖毛怒视着她:"什么样的位置?族群的叛徒?"

"嘘!"褐皮转身面向族猫,"又不是只有她离开了。"

"他们都是叛徒!"尖毛嘶吼道。

虎心挤到愤怒的公猫前面:"紫罗兰爪离开时还只是一只小猫,而且的确是花楸星让松针尾带走她的。她不应该为此承担责任。"

褐皮看着那只兔子:"这是你自己抓到的吗?"

"是的。"紫罗兰爪谦卑地告诉她。

尖毛把虎心推开:"她可能是和其他泼皮猫一起来的!"

紫罗兰爪挺起胸膛:"我是自己来的!泼皮猫甚至不知道我已经离开。"

褐皮用一只脚掌戳戳兔子。"这是只大猎物。我能看出你已不再是一只幼崽。"她朝着营地方向点点头,"来吧,我们让花楸星决定怎么处置你。"

当褐皮、尖毛和虎心带着紫罗兰爪进入营地时，花楸星正在空地边缘的大石头旁边休息。虎心叼着兔子。他们穿过空地时，紫罗兰爪没有理会影族猫诧异的目光。她听到杂毛正在长老巢穴外面对橡毛窃窃私语，但听不清他们说了些什么。松树鼻从武士巢穴那里看向她。紫罗兰爪回避着母猫的目光，感觉羞愧难当。她猜想松树鼻一定在想着她的各种过错。她经过武士巢穴时，正在清洗的石翅和黄蜂尾都抬起头看向她。曙皮正在新鲜猎物堆里翻找，挑选昨晚吃剩的猎物。紫罗兰爪瞥了一眼育婴室，希望能够看见小涡、小蛇和小花。也许他们现在已经是学徒了。但是，育婴室被晨光照亮，寂然无声。

花楸星一看见她，就从地上站起身。紫罗兰爪紧张起来，竭尽全力想要读懂他的眼神。他的绿眼睛中闪现着的是欣慰吗？

"我知道你们都会回来的！"他满怀希望地看向营地入口。

"只有紫罗兰爪回来了。"褐皮停在影族族长面前，"她是独自回来的。"

花楸星顿时怀疑地眯起眼睛："她是来侦察我们的吗？"

虎心把兔子丢在他脚边："她想重新加入族群，还带来了这个作为礼物。"

花楸星皱了皱眉头："就像那些泼皮猫一样。"

"我不是泼皮猫！"紫罗兰爪甩了甩尾巴。为什么族群猫要辱骂别的猫呢？她义愤填膺。难道就没有猫愿意接纳她吗？她这一生都在被其他猫带来带去。先是赤杨爪把她从母亲的窝中带走，然后

雷影交加

花楸星再把她从雷族抢夺过来，接着松针尾又把她带到泼皮猫那里。这是她第一次在这个问题上做出自己的选择，就选择了加入影族。这是他们的幸运！"我知道我现在不是族群猫，但是我想成为一只族群猫。我已经决定来这里，但我随时可以改变主意到雷族去。"

花楸星的眼中闪现出焦虑："不，不要。"

"为什么？"她迎着他的目光，很惊讶自己竟然如此大胆。

"我们需要你在这里。"影族族长突然显得疲惫起来，"也许你回来后，其他猫也会回来。"

"他们会有自己的选择。"紫罗兰爪有些不服气，"你接纳我的原因不应该是让我做勾引其他猫的诱饵，而应该是你需要一只族猫。"

尖毛低声咆哮着："别相信她的鬼话，花楸星。她或许是泼皮猫派来的，这可能是个阴谋。"

紫罗兰爪怒视着公猫："如果他们想渗入族群，你真的认为他们会派我来吗？我是影族最不想要的猫。我甚至不是族生猫。"

褐皮用侧腹靠着她的侧腹："花楸星，我认为我们应该接纳她回来。她能离开泼皮猫，冒险来这里，表现得非常勇敢。"

虎心点点头。"她也许没生在族群，但她有族群猫的勇气。"他温和地朝她眨眨眼睛。

紫罗兰爪惊喜不已。一切真的会这么轻松吗？她凝视着花楸星，心跳更快了。

花楸星迟疑地环顾了一下营地，随后点点头："好吧，现在我

们的武士多多益善。我欢迎你作为族猫重返影族。"他朝新鲜猎物堆看去,"曙皮!你将是紫罗兰爪的老师。"

曙皮向紫罗兰爪走来,皱着鼻头走近她:"好吧。"她表示同意,"但在她洗干净身上肮脏泼皮猫的臭味以前,我不会开始训练她的。"

紫罗兰爪几乎没听见她在说什么。她才不在意自己闻起来是什么味道。喜悦之情在她腹中泛滥。她将再次成为族群猫。她将成为真正的学徒!

第十四章

既然已经被影族接纳了,紫罗兰爪决心证明自己会成为一只有用的猫。她每天早早起来,先为长老更换新的窝草,然后等待曙皮带她出去训练。一天的漫长狩猎之后,她总是最后一只从猎物堆上拿取猎物的猫。曙皮忙碌的时候,她就去帮洼光采集草药。她最后一次看见洼光时,他还是学徒。但叶池返回雷族的时候,他就已经接受了正式巫医的称号了。紫罗兰爪喜欢帮他的忙。洼光总是很友善,尽管他似乎有些担心自己无法扮演好族群巫医的角色,也有些不堪忍受身为巫医每天的繁重事务。

与泼皮猫一起生活的时光使紫罗兰爪成长为一只出色的狩猎猫。曙皮也对她的狩猎本领刮目相看。但紫罗兰爪不敢解释说松针尾已经训练过她。她几乎不提及松针尾和其他泼皮猫,即使族猫们问起他们的情况时,她也不多言语。花楸星曾经追问她有关泼皮猫的信息,但紫罗兰爪拒绝回答任何涉及细节的问题。她只是说,只要暗尾还是首领,他们就不会威胁到影族。她曾听暗尾说过他无意占领影族领地,她也希望此话当真。花楸星最终不再追问,整个族群也停止了询问。她知道,因为不愿意背叛以前的同伴,她勉强赢

得了影族猫的尊重。甚至有一天晚上，她疲惫地走回巢穴时，无意中听到杂毛在对鼠痕说："既然她不愿意背叛他们，那么她也不会背叛我们。"

当然，有些族猫仍不信任她。雪鸟和焦毛总是眯起眼睛打量着她，尖毛几乎不和她说话，松树鼻也只是礼貌地点点头，表示承认她的存在，但仍与她保持着距离。不过，至少蓍叶和击石都足够友善，他们乐意在一天结束的时候同她分享猎物。

她想念松针尾，每次想起朋友的时候，愧疚之情就猛地刺向她的肚子。于是，她只好让自己保持忙碌，不给自己更多时间去思量她已经抛下的一切。这也使她不再牵挂枝爪和她们的母亲。枝爪说的可能是对的吗？她们的母亲可能还活着吗？也许枝爪来让她跟她走时，她应该跟着去的。紫罗兰爪尽力将这些疑虑抛到脑后，每当它们突然闪现出来时，她就让自己忙活起来。

今天，她醒来的时候，雨水正从树冠上滴落下来。她在舒适的学徒巢穴中听到了雨声，连忙蓬松起皮毛，挤出巢穴，进入空地。其他族猫还在沉睡之中，她静静地穿过营地。云层很厚，微弱的晨光几乎看不见。她努力回想哪里的蕨丛不会淋到雨，打算去那里为长老搜集可以铺在窝里的叶子和茎秆。这时，洼光从巫医巢穴中走了出来。

他眼神阴沉，愁容满面。

"怎么了？"紫罗兰爪匆忙走向他，脚掌踩在泥泞的地面上吱吱作响。她瞥向巫医巢穴的入口。她知道，黄蜂尾和橡毛都在里面，

雷影交加

他们得了一种奇怪的病。"他们的病情加重了吗？"

"我不知道该怎么办。"洼光踱着步，好像没注意到雨水已经淋湿他的皮毛，"我已经试过了我知道的每一种草药。我原以为是绿咳嗽，但猫薄荷不起作用。艾菊也只能暂时缓解他们的呼吸困难，但他们的体温更高了。好像没有什么草药可以起到作用。"

"我能帮上忙吗？"紫罗兰爪提议道。"我可以去采集更多的草药——"

"难道你没有听见我说的话吗？普通草药没有用！"洼光盯着她，眼里满是迷惑，"我不知道该怎么办。"

"去告诉花楸星吧。"紫罗兰爪催促道，真希望自己能有更好的建议，"也许他以前见过这种病，知道小云是用什么草药治疗的。"

洼光感激地对她眨眨眼睛，向族长巢穴走去。

紫罗兰爪跟在他后面，边走边抖落皮毛上的雨滴。

"花楸星！"洼光从入口那里轻声叫道。

一个沙哑的声音从暗影中传出："是谁？"

"是我，洼光。"年轻巫医退后一步。花楸星从巢穴里面钻了出来。

族长睡眼惺忪，毛发凌乱，他无精打采地盯着洼光："你有什么事吗？"

"我不知道该如何治愈黄蜂尾和橡毛。"洼光承认道，"我已经试过我所知道的每一种方法，但都不起作用。"

"我想他们得的是绿咳嗽。"花楸星嘟囔道，"给他们吃猫薄

荷。"

"猫薄荷没有用。这肯定是另一种疾病，一种我不知道的疾病。"洼光看起来有些抓狂。

花楸星恼怒地竖起脊背上的毛。"你才是巫医，为什么要来问我？"他吼道。

紫罗兰爪走近一步。"他以为你也许曾见过这种疾病。"她告诉花楸星，"他希望你会知道该怎么办。"

"是小云在负责照顾病猫。"花楸星不耐烦地冲她眨了下眼。

"也许我们应该去询问更有经验的巫医。"紫罗兰爪鼓起勇气说，"也许叶池可以再来帮忙。我现在就可以去把请她来——"

"不！"花楸星眼中闪现出愤怒，"我们不会向雷族求助的。"

"可正是她培养了我！"洼光争辩道，"那时，你并不介意求助。"

"我那时别无选择。"花楸星咆哮道。

"现在我们也别无选择。"洼光催促道，"我们不能让黄蜂尾和橡毛的病情继续加重下去了。橡毛老了，我不知道他还能活多久。而且要是这病蔓延开来了呢？我必须弄清楚该怎么办。"

"试试其他草药。"花楸星蓬起毛发，以抵御越来越大的雨。他接着转过身，慢慢走回巢穴中。

洼光凝视着他的背影，瞪大了眼。"我已经试过我知道的所有草药了。"他沙哑着说道。

"我可以现在就溜出营地，无论如何都得把叶池请来。"紫罗

雷影交加

兰爪轻声喵道。

"不。"洼光摇了摇头,"花楸星会生气的。"

"但你需要帮助!"

洼光疲惫地注视着她:"我只能继续给他们用我已有的草药,然后祈望他们会有所好转。"他漫步走开,陷入了沉思之中:"也许我可以把艾菊、款冬和紫草混合起来……"

他走近巢穴,声音也随之变弱。

紫罗兰爪在后面盯着他,想知道可以怎样帮到他。我会向曙皮提议,我们要用一整天时间采集草药。

曙皮同意了。整整一上午,她和紫罗兰爪从潮湿的野外采回一捆捆艾菊、款冬和紫草。洼光先从草药库存中取出样品向她们展示。很快,紫罗兰爪就能从几只狐狸身长外的地方辨识出它们的气味,并循着气味找到草药。

中午,她们叼着满嘴草药返回营地。从入口通道走过时,紫罗兰爪被草药的气味熏得有些头晕目眩。她眨眨眼睛,透过雨雾看去。焦毛、乌霜和褐皮正聚集在花楸星巢穴的入口处,虎心匆匆走过去加入他们。根据他们起伏的皮毛,紫罗兰爪断定那里出事了。

她瞥了一眼曙皮。老师眼中也闪着忧虑的光。她肯定也看见他们了。于是她们一起奔跑着穿过营地。

当褐皮转过身,惊恐地盯着她时,紫罗兰爪连忙丢下草药。"出什么事了?"

"花楸星的身体欠佳。"褐皮忧心忡忡地瞥了一眼她脚边的老鼠,"我给他带了些猎物,但他就是不起来。他肯定病得不轻。"

巢穴里传出嘶哑的咳嗽声。

焦毛退后一步:"他的咳嗽声和黄蜂尾还有橡毛的一样。"

乌霜挺直身子,神色凝重。"去叫洼光来。"他告诉紫罗兰爪。

紫罗兰爪转身冲向巫医巢穴,径直闯了进去。疾病的气息一时间充满了她的鼻腔,熏得她直想呕吐。黄蜂尾和橡毛都在窝里喘息着,他们皮毛蓬乱,口水滴答着。

洼光正在一堆草药边打盹儿。他猛地抬起头,对她眨眨眼睛。"我只是打了个盹儿。"他嘟囔道。

紫罗兰爪惊慌地僵住了:"你也病了吗?"

洼光爬起来:"没有,我只是累了。"

"你工作太操劳。"紫罗兰爪同情地说,"但是,我们需要你。花楸星——"她打住话头。洼光正凝视着她,但又好像根本没看见她似的。他恍惚的眼神中似乎有星光在闪烁。她焦急地歪歪脑袋。也许他真的生病了?"你真的没事吗?"

洼光眨眨眼睛,注意力闪回到她身上。"我没事!"他急切地推开她,跑了出去。

她跟着他走进空地,满心惊讶。这位巫医怎么了?他为什么表现得如此奇怪?

"乌霜!"洼光一个滑步停在副族长面前,他的皮毛上沾着的雨珠粼粼地泛着微光,"我做了个梦!"他听上去十分欣喜,"星

雷影交加

族终于和我沟通了！"

乌霜注视着年轻公猫，抽了抽耳朵："什么梦？"

"这病叫黄咳症。奔鼻来把我带到星族狩猎场，告诉了我该如何治愈这种疾病。"洼光急切地说道，"有一种名叫疗肺草的草药，生长在荒野上，它的叶子能够治愈我们的族猫。"

乌霜竖起尾巴："他有让你看过它长什么样吗？"

"有，我记得！"洼光兴奋地点点头。

"很好。"乌霜瞥了一眼花楸星的巢穴，"我们的族长病了。"

洼光钻进巢穴，片刻之后又冲出来。他环顾族猫，眼中充满焦虑："你们有谁知道艾菊长什么样吗？"

"我知道。"曙皮对看着脚掌边的草药，"我还知道款冬和紫草根。"

"当然！"洼光喵道，好像刚刚想起自己早上才让她们看过那些草药，"每种草药取相同等份，把它们嚼成浓稠的浆汁，设法让花楸星咽下去。这不能治愈他，但在我带回疗肺草之前，这有助于缓解他的症状。"洼光转身向营地入口走去。

"等等！"乌霜透过雨幕对巫医眨眨眼睛，"这里需要你。"

"只有我知道疗肺草长什么样。"洼光凝视着副族长。

乌霜迟疑了，他随即对虎心点点头："和他一起去。你也去，焦毛。"

乌霜的目光瞟向紫罗兰爪时，她惊得挺直身子："还有你。"

喜悦之情刺痛了她的脚掌。乌霜对她足够信任，才会派她执行

如此重要的任务!"

焦毛皱皱眉头。"应该让褐皮代替她去。"他责难地看着紫罗兰爪,"褐皮值得信赖。"

乌霜沉下脸来:"紫罗兰爪也值得信赖!"

焦毛嘟囔着。

"快点!"洼光冲向入口,"我们不能浪费时间了。"

乌霜将尾巴指向巫医:"跟上他。"

紫罗兰爪蹦跳着穿过潮湿的空地,虎心紧跟在她后面。焦毛从她身边冲过,俯身钻出营地,溅起污泥。

紫罗兰爪跟上他们。虎心在后面喊道:"我来带路吧!我知道最快的小径。"他跻身从紫罗兰爪、焦毛和洼光身边冲过,向条条沟渠进发,并依次跃过它们。紫罗兰爪跟在后面跑着,跳过森林地面上的一道道裂缝,眼睛同时紧盯着洼光。巫医动作敏捷,轻松地跳跃前进。前面的地势渐渐平坦起来,她瞥见了亮光。他们已经接近森林边缘了。

虎心第一个冲出树林,紫罗兰爪紧随其后。现在没了松树帮她遮雨,她不得不眯起眼睛,以防暴雨直接打进眼睛里。她避开一丛黑莓,匆忙冲向大湖,脚掌在湿滑的草地上打滑。

她能看到伸入水中的两脚兽半桥。在更远处,有一片狭长的草地通向荒野的低矮斜坡。

"虎心!"一声响亮的喊叫从巡逻队后方传来。

紫罗兰爪回头望去。一只雷族猫正在边界上呼喊。她只能隐约

雷影交加

看出岸边的猫的身形。是鸽翅。另外还有一只猫和她在一起。枝爪！她的心怦怦直跳。她的姐姐知道她已经离开泼皮猫，返回影族了吗？她是来这里看我的吗？她回想起她们上次见面的场景，愧疚感涌上心头。那次她拒绝帮助枝爪去寻找她们的母亲。枝爪独自去了吗？她找到母亲了吗？

鸽翅沿着气味线走来，急切地盯着影族巡逻队。她们有什么消息吗？紫罗兰爪转向虎心。虎斑猫仍在向风族边界跑去。他可能没听见鸽翅的喊声。"等等！"她大叫道。

虎心停下来，转身盯着她："怎么了？"

"枝爪和鸽翅！"她把口鼻向雷族猫猛地一扬。

焦毛和洼光也停了下来。

"那又怎样？"焦毛潮湿的颈毛直立起来。

虎心似乎在刻意回避雷族猫的目光："我们没有时间了。让她们等到下次森林大会再聊天儿吧。"

紫罗兰爪沮丧得皮毛痒痒，她想和枝爪说话。

洼光摆了摆尾巴。"我们应该警示她们疾病的事情。"他说道，"它扩散得很快。她们应当了解。"

当巫医跑向雷族边界时，紫罗兰爪心跳加速。虎心不耐烦地吼了一声，跟在他后面奔跑起来。

焦毛翻了一下白眼："巫医都是莫名其妙的。"

紫罗兰爪几乎没有听见他在说什么。她追着虎心跑去，风从她的皮毛间吹过。

猫武士

她赶上他们时,洼光已经与鸽翅说上了话。"请提醒叶池。"年轻巫医的眼中闪着自豪的光芒,"但请你告诉她我知道什么草药能够治愈它。还请告诉她我梦到了星族!"

枝爪站在鸽翅后面一尾巴远的地方,正低头看着脚掌。看看我!紫罗兰爪拼命地想吸引姐姐的注意力。你去找我们的母亲了吗?枝爪表现得好像紫罗兰爪根本不存在似的。她还在生气吗?或者她很惭愧,因为她没找到母亲。没有关系。我知道找到母亲的可能性极低。我很抱歉我当时没有帮助你。但挫败感令她的脚掌发烫,还是把这些话咽了回去。

鸽翅正看着虎心:"谢谢你们和我们分享这个消息。你们能停下来真是太好了。"

虎心抖松皮毛:"是洼光的主意,不是我的。"

鸽翅用平静的目光凝视着他:"我们觉得影族巡逻队冲向风族领地是件不寻常的事。我猜肯定有什么事出了状况。"

"嗯,的确如此,你现在已经知道了。"虎心无礼地转身就走。

"枝爪?"紫罗兰爪满怀希望地抽抽耳朵。但是,枝爪继续盯着自己的脚掌,焦躁地晃动着尾巴,显然不想说话。

"走吧,紫罗兰爪!"虎心急切地喵道,催促她离开。

紫罗兰爪最后恳求地瞥了一眼枝爪。"对不起。"她喃喃说罢,转身去追其他的猫。

虎心和洼光已经追上焦毛,正向风族边界冲去。紫罗兰爪回头瞥了一眼。

雷影交加

枝爪正盯着她的背影。

紫罗兰爪心中顿时升起希望。如果枝爪在看她，说明她肯定在乎她。我们很快就能说上话了！紫罗兰爪希望她能够坚守她无言的承诺；紫罗兰爪有太多要说的话，但现在没有时间。焦毛已经跳过了将影族领地和荒野分隔开来的小溪。她更加用力地蹬着湿滑的草地，缩短与族猫的距离。当她终于追上巡逻队的时候，她的肺部像着了火一般。

黑莓丛渐渐被石楠取代，脚掌下的草茎愈发粗硬，斜坡陡峭起来，石楠越来越密。风吹动雨点，狠狠抽打着紫罗兰爪的皮毛。钻进石楠之中后，紫罗兰爪缓了口气，发现自己追着焦毛穿过一条狭窄的缝隙，小径蜿蜒向前，两边长满粗糙的茎秆。她呼吸着泥土的甜香气息，还有一种她辨认不出的刺鼻酸味。她从没有来过荒野。

石楠前方突然出现一片宽阔的草地，金雀花路旁随风摇曳。她看见远处荒野的制高点，在阴暗天空下宛如拱起的脊背。

虎心放慢速度，焦毛就在他旁边。洼光缓步前进，扫视斜坡，仿佛在搜寻疗肺草。

"你看见了吗？"紫罗兰爪跑到他身旁。

"嘘！"虎心的嘘声吓了他一跳。虎斑公猫已经停下来，正盯着前面一排在风中摇曳的石楠。紫罗兰爪眯起眼睛，突然警觉起来。虎心在嗅闻空气。"风族猫。"他警告道。

焦毛走到她身旁。

紫罗兰爪对虎心眨眨眼睛："他们会理解我们为什么来这里的，

对吧?"

"他们当然会。"洼光走上前去,急切地竖起耳朵。三名风族武士从石楠中走了出来。

紫罗兰爪僵在那里。他们眼中闪出敌意。个头儿最大的公猫的颈毛竖立着。洼光停下脚步,紧张地瞥向虎心。

"别担心。"影族公猫走到巫医前面,面对着风族猫队。

"你们在这里干什么?"那只深灰色公猫威胁地伏下耳朵。

"嗨,鸦羽。"虎心神态自若,语气轻快,"我们来执行采集草药的任务。很紧急。"

一只长着琥珀色眼睛的黑猫走上前来,冲他们龇出牙齿。

"等等,风皮。"鸦羽警告道。

"还等什么?"第三只公猫嘶叫道,他的虎斑皮毛被雨水浇得紧贴在他轻捷的躯体上,"我们应该把他们驱离我们的地盘。"

"还不到时候,叶尾。"鸦羽走近,停在距离虎心仅有一个口鼻远的地方,"我们先带他们去见一星,让他自己去给一星解释。"恶意在他的眼中闪烁。

虎心抬起下巴:"我很乐意和一星谈谈,我确信他能理解我们的来意。"

鸦羽和叶尾交换了一下眼神。他们是在幸灾乐祸吗?紫罗兰爪突然感到一股彻骨的寒冷。

洼光似乎没意识到空气中的紧张气氛。他对风族武士眨眨眼睛,"我们要去你们的营地吗?"他的眼睛闪亮起来,"好极了!我正

雷影交加

有话要和隼飞说。"

鸦羽却只是抽动着胡须。"我想你会说上很多话的。"他阴郁地说。

当风族武士将他们夹在中间，带领他们沿着斜坡走去的时候，不祥的预感令紫罗兰爪腹部抽搐。他们在荒野上穿行，直到她终于看见了一片被金雀花包围的洼地。鸦羽把他们带到浓密绿色围墙中的一个缺口前，弯腰钻了进去。紫罗兰爪跟着焦毛和虎心钻进营地，洼光在她身后。

通道那边是一片开阔的草地，四周石楠丛生，金雀花环绕。巡逻队大步走过空地时，体型小巧、皮毛光滑的猫纷纷从巢穴里钻出，盯着他们，眼神紧张地闪动着。紫罗兰爪的心跳快了起来。紧张的气息萦绕在空中，仿佛雷暴就要来临。她靠近洼光，侧腹相贴的触感令她感到心安。

一星正坐在空地一端一块扁而宽的岩石上。

看到他们，他的目光锐利起来。他跳到草地上，一动不动地站在那里，等着他们靠近。

紫罗兰爪迷茫地望着他，喉咙有些发紧。泼皮猫第一次走进影族营地时，就是这种感觉吗？她怀疑他们同样害怕。花楸星很严厉，但他的目光从来没有一星这样的冰冷。

当风族族长翕动鼻孔，直视着她时，她愈发感到恐惧："她来我们领地做什么？"

鸦羽站在一星前面，表情有些困惑："嗯——我们在边界抓到

225

了他们。"

一星眼中闪出愤怒,寒冰瞬间变成烈火。他用尾巴指向她:"这只是泼皮猫,她和杀死荆豆皮的泼皮猫是一伙的!"

紫罗兰爪吓得僵在原地。

风族族长脊背的毛直立起来。"你竟然敢来这里?"他嘶声叫道,"趁我还没采取报复行动,马上把她赶出我的领地!"

虎心退后一步。紫罗兰爪看见两名武士将利爪插入草地,似乎准备战斗。她也想往后退,却撞上了围墙般散发着浓烈风族气味的黄褐色皮毛。风族猫从各个方向靠拢,金雀花丛将他们封锁其中。她四肢发抖。他们被围困住了。

"请听我把话说完,紫罗兰爪现在是影族猫。她没有威胁。"虎心镇定地说。

一星怒吼道:"快点说。"

虎心看了一眼洼光,只见年轻巫医正呆呆地看着一星。紫罗兰爪能闻出他散发的恐惧气息。虎心语速飞快地说道:"我们的三只族猫病了,这病我们以前从没见过。星族为洼光降下幻象,告诉他何种草药能够治疗那种疾病,因此他来荒野采集它们。"

一星把眼睛眯成两条缝:"我不关心星族告诉了他什么。任何影族猫都别想踏上风族的领地。"

虎心抽动着尾巴,紫罗兰爪猜他一定是生气了,但他仍然平静地回答道:"我们没有任何恶意,但我们不能任由族猫死去。"

一星哼了一声。"可是,你们却为杀死我的族猫的泼皮猫提供

雷影交加

了庇护。"他又瞪了一眼紫罗兰爪。

焦毛毛发倒竖:"紫罗兰爪是我们影族的一员!我们不是在庇护他们!"

一星猛地将口鼻凑到深灰色武士的面前:"就算她忠于影族……你们让其他泼皮猫生活在你们领地边缘,全然不顾他们是凶手。这也是事实。你们一半的学徒叛逃加入他们,恰恰证明了我一直以来的看法——影族猫不比泼皮猫好到哪儿去。你们不能在我的领地采集草药。"

紫罗兰爪难以置信地听着风族族长暴怒的喵声。他怎么了?他真的要因为泼皮猫的缘故就任由族群猫死去吗?族长不该都是英明理智的吗?

她从眼角的余光中瞥到有动静,然后看见隼飞过来了。"洼光当然可以采集草药,不是吗?"这位风族巫医紧张而不知所措地看着他的族长,"一直以来,当族猫生命受到威胁时,每个族群都会允许巫医采集草药。"

一星转向他:"不行!"

"但我们的族猫需要——"

一星嘶叫一声,打断隼飞的话。"他们不能在这里采集草药。"他恶毒的目光瞟回到虎心的身上,"滚出我的土地。"

虎心寸步未移地回望着他。

"滚!"一星尖叫道,"滚回边界去,一刻也别停。你们一离开营地,我就会派一支队伍去追赶你们。要是他们追上你们,他们

会撕掉你们背上的皮。"

虎心挪了挪脚掌。"求你了。"他柔声恳求道。

紫罗兰爪惊讶地注视着这名武士。他在恳求。他肯定将族群的利益看得高于他的自尊。

"马上给我滚!"一星的吼叫声在营地里回荡。

虎心转过身,用尾巴示意巡逻队跟他离开。

紫罗兰爪急忙跟着他冲向入口。她感觉到洼光紧贴着她脚步凌乱地奔行,闻到了他身上散发出的恐惧气息。他们一钻出入口,虎心拔腿就跑。"跟上!"他扭过头喊道,"一星失去理智了,我们越快离开这里越好。"冲出风族营地后,紫罗兰爪紧跟着虎心狂奔,焦毛故意放慢速度落在后面。紫罗兰爪心中涌起对这只公猫的感激之情。她知道他这是把他自己挡在了她和即将追来的风族队伍之间。

也许,他也终于开始接受她了。

第十五章

"然后,"烁皮跟随赤杨爪走到桥上,"尖毛告诉蓍叶,这和雷族无关。蓍叶还没来得及告诉我任何别的事情,就被尖毛从边界上拖走了。但是这显然和我们有关。要是风族和影族开战,这肯定会影响到所有的族群,对吧?"

"我想是的。"赤杨爪从潮湿的树皮上挪动着,努力不去看下面打着漩儿的黑色水面,"但是,蓍叶也可能是在传播流言,你不能确信那是真的。"他们越过河族边界之后,烁皮一直在喋喋不休地说影族和风族之间发生争执的事。

圆月照耀着大湖,小岛上的树木泛着微光,新生的嫩芽被月光映得苍白。他抬头凝望飘散的云朵,不知道风族和影族是否已经到场,正等着森林大会开始。这两个族群能够遵守休战协定吗?或者,为了避免让有嫌隙的族群碰面,星族会让乌云遮蔽月亮吗?要是他们无论如何都要开战又该怎么办?赤杨爪感到有些口干舌燥。

他跳上湖滩,鹅卵石在他脚掌下吱嘎作响。"我无法相信一星会赶走寻求草药的巫医。"他等着烁皮跳落到身边。

"他当然会。"烁皮说道,"大家都知道,自从失去那条命之

后，他就像布谷鸟一样疯狂。"

赤杨爪皱皱眉头。失去一条命后，风族族长似乎一直被莫名其妙的怒火灼烧着。但是那就足以让他拒绝帮助病猫吗？

烁皮擦着他的皮毛跑过。"快点，我迫不及待地想看看会发生什么。"她一头冲进深草丛中。

黑莓星和松鼠飞就在前面，正率领亮心、云尾、莓鼻和叶池走向空地。赤杨爪扭头看到鼹鼠须正在哄蜜爪上树桥。"我就在你后面。"他对学徒许诺，"要是你滑倒，我会立即叼住你的后颈。"

云雀爪和叶爪正在那边的湖岸上推挤，用急切的目光凝视着树桥。

玫瑰瓣轻轻把他们推开："让你们的妹妹先过。"

"蜜爪害怕水！"云雀爪嘲弄道。

玫瑰瓣严厉地瞪了学徒一眼："有时候，恐惧是明智的。"

叶爪哼了一声："真正的武士应该无所畏惧。"

黄蜂条开玩笑地推了她一把："下次我们外出训练闻到狐狸的气味时，我会提醒你要无所畏惧。"

叶爪挺起胸膛："那我也不是害怕。"她哼了一声，"那是我智慧的体现。"

黄蜂条和玫瑰瓣逗趣地交换了一下眼神。罂粟霜、灰条和米莉耐心地在他们后面等着，枝爪、藤池和鸽翅落在最后。

"赤杨爪！"烁皮从深草丛中喊道，"快来！风族已经到了。我闻见了他们的气味。"

雷影交加

赤杨爪钻进沾满露水的草丛，紧跟在她后面。他张开嘴巴，嗅闻气味。没有影族的踪迹。他走进空地。亮心和云尾已经在和鲦尾还有锦葵鼻聊上了。漫长的秃叶季之后，河族猫的皮毛又光滑起来。河里的鱼肯定又多起来了。

风族猫聚在空地边上，与猫群保持着距离。他们焦虑地互相看看，又看看其他族群的猫。赤杨爪皮毛刺痛，心里有种不祥的预感。他扫视空地，寻找一星。

风族族长正在大橡树下面踱步，他脊背上的皮毛耸动着。雷族到达的时候，他的双眼立即瞟向深草丛，目光犀利多疑，仿佛在防备可能的伏兵。叶爪、蜜爪和云雀爪冲进空地时，他竟然向后缩了一下。

"夜爪！微风爪！"叶爪咕噜着向河族学徒打招呼，然后跑过去加入到他们当中。云雀爪和蜜爪跟了上去。

风族学徒香薇爪和斑爪热切地看着他们，但一直留在老师身边，没敢随意走动。

当烁皮走向一群河族武士时，赤杨爪跟着叶池走向大橡树。松鸦羽留在营地了。他还抱怨说，与其整夜听猫斗嘴，不如去长老巢穴里待着。"这将是一次很怪异的森林大会。"他在叶池身旁低声说道。

叶池顺着他的目光望向一星："气氛很紧张。"

"以前发生过这种事吗？"赤杨爪问。

叶池坐下来："族群之间总有不和。"

猫武士

"但有族群拒绝过帮助其他族群治疗病猫吗?"赤杨爪向她严肃地眨眨眼。

"据我所知,确实发生过。"她承认道。

"他们会任由族猫这样死去吗?"赤杨爪不安地挪动着脚步。

"武士和巫医的想法往往不同。"叶池叹了口气。

"为什么?"赤杨爪困惑地问。这没有道理啊。如果各族群能互相帮助,就没有猫会受苦了啊!

"这只有星族知道了。"叶池望着空地,转移了话题。"枝爪还好吧?"她看着那只年轻母猫问。枝爪正独自坐在一丛蔷薇旁边。

"我不知道。"赤杨爪顺着她的目光望去,内疚得肚子刺痛。自从他告诉枝爪黑莓星从未派过猫队去寻找她母亲之后,枝爪几乎没和他说过话。尽管他和她都住在学徒巢穴,但是她总会在他醒来之前离开巢穴;他晚上准备睡觉时,她总是已经蜷成一团入睡了——要么就是假装睡着了。白天他们都忙于训练,但他注意到,她总是把猎物拿到空地最远端去吃,他们在营地里碰面时,她也会避开他的目光。

"她在为什么事情烦恼吗?"叶池追问道。

赤杨爪无法解释。叶池和其他族猫一样相信搜索队是去寻找枝爪的母亲。她不了解天族的事情。他耸耸肩:"我不清楚。"

"藤池说她训练很努力。"叶池皱皱眉头,"她一定对雷族非常忠诚。也许她还在思念她的妹妹。"

雷影交加

"也许吧。"

叶池把尾巴盘在脚掌上:"知道紫罗兰爪回归影族,她肯定很开心。远离那些泼皮猫,紫罗兰爪会更安全。"

"我猜也是。"赤杨爪真希望他知道枝爪是什么感觉。鸽翅带着消息返回营地的时候,他急忙去向枝爪贺喜。但是,枝爪只是耸耸肩,就转身走了。

猫们开始频频向狭长的草地入口张望,不耐烦地移动着脚掌。依然没有影族的踪影。圆圆的月亮正从大橡树后面掠过。难道影族决定不来了吗?

黑莓星穿过空地,从雾星身边经过时,向她点点头。河族族长跟着他走向橡树,然后跟着他爬上树干。他们在最低的树枝上站好之后,一星跳上去,在他们旁边就座,用愤怒的目光看着聚集在下面的猫群。松鼠飞跟着兔泉和芦苇须走到树根中副族长的位置上,隼飞、蛾翅和柳光也在叶池身边坐下。

"我们开始吧。"黑莓星高喊道。

雾星在他旁边动了动:"我们不该再等等影族吗?"

"他们到了之后可以直接加入进来。"黑莓星的声音中带着不耐烦,他抬起头,扫视着空地上的猫群,"我有重要的消息要宣布。既然影族不在,不能亲自来宣布这个消息,那就由我来宣布。紫罗兰爪,也就是星族选择的幼崽之一,已经返回影族。"

河族猫开心地扬起目光,抽动着耳朵。

雾星对黑莓星眨眨眼睛:"影族把她救回来的吗?"

233

"不，是因为她想回来。"黑莓星告诉她。

一星的眼睛愤怒地闪烁着："她自己是这么说的，影族也愚蠢地相信了她。那其他的影族叛徒怎么样了呢？"

"据我所知，他们还和泼皮猫在一起。"黑莓星说道。

下面的猫群中响起一阵不安的低语声。

雷族族长没有理会他们："但是，紫罗兰爪回来了，星族的预言又有望实现了。"

鸦羽在猫群中大喊道："我们能够确保预言实现吗？星族并未确认紫罗兰爪和枝爪与预言有关。"

雾星甩动着尾巴："但星族也没有告诉我们她们与预言无关啊！"

一群河族武士中，鲦尾站出来喊道："预言还会有别的含义吗？那两只小猫是我们在暗影中找到的唯一东西。"

预言可能指的是天族。赤杨爪强忍着心里的沮丧。"拥抱你们在暗影中的所得，只有它们能驱散天空的阴霾。"天空肯定指天族。尽管星族已经几个月没和他沟通了，但他依然确信，天族对预言至关重要。他不禁瞥了一眼坐在藤池旁边的枝爪，她圆圆的眼睛紧盯着族长们。当然，枝爪和紫罗兰爪当然也是预言的一部分，但星族肯定不会让天族轻易消失。然而，几乎没有一只猫了解那个失踪的族群，四个族群又怎能认真地讨论预言的含义呢？

一星走到大树枝边缘，生气地抽动着耳朵。"别浪费时间了，我有重要事情要说。"他怒视着族群，"几天前，一支影族巡逻队

雷影交加

入侵了我们的领地,他们之中还有一只以前是泼皮猫!"

鸽翅猛地抬起头来:"那不是入侵!我看见过那支队伍。其中有洼光和紫罗兰爪,紫罗兰爪现在已经是影族学徒。他们想要的是草药,不是战争!"

"那为什么派两名武士跟着他们?"一星恶狠狠地看着她问,"为什么派一只与杀死我族武士的猫为伍的家伙?"

黑莓星哼了一声:"两名武士和一名学徒不可能发起侵略。"

一星狂甩一下尾巴。"他们是影族猫!"他嘶叫道,"我们都知道,那名学徒是在为她的泼皮猫朋友刺探情报的。"

"叛徒!"烬足怒吼道。

"泼皮猫走狗!"鸦羽嘶叫着。

燕麦掌伏下耳朵:"影族已经忘记了族群应该是什么样子了。"

兔泉跳上橡树根,毛发如灌木丛般蓬起:"他们有一半的学徒和泼皮猫一起生活。"

一星赞许地对他的副族长点点头:"他们甚至不再来参加森林大会了。"

叶池走到猫群前面,抬头怒视着风族族长:"别再高叫着影族的不是了,想想你自己是怎么做的吧!"

一星把眼睛眯成两条缝,俯身朝向雷族巫医,嘶叫道:"我没有做错什么。"

"你拒绝把珍贵的草药给有需要的族群!"叶池也嘶吼着说。

正当她说话时,空地边的草丛沙沙作响,乌霜带领影族走进空

地。他们绕过其他猫鱼贯而入,眼睛在月光下警惕地闪动着。乌霜从猫群中挤过去,爬上大橡树,坐在原来属于花楸星的位置上:

"花楸星也患上了席卷我们族群的突发疾病,今晚我将代替他。"

黑莓星和雾星向影族副族长点点头。大树下面,猫群挪动身子,给影族猫们让出地方,洼光在柳光和蛾翅旁边坐下。

一星喉咙里发出一声低沉的怒吼。

乌霜没有理会:"要是一星允许我们在他的地盘上采集草药,花楸星现在病都好了。"

一星龇出牙齿:"去别的地方采集你那珍贵的草药吧。影族猫再也不准踏上风族领地。"

蛾翅抬起头,对乌霜眨眨眼睛:"那草药是什么?"

"疗肺草。"乌霜告诉她,"星族步入洼光的梦境,奔鼻告诉他,这种病叫黄咳症,疗肺草是唯一能够治愈它的草药。"

"洼光梦到星族了!"柳光的眼睛亮起来,"那他真的是巫医。"

蛾翅在她身旁僵硬地挪了挪身子。

柳光急忙将口鼻转向她曾经的老师,目光中闪过内疚。"当然,那不是成为巫医最重要的因素。"她急忙说道。

赤杨爪对蛾翅感到一阵同情。"但他是影族唯一的巫医。"他喃喃地说,"能够和星族交流当然是好极了。"

蛾翅看着洼光:"那草药长什么样?"

"它有着深绿色夹杂着灰色斑点的叶子。"洼光告诉蛾翅,"要是我能找到,我会给你看。但奔鼻说它只生长在荒野上。"

雷影交加

蛾翅转头对着一星："我能在你的地盘上采集草药吗？我不是影族猫。"

赤杨爪探身向前。蛾翅的主意不错。

一星将利爪插入橡树树皮。"如果是为影族采集草药，也不允许。"他咆哮道。

乌霜的毛竖立起来。"我们的两位长老都病了。要是没有草药，他们坚持不了多久。"他厉声斥责一星，"你就如此固执要看着无辜的猫死去吗？"

"影族猫没有无辜的。"一星吐了口唾沫，"你们都在庇护泼皮猫。"

乌霜伏下耳朵："他们生活在我们的领地之外！"

"我们怎能确信这一点？"一星把口鼻伸到乌霜口鼻边，"你们同意紫罗兰爪回归。你们能够确保她的忠诚吗？现在你们族群又患上了从没见过的疾病。也许就是泼皮猫把这种病带到你们族群的。"

乌霜盯着他的眼睛，他颈部的毛直立起来："紫罗兰爪是我们中的一员。泼皮猫并没有和我们的族群一起生活。"

"但你的族猫在和泼皮猫一起生活！"一星也对他吼道。风族猫纷纷附和。河族猫不安地挪动着身子，雷族猫担忧地交换着眼神。

恐惧刺穿了赤杨爪的皮毛。族长们不能为此开战。战斗不能治愈任何猫。"隼飞？"他盯着风族巫医，"你肯定不愿意让族群猫死吧？"

那只毛色斑驳的棕灰色的猫眼中露出惊恐的神色。他瞟了一眼

猫武士

正伏下耳朵怒视着他的一星。"我不能背叛族群。"他声音嘶哑地说。

蛾翅温柔地用尾巴拍拍赤杨爪的肩膀:"要求他那样做是不公平的。"

"那当然公平。他是巫医,不是武士!"叶池在他们旁边愤然说道,"因为一只猫的顽固而让无辜的猫死掉,这才是不公平!"她愤怒地将目光转向一星。

一星冷冷地看着她。"如果影族把泼皮猫赶走,就可以来我们领地采集草药。"不等任何猫回应,他就从橡树上跳下来,从猫群中挤过。他的族猫们急忙跟上去。他们竖起毛发,钻进草丛,扬长而去。

"对不起。"

隼飞的低语声惊得赤杨爪跳了起来。风族巫医正附在洼光耳边小声说着什么。不等洼光做出回应,风族巫医已匆忙离开,加入到他的族猫之中。

黑莓星看着风族猫离开,他的尾巴耷拉在树枝边上。

雾星仰望天空。乌云正从月亮上掠过。她转身面对乌霜。"我会派遣一支巡逻队在河族领地上寻找这种草药。"她承诺道,"但是既然星族已经说过,它只长在风族的荒野上,那么我找到它的希望不大。"

乌霜感激地低下头,河族族长从树枝上跳下。

雷族冲向树桥的时候,赤杨爪对洼光眨眨眼睛:"恭喜你梦到星族。"

雷影交加

"谢谢你。"洼光低下头,"但愿奔鼻告诉我的信息可以帮到我们,而不是把事情弄得更糟。"他说罢匆忙离开,跟着乌霜和褐皮走进阴影中。雾星已经带领族猫走进入口处的草地中。空地上已经几乎没有猫了。

赤杨爪走到大橡树下,等着父亲跳下来。黑莓星落在他旁边的时候,他说:"你能偷偷派出一支巡逻队到风族领地上采集疗肺草吗?"

黑莓星疲倦地从他旁边走过:"要是被一星发现,会发生什么事情,你想过吗?"

赤杨爪匆忙跟上他。"谁在乎一星呀?"沮丧令他的皮毛泛起涟漪,"如果我们不帮病猫,他们会死的。"

"那影族必须先解决泼皮猫的事情。"黑莓星直白地说。

赤杨爪急切地眨眨眼睛:"我们可以帮助他们!"

"这不是我们的战斗。"

"这是每只猫的战斗!就是那些泼皮猫把天族赶走的。"

"那又怎样?"黑莓星耷拉下肩膀。

"难道你不在乎天族吗?"父亲为什么如此轻易就放弃了呢?"他们可能与预言有关!"

在冷清的空地上,黑莓星与他四目相对。"天族已经不在了。"他说道,"你越快接受这点越好。"

赤杨爪看着父亲离开,惊得脚掌刺痛。难道黑莓星真的是这样想的?他仰望天空。星族啊!难道你们真的要这样,不给我们营救天族的机会就让他们消失吗?

第十六章

枝爪在空地边缘走着，皮毛因兴奋而战栗。黎明巡逻队已经离开，太阳正从雾蒙蒙的森林中升起，预示着即将带来的温暖。藤池正在巫医巢穴里向松鸦羽要旅行草药。她们很快就要出发。

她依然无法相信藤池会提出去寻找她母亲的建议。昨晚的森林大会上，枝爪几乎没有去听族群的争吵。她已经厌倦了他们愚蠢的争论。似乎所有的猫都在关心预言和泼皮猫，没有谁在意她的母亲可能就在外面的某个地方，正在寻找她丢失的小猫。

从小岛长途跋涉回来的时候，藤池关切地问起她究竟在担心什么。"这半个月以来，你的心思都不在训练上。"她温柔地说。

枝爪犹豫着要不要向她敞开心扉。族群为她做了那么多，她却依然在担心她的母亲，老师会认为她很自私吗？但无须言说，藤池已经明白她的心声了。

"每只猫都需要至亲。"藤池说，"我希望有一天，你会觉得雷族猫都是你的至亲。但是，如果你想弄清有关母亲的真相，我会帮助你。"这只银白相间的母猫还建议，她们一大早就出发。在藤池保证她们会小心行事之后，黑莓星不太情愿地同意了。

雷影交加

现在,她们正等着出发。她听到松鼠飞在高石台下发布命令。

"去检查一下影族边界附近是否有泼皮猫的气味。"她对云尾和刺掌点点头,"罂粟霜和莓鼻可以和你们一起去。"

"我也可以去吗?"香薇歌急切地对她眨着眼睛,"我已经好多天没参加边界巡逻了。"

松鼠飞摇摇头:"我想让你陪藤池和枝爪一起远行。你愿意吗?"

"帮着执行找到枝爪母亲的任务?"香薇歌看着空地对面的枝爪,眼睛闪烁着,"当然愿意!"

一股幸福的暖意从枝爪浑身掠过。香薇歌将和她们一起去!这次旅行已经转化成真正的族群任务了,就像黑莓星之前就该派遣队伍去执行的任务一样。

松鼠飞皱皱眉头:"路途遥远。"她警告香薇歌:"我希望每只猫都安全地回来。"

云尾甩动着尾巴:"去那么远有什么意义吗?现在那儿肯定没有枝爪母亲的踪迹了。已经过去那么长时间了。"

正当他这样说的时候,藤池从巫医巢穴走出来。她怒视着白毛武士:"这可是枝爪的希望。我们知道希望渺茫,但万一枝爪说的是对的呢?"

罂粟霜若有所思地歪着脑袋:"但是,如果连松鼠飞率领的巡逻队都没有找到她,你们又怎么找得到?"

藤池蓬松起皮毛。石头山谷中太阳还没照到的地方依然很冷。

"枝爪也许会注意到松鼠飞的队伍没有注意到的东西。"

枝爪对老师充满感激。她很高兴族群中至少有一只猫相信她的话。随后,她目光沉重地看着巫医巢穴。她依然怨恨赤杨爪,因为他曾骗自己说那次探索的目标是去找她的母亲。

巢穴入口处的黑莓摇晃着,赤杨爪走了出来,嘴巴里叼着一卷草药。他穿过空地,把它们放在枝爪面前:"松鸦羽吩咐,你和藤池必须吃完它们。"赤杨爪把草药分成两份。

"香薇歌要和我们一起去。"枝爪告诉赤杨爪,"他也需要草药。"

"香薇歌?"藤池插嘴道,眼中闪现出惊讶的神情,"我还以为就我们两个呢。"

"松鼠飞刚刚让他去的。"枝爪开心地告诉藤池,"你不介意吧?这样一来,更像是去执行一次真正的任务了。"

"我当然不介意。"藤池用温暖的目光看着香薇歌走向她们。

赤杨爪皱皱眉头:"路上会很危险的。"

枝爪哼了一声:"你比我还小的时候就完成了一场旅程。"

"是的。"赤杨爪一副若有所思的样子,接着,他的眼睛亮起来,"我应该和你们一起去。"

枝爪盯着他:"为什么?你不是认为我母亲已经死了吗?"难道他就是为了来看着她失败,然后说一句"我就说是这样的"吗?或者说他是想为自己把她们从母亲身边窃走的行为做出辩解?她努力地想要抛开这些想法。不!赤杨爪不会那样做。

"我知道那个窝所在的位置。"当他期待地看着藤池时,枝爪的脊柱充满希望地颤抖着。他说得对!他可以直接把他们带到那里。她以前怎么没想到这一点呢?

藤池对他眨眨眼睛:"有你给我们带路就太好了。"

香薇歌停在她旁边:"我们什么时候出发?"

"你从松鸦羽那里拿到旅行草药之后就出发。"藤池告诉他,"此外,我们也必须跟松鸦羽确认一下,他是否同意赤杨爪和我们一起去。"

"赤杨爪也要去吗?"香薇歌发出高兴的喉音,"太棒了!"他冲向巫医巢穴,赤杨爪紧跟在他后面。

藤池看着枝爪,目光严肃。枝爪的肚子里传来一阵不安的刺痛。"你知道我们可能什么也找不到,对吧?"藤池提醒道。

枝爪咽了下口水:"我知道。"*但最起码,我会知道自己已经尽力了*,她心里想,*而且不只我,别的猫也尽力了*。她伸出舌头舔起地上的草药,苦味刺激了她的舌头,她皱起了鼻子。

藤池颤抖着舔舔嘴唇,吃完她的那一份草药:"嗯,我们会有充足的能量。"

香薇歌和赤杨爪匆匆走出育婴室。赤杨爪看上去很高兴:"松鸦羽说我可以去。"

香薇歌的毛立着。"旅行草药最难吃了!"他吐出舌头说道。

藤池咕噜着把他推往入口处。"希望它们会给你足够的力量保护我们。这就是让你去的原因,不是吗?"她语气中有揶揄的意味。

香薇歌回望着她，他的胡须抽动着："我还希望你能保护我呢。"

"要是你对我好，我会保护你的。"藤池咕噜道。

武士们走向入口，开心地互相蹭着皮毛。

枝爪跟在后面，走在赤杨爪身边让她有些尴尬。他们已经很久没有真正融洽地讲过话了，和他一起旅行的感觉很诡异。

"到那里需要多少时间？"她问道，却有意回避着赤杨爪的目光。

"要是我们一直走，明天就能到达雷鬼路。"

枝爪突然感觉有些害怕："我们要整夜赶路吗？"

"今天晚上，我们会找地方休息的。"赤杨爪钻进入口，"要是醒得早，明天日高之前我们就会到那里。"

枝爪心中既兴奋又担忧。她跟随赤杨爪爬上通往大湖的斜坡，脚下的地面嘎吱作响。新叶季的暖意正在使树林慢慢变得柔和起来，嫩芽挂在树上，呈现出朦胧的绿色，树林那边，是一望无际的淡蓝色天空。

"枝爪，但愿我们能够找到你母亲。"赤杨爪柔声说道，等着她追赶上去。

她对他眨眨眼睛，看见他目光温暖。他真的这么想。像冰一样在她肚子里郁积半月之久的愤怒开始融化："我也希望如此。"

枝爪跟着香薇歌和藤池走出树林，她的脚掌很痛。从昨天开始，他们翻过小山，穿过草地、沿河而行，绕过两脚兽巢穴。夜晚最寒

雷影交加
LEIYINGJIAOJIA

冷的那段时间，他们是在一个有遮蔽物的洼地中休息的。现在，他们终于接近目的地了。灿烂的阳光照到她脸上时，她不禁缩了一下。

赤杨爪停在她身边，对着他们前面长长的斜坡底部点点头。一条宽阔的雷鬼路劈开山谷，像一条发臭的河流，在山谷底部蜿蜒流动。"我们是在那下面发现你的。"

"就在雷鬼路附近？"枝爪眨眨眼睛。她以前从没见过雷鬼路——反正在她记忆中没见过。那声音和气味吓得她直往后缩。怪物呼啸而过，太阳照着它们闪亮的皮毛。

"是的。"赤杨爪皱皱眉头。

藤池和香薇歌在斜坡顶上走来走去，他们的皮毛紧张地耸动着："我们要下到那里去吗？"

"当然！"枝爪伏下耳朵以抵御雷鬼路的噪音，然后向前走去，"我想看看那个窝。"她听说过赤杨爪和松针尾是如何把她和紫罗兰爪从隐藏在暗影中的窝里叼出来的。也许那里还残留着母亲的些许气味。他们可以循着那气味追踪下去。

藤池还在犹豫。

香薇歌看着她。"我们已经走了这么远的路。我们最好走完它。"他说。

"但是那些怪物，"藤池紧张地盯着它们，"要是它们离开雷鬼路怎么办？"

香薇歌甩甩尾巴。"它们从来不会离开雷鬼路。"他说道，"怪物虽然很大很吵，但它们都是蜜蜂脑子。"

枝爪一甩尾巴。武士不应该害怕。这么想着,她匆匆向前走去,边走边扫视斜坡,寻找猫窝的踪迹。这时,她的心跳不禁加快了。

赤杨爪急忙追上她:"我们必须到它下面去。"

"到下面去?"枝爪震惊地看着他。

"那里有个通道,它并不是很——"怪物的声音湮没了他的声音。

怪物接近他们时,枝爪感觉到了它们的热量。她提高声音:"通道的入口在哪里?"

赤杨爪扫视着雷鬼路的边缘,皱了皱眉。然后,他对着雷鬼路边上小沟中的一个阴暗处点点头:"就在那里。"

枝爪满心兴奋,拔腿就跑,怪物刮来的臭风撕扯着她的皮毛,她全然不顾,纵身跳进小沟。沟里布满鹅卵石,硌痛了她的脚掌。她沿着小沟往前跑,一直跑到那个阴暗处。这时,一只巨大的怪物尖叫着冲过,沙砾喷洒而来,她紧紧闭上眼睛。

当另一只怪物呼啸而来时,赤杨爪跳落到她旁边,俯身保护着她。

身后传来嘎吱的脚步声,藤池和香薇歌沿着小沟向他们跑来。

"就是这儿吗?"藤池对着小沟一边的洞口眨眨眼睛。光滑的深色木棒交叉着封闭了洞口。

枝爪从木棍之间看过去,潮湿的石头和臭水的气味扑鼻而来。她紧张地抽动鼻子,竭力透过黑暗看去。当眼睛慢慢适应了周遭的黑暗后,她看到通道底部有散乱的小树枝。那里有一摊积水,水的

雷影交加

亮光延展到远处，通道另一头有微弱的光亮。有什么东西从那里飞快掠过。是家鼠吗？

赤杨爪在她身边蹲下："你没事吧？"

"我没事。"枝爪有些哽咽。她这才意识到，当自己极力想要回忆起这个地方时，她全身的毛已经直立起来。这真的是母亲丢下她们的地方吗？悲伤撕扯着她的心。这个育婴室是多么可怕啊！她想起了营地的黑莓巢穴，那里温暖安全，无数的猫后曾在那里抚养小猫。到底是什么驱使她的母亲来到这里？她把头伸到木棒之间，从中间挤了过去。

臭水没过了她的脚掌，蹦跳的脚步声再次响起，在通道石头墙壁间回荡。枝爪在乱石中小心走着，边走边闻，拼命想从恶臭中闻出母亲的某种踪迹。但是，除了怪物和家鼠的气味，什么也闻不到。

赤杨爪跟着她钻了进去。香薇歌和藤池蹲伏在入口那里，瞪大眼睛看着。

"那个窝肯定被水冲走了。"赤杨爪猜测道。

黑暗中，枝爪对赤杨爪眨眨眼睛，悲伤撕扯着她的心："她为什么把我们丢在这里？"

"她肯定别无选择。"暗影中，赤杨爪的眼睛泛着微光。

枝爪环顾四周。"我现在明白你们为什么把我们带走了。"她突然理解赤杨爪为什么不能把她和紫罗兰爪丢在这里了。即使她们不被饿死冷死，也会被老鼠杀死的。但是，她心里依然传来一阵希望的刺痛："我想知道她去了哪里。"

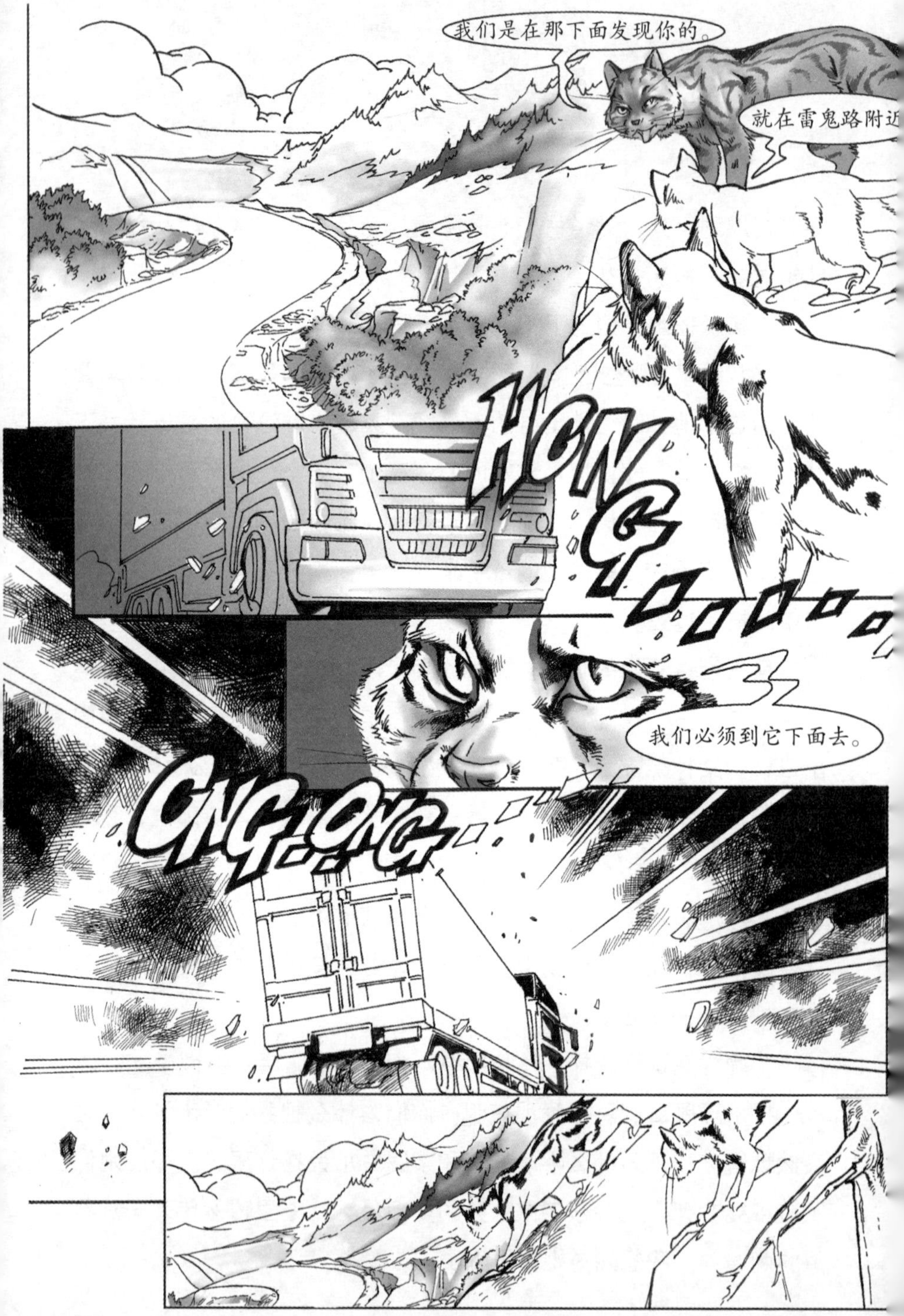

我们是在那下面发现你的。
就在雷鬼路附近
HONG
我们必须到它下面去。
ONG-ONG

HONG……

入口在哪里？

那里有条通道，它并不是很

ANG……ANG……

枝爪满心兴奋，拔腿就跑，怪物刮来的臭风撕扯着她的皮毛，她全然不顾，纵身跳进小沟。

还没等赤杨爪回答,枝爪已从他身边挤过,从交叉的木棒之间钻了出去。她伏平耳朵,抵御怪物的吼叫,顺着小沟看去,努力想象着母亲离开窝时是怎么想的。她肯定是出去寻找食物了。她迷路了吗?难道她忘记了返回通道的路?枝爪从藤池和香薇歌中间挤过,沿着小沟继续寻找,然后爬上斜坡,走向一片深草丛。那里可能有老鼠,对吧?母亲可能也是沿着这条小路走的,和她猜想着同样的事情。

"枝爪!"藤池在后面喊道。

枝爪回头看了过去。

那只银白色母猫正疾步向她追来,香薇歌和赤杨爪紧跟在后面。"等等我们。"藤池气喘吁吁地追上她。

"我必须弄清楚我的母亲去了哪里。"枝爪急切地说。

藤池同情地看着她:"但那已是几个月前的事了,枝爪,你没法找到她的踪迹。"

香薇歌也停在她身边:"秃叶季的大雪已经把所有气味都冲刷掉了。"

枝爪盯着他们,恐惧像旋涡一般在她肚子里扩散。她的目光被一团白色皮毛吸引了。她探头从他们身边望去。一只猫正在雷鬼路上!她一动不动地坐在那里,坐在雷鬼路中间,怪物从她身边雷鸣般冲过。"快看!"

藤池猛地转过头,顺着她的目光望去。

"星族啊,这究竟是怎么回事呀!"看见那只被困住的猫,香

雷影交加

薇歌张嘴惊叫起来。

"她为什么不跑开?"

枝爪几乎没有听见藤池的叫声,她冲下斜坡:"我们必须救她!"

她奔向雷鬼路,想要救那只猫的想法驱使她不顾一切地往前冲。如果那就是她的母亲呢?她跃过小沟,脚掌落在了雷鬼路上。一只怪物号叫着,从距离她鼻子一尾远的地方冲过。她的目光从一列延伸得很远的灰色石头上瞟过。要是她能避开怪物,就能到达那只猫身边,把她带到安全的地方。她的思绪飞速运转,血液在耳朵里轰鸣。她来回打量着,寻找能快速穿过的间隙。

突然,有爪子抓住她的皮毛。一只猫把她拖了回去,她的脚掌在石头上徒劳地划过。她的颈毛被牙齿咬住,小沟出现在她下方。藤池将她拖进沟里。

"星族在上,你究竟在做什么啊?"藤池盯着她。

香薇歌跳落在她身边,他的毛立着:"你想找死吗?"

"那只猫怎么样了?"枝爪的哀叫声盖过了怪物的咆哮声。

她用后腿直立起来,从沟边上窥视。一只鲜红的怪物,它比其他怪物大很多,重重地向那只无助的猫撞去。"快跑啊!"枝爪喉咙里爆发出一声尖叫。但是,那只猫没有动。红色怪物从她身上碾了过去,枝爪心惊肉跳,难以置信地盯着。那只猫消失了。

"它们杀死了她。"她哽咽着说。

藤池跳到雷鬼路边上,向对面看去。枝爪也跳上来,呆立在她

旁边，双眼扫视路面，寻找血迹。她的心怦怦直跳。但是，什么都没有。那只猫留下的，只有一缕白色的绒毛，像蓟花的冠毛一样，在怪物的尾流中飘荡。

枝爪盯着绒毛。"那只猫不是真的。"又一只怪物飞奔而过，她的低语被呼啸声带走。

藤池轻轻把她推进小沟。她们踩到鹅卵石上时，藤池说道："那肯定是两脚兽的把戏。"

香薇歌对她们眨眨眼睛："我们赶快离开这里吧。"

枝爪盯着他，几乎没听到他的话。她感觉浑身冰凉。那只猫可能就是她的母亲。她突然醒悟过来，恍若被冰冷的寒风吹醒。母亲怎么可能还活着呢？她有小猫要喂养，她必须去狩猎。她可能无数次穿过雷鬼路，她可能被怪物撞到，就像那团没有生命的绒毛。还有什么别的理由可以阻止她返回她们的窝吗？顿悟像石头一般，沉甸甸地压在枝爪心中。母亲死了。

"走吧。"赤杨爪温柔的声音在她耳边响起。她感觉他温暖的口鼻正将她往前推。她麻木地任由赤杨爪引着自己走出小沟，重新爬上斜坡。

她依稀感到藤池和香薇歌在旁边走着。每走一步，她的心就痛一分。随后，阴影吞噬了她的视野。她眨眨眼睛，这才意识到他们已经再次走进树林。

她迎着赤杨爪的目光。"我现在知道，她已经死了。"她嘶哑地喃喃说道，"我们回家吧。"

第十七章

紫罗兰爪在窝里翻了个身，皮毛擦到学徒巢穴的入口上。她已经半睡半醒。睡意蒙眬中，她不知道自己是否已经睡过头，曙皮有没有来过叫她起床。她半睁开眼睛，看见天还很黑，确信自己只是做了个梦。

于是，她让睡意再次把她拖入黑暗之中。

"紫罗兰爪。"

耳畔的一声嘶鸣吓得她一下子跳了起来。"谁？"她闻到了不熟悉的气味，惊得全身震颤。这不是影族猫。昏暗之中，她只能依稀辨认出一只年轻母猫的身形。

"是我！"那声音再次响起，"我是枝爪。"

紫罗兰爪僵在那里："星族在上，你来这里做什么呀？"

"我来看你。"

紫罗兰爪环顾四周，吓得浑身毛发竖立。谢天谢地，小涡、小花和小蛇还没有成为学徒，巢穴里只有她自己。"你不能来这里的！"她焦急地低声说道，"要是别的猫发现了，我们两个都有麻烦。"她的族猫们刚刚开始接受她，她不能让他们发现自己和一只雷族猫

在一起。她把枝爪推往入口，闻到姐姐皮毛上的雷族气味时，不禁皱起了鼻子。

"但是，我必须和你谈谈！"枝爪用爪子抓紧地面。

紫罗兰爪更加用力地推她。"那也不能在这里谈！"她匆匆将枝爪推出巢穴，向空地边缘的阴暗处走去。"走这边！"她紧张地环顾营地四周。巢穴中传来阵阵鼾声。月光下，除了枝爪苍白的身影，没有任何移动的东西。"快点！"紫罗兰爪悄悄地迅速向排便处通道走去。

然后，她转过身。枝爪没有跟上来。姐姐正站在营地围墙旁边，她的眼睛在黑暗中熠熠发光。"你在做什么？"紫罗兰爪质问道。枝爪想找麻烦吗？

"我去找母亲了。"枝爪嘶嘶地说，"她不在了。她死了。你说得对。"

紫罗兰爪盯着她："她当然死了，否则还有什么别的原因让她抛弃我们？你来这里就是为了告诉我这个吗？"

紫罗兰爪看见枝爪眼神痛苦，沮丧从她胸中泉涌而出：枝爪到底想要我做出怎样的反应啊？"对不起！但是，别指望我会吃惊。"她紧张地向营地四周看看。雷族猫的臭味肯定会很快把影族猫熏醒的。"快走吧。"她低吼道，"我知道你很难过，但你必须离开这里。"

"难道你就一点也不在意？"枝爪盯着她，依然一动不动。

紫罗兰爪的毛竖立起来。难道她这个笨姐姐的脚掌在地上生根

雷影交加

了吗?"在不在意又有什么不同?"她劝说道,"我们已不再是幼崽,我们是学徒,就要成为武士了。我们有家,有族猫。"

"但我们没有至亲。"枝爪低声说道,"只有彼此。我们必须相依为命。"

枝爪越来越不理智了!"难道你想加入影族吗?"

"当然不是。"枝爪厉声说,"我只是想见你,想知道你一直在这里等我。"

紫罗兰爪迷惑地眯起眼睛:"我当然在这里,但你在雷族。"

附近有脚掌走动的声音:"谁在那里?"

紫罗兰爪听出是老师的声音,心一下子跳到嗓子眼儿。

曙皮正从武士巢穴中走出,顺着营地围墙走过来,她奶油色的皮毛在月光下闪闪发光。

"快点!"紫罗兰爪一扬口鼻,示意枝爪向排便处通道走。但是,枝爪正盯着曙皮。由于恐惧,她的眼睛大睁着。紫罗兰爪强忍着才没吼出声。枝爪是十足的鼠脑子吗?她真的以为,她可以站在另外一个族群的营地里争吵,而不会被注意到?

紫罗兰爪匆忙走向曙皮。"嗨。"她说道,尽量让自己听起来诚实无辜,也许曙皮还没注意到枝爪。

但是,曙皮探头从她身边望过去,伏下耳朵。"我闻到了雷族的气味。"她咆哮道,"谁在那里?"她推开紫罗兰爪,走向枝爪。

"是我。"枝爪的声音听起来很小,"我必须见到紫罗兰爪。这不怪她。我偷偷溜进来,把她叫醒,她一直在赶我走。"她责备

地看着紫罗兰爪。

紫罗兰爪翻了下白眼。难道枝爪还期待别的什么吗？她的族猫一直说得对，雷族猫就是青蛙脑子。

曙皮绕着枝爪踱着步，颈毛立着："你是来打探我们的情况吗？"

"不是的！"枝爪听起来很委屈，"我已经告诉过你，我必须和紫罗兰爪谈谈。"

"谈什么？"曙皮停在距离她鼻子一须远的地方，怒视着她。

"谈我们的母亲。"枝爪告诉她，"母亲已经死了。"

曙皮瞟了一眼紫罗兰爪："那也能算是个新闻吗？"

紫罗兰爪叹息着走上前去。"对枝爪来说，那就是个不得了的新闻。"她停在老师身边，突然同情起同胞姐姐来，"她一直希望我们的母亲依然活着。"

曙皮警觉地闻了一下枝爪："是什么让你改变了看法？"

"我去找她了。"枝爪听起来有些绝望，"我看见了那条雷鬼路。我们的窝就在那下面。当我看见怪物的时候，我就知道，一定是它们中的一只杀死了她。"

"放过她吧。"紫罗兰爪轻声说道，"她没有恶意。"

曙皮若有所思地眯起眼睛："可是，她不能每次想告诉你什么事情就到这里来。"

"这是重要的事情！"枝爪抬起下巴。

"你认为那是重要的，"曙皮厉声说，"可那并不意味着大家

雷影交加

都这么认为。你和你的族猫一样傲慢。"

"别责骂我姐姐！"紫罗兰爪怒视着曙皮："让她回家吧。谁也没必要知道她来过。"

一个声音从空地上传过来："可惜有点迟了。"

紫罗兰爪僵在那里。褐皮正盯着她们，她脊背上的毛立着。焦毛和蓍叶睡意蒙眬地从武士巢穴里面出来，雪鸟和虎心跟在后面。杂毛从长老巢穴中向外张望。小涡和小花跌跌撞撞地从育婴室跑了出来，看见枝爪时，他们的眼睛都瞪大了。

"入侵！"小涡冲过空地，大声咆哮着。

草心从她的巢穴里冲出来，目光惊恐。她用尾巴护着小花，看着小涡绕着空地奔跑。小涡兴奋得皮毛都蓬松起来。

当乌霜睡眼惺忪地从他巢穴里走出来时，紫罗兰爪吓得缩成一团。

"发生什么事了？"他在月光下眨眨眼睛。看见枝爪后，他的眼睛睁大了。

曙皮竖起尾巴："一名雷族学徒进了我们的营地。"

"枝爪。"乌霜看见枝爪独自站在空地里时，表情放松下来。当小涡向他狂奔过来时，他伸出一只脚掌，挡住小猫。"到你母亲那里去。"他命令道。小涡脚步迟缓地走向草心。乌霜重新转向曙皮："只有枝爪吗？"

曙皮点点头："她想和紫罗兰爪谈谈。"

乌霜的目光警惕地瞟向紫罗兰爪："谈什么？"

猫武士

曙皮疲惫地摇摇头:"一些没多少意义的废话,和她们的母亲有关。没什么重要的。"

紫罗兰爪看见枝爪愤怒地挺直身体。她猜枝爪一定想告诉影族副族长,她的母亲是非常重要的。"对不起。"紫罗兰爪急忙插话说,"这种事情不会再发生了。枝爪犯了个错误,就是这样。"

焦毛发出一声低沉的怒吼:"我们怎么知道紫罗兰爪没邀请她来这里?也许她下次还打算邀请泼皮猫来这里呢。"

"这不公平!"紫罗兰爪用力甩着尾巴。她一直努力表现,想让自己被接受。他们怎么能够这样轻易地怀疑她?

枝爪走上前去,挺起胸膛:"我妹妹永远不会出卖任何猫!"

焦毛对雷族学徒皱皱眉头:"但你却来了这里。"

乌霜步伐沉重地走过空地。"很明显,这两只年轻猫都犯了错误,但没造成什么伤害。"他严厉地看着枝爪,"你不能来这里拜访妹妹,懂吗?要是你想和她交谈,可以等到森林大会的时候。尽管你们是同胞姐妹,但你们现在生活在不同的族群。"

枝爪焦急地对他眨眨眼睛:"但要是有重要的事情呢?"

"那你可以和黑莓星谈。"乌霜对枝爪说道,"他会知道正确的处理方式。"

枝爪垂下头来。"对不起。"她嗫嚅道。

看到枝爪如此难过,紫罗兰爪心里也不好受。她同情地对姐姐眨眨眼睛。枝爪没有任何恶意。

乌霜一甩尾巴,示意雪鸟和虎心:"送这名学徒回她的族群,

雷影交加

和黑莓星说一下,让他保证这种事情不会再发生。"

虎心点点头,走向枝爪,雪鸟跟在他后面。

"等等!"焦毛的吼声吓了紫罗兰爪一跳。

焦毛穿过空地,停在乌霜旁边。"我们的族猫在生病。"他说道,目光中透着狡黠。

乌霜眯起眼睛:"那又怎样?"

"我们需要风族给我们那种草药。"

焦毛继续说着。紫罗兰爪紧张得脚掌刺痛。这只老跳蚤想干什么?

"但是,风族不愿意帮助我们。"焦毛意味深长地环顾着族猫们,"没有一个族群愿意帮助我们,但是也许我们可以利用这个机会说服他们帮助我们。"

曙皮困惑地问:"怎么做?"

乌霜的目光犀利起来。"你的意思是说,我们可以说服雷族帮助我们。"他若有所思地看着枝爪。

紫罗兰爪走上前去,焦急地耸动着皮毛:"你们在说什么呀?枝爪有危险吗?"

乌霜肯定已经看出了她的恐慌:"别担心,没有谁会伤害你姐姐。但是,她需要在我们这里逗留一段时间,以便我们去和黑莓星商议。"

"俘虏?"紫罗兰爪倒吸一口凉气,"你们打算拿她当俘虏?"

褐皮挪动着脚步:"这么做有道理,紫罗兰爪。雷族和风族的

关系一直比较特别。雷族不止一次救过风族。如果我们不能说服风族给我们药草，也许雷族能。"

"让他们受到适当的刺激。"焦毛看向枝爪，眼光中闪烁着恶意。

乌霜甩甩尾巴。"如果花楸星身体状况够好，我想他会亲自表示同意的。枝爪和我们在一起的时候，不能受到任何伤害。"他看着周围的族猫，"她会被当成我们自己的一员来对待。但是，她必须留在这里，直到风族给我们疗肺草。"

紫罗兰爪盯着枝爪，看见姐姐眼中闪现出恐惧的神色，她的心收紧了。她匆忙站到姐姐旁边，用皮毛蹭着枝爪的皮毛。"不会有事的。"她低声说道，"我不会让任何猫伤害你。只要乌霜说你安全，你肯定就是安全的。"

枝爪感激地对她眨眨眼睛。

"把她带到你的巢穴。"乌霜告诉紫罗兰爪。他又对虎心点点头："你在外面守着，直到天亮，然后由褐皮接替。枝爪和我们在一起的时候，不能独自待着。"他警告地看着族猫们："她能提供我们治愈这种疾病的最好机会。我早上就会派遣一支队伍去和黑莓星谈判。"

空地周围的猫纷纷表示同意。紫罗兰爪推着枝爪走向学徒巢穴。枝爪步伐僵硬地走在前面，低头钻进巢穴。

紫罗兰爪跟着钻进去，很欣慰终于摆脱了族猫的目光。"我说过你不应该来这里！"她盯着姐姐，气得浑身刺痛。她对枝爪陷入如此困境表示遗憾，但那都怪枝爪自己。

雷影交加

枝爪塌下肩膀:"影族猫告诉黑莓星发生的事情后,黑莓星会怎么说呀?我真是个鼠脑子。"

看她说得那样伤心,紫罗兰爪的愤怒融化了。她用鼻子蹭着姐姐的脸颊。"你的确是鼠脑子,"她温柔地揶揄道,"但你的心还没错位。"

枝爪疲惫地靠在她身上。

"来吧。"紫罗兰爪把她推进她自己的窝,"你肯定困了,我们休息一会儿吧。"

枝爪爬进衬着苔藓的凤尾蕨中,坐下来。

紫罗兰爪环抱着她。"没事的。"她许诺道,"也许这是让风族帮助我们的最好办法。你在帮助影族。要是风族给了我们草药,我们的族猫被治愈,那都是你的功劳。"

枝爪满怀希望地抬头看着紫罗兰爪:"真的吗?"

紫罗兰爪咕噜起来:"如果你的族猫知道他们是在救命,我敢打赌,他们不会介意的。"

"赤杨爪会开心的。"枝爪慢慢在妹妹身边躺下,"松鸦羽会认为我是蜜蜂脑子,但他一直就那样,所以没什么大不了。"

"睡会儿觉,不要多想。"幸福感突然注入紫罗兰爪全身。她以前从没机会安慰另外一只猫。感觉枝爪在她身边放松下来打着哈欠,她心里很温暖。

"我想我是困了。"枝爪说道,"我一晚上都没睡。"

"那就快睡吧。"紫罗兰爪温柔地催促道,"早上一切就会更

好的。总是那样。"

　　枝爪把鼻子靠在脚掌上，紫罗兰爪更紧地环抱着她。和同胞姐姐分享巢穴的感觉真好。紫罗兰爪感觉到枝爪的温暖慢慢渗入她的皮毛，闭上眼睛，无声地呼噜着，让自己陷入沉睡之中。

第十八章

"赤杨爪!"

一声嘶叫将赤杨爪唤醒。他猛地抬起头,在透入学徒巢穴的苍白晨光中眨眨眼睛。叶爪在她的窝里动了动,但没醒来。云雀爪和蜜爪还在打呼噜。

藤池站在巢穴旁边,目光中透出担忧的神色:"你今天看见过枝爪吗?"

赤杨爪盯着她,依然有些迷糊。"昨天晚上起就没见过了。"他瞥了一眼她的窝,是空的。

"她本应和我一起去进行黎明巡逻的。"藤池焦急地说,"但是,我哪里都找不到她。"

"你检查过排便处通道了吗?"赤杨爪压低声音问。

"我当然检查过排便处通道了。"藤池看起来有些恼怒,"我已经检查完整个营地了。她不在这里。"

赤杨爪现在完全清醒了,心中闪过一阵恐惧。从雷鬼路长途跋涉回来的途中,枝爪一直沉默不语。他知道,她肯定受到了极大打击。她一直是那样充满希望。但是,他以为返回营地,和族猫们分

享猎物后，她会感觉好受一些。他紧张地看着藤池："你不会认为她做了蠢事吧？"

藤池不耐烦地怒吼道："什么样的蠢事？比如把她自己再次扔进湖里？"

赤杨爪从窝里爬出来："她可能只是出去散步了，去思考一些事情。"

"她是一名学徒。"藤池厉声说道，"她应该去进行黎明巡逻。她可以稍后再思考别的事情。"赤杨爪看出藤池眼睛中不仅仅有愤怒，这只银白色母猫看起来还很担忧。"她太年幼，不能独自到森林里去。"藤池开始踱步，"要是狐狸攻击她怎么办？她只学会了基本的战斗动作。她可能已经出走一整夜了。我应该密切注意她的。我知道旅行之后她肯定很伤心。"

"那不怪你。"赤杨爪努力压下自己心中涌起的愧疚感。他和枝爪睡在一个巢穴，他应该更警觉些，注意到她的离开。他抖散皮毛。"别担心，我们会找到她的。"他冲出巢穴，"松鼠飞知道她不见了吗？在她安排完狩猎巡逻之前，我们应该告诉她。需要有猫去找枝爪。"

黑莓星正在高石台上，雷族武士都在他下方，正围着松鼠飞。

蕨毛、白翅和炭心已经走向入口，显然准备出去巡逻。

"桦树附近有老鼠窝。"白翅的眼睛急切地闪烁着。

"我们还是先去抓松鼠吧。"炭心建议道，"它们肯定还没完全清醒，动作慢。"

雷影交加

玫瑰瓣快步走向赤杨爪:"云雀爪醒了吗?"

"还没有。"赤杨爪没有停下脚步。

"这些学徒真够呛!"玫瑰瓣生气地说,"他们总是最后醒。"

她嘟囔着走开。赤杨爪从梅花落和黄蜂条中间挤过去。他引起了松鼠飞的注意。她正在组织另外一支巡逻队。

"樱桃落和烁皮,你们可以——"

赤杨爪插话说:"枝爪不见了。"

松鼠飞猛地把口鼻转向他:"多长时间了?"

藤池赶上来:"我们不知道。我估计她是晚上悄悄溜出营地的。"

"你们检查过所有的巢穴吗?"松鼠飞抬头看着黑莓星,一甩尾巴示意他下来。

"检查过了。"藤池报告说,"排便处通道和营地四周都找了。没有她的踪影。"

"没有任何痕迹?"松鼠飞说着向旁边挪挪脚步。黑莓星从落石堆上跳下,停在她身边。

"我找不到任何痕迹。"藤池告诉她。

"怎么回事?"黑莓星皱皱眉头。

"枝爪不见了。"松鼠飞告诉他。

梅花落走上前去:"黎明前下雨了。她肯定是在下雨前离开的。大雨冲刷掉了她的气味。"

黑莓星的目光瞟向荆棘屏障:"有猫来过营地吗?"

赤杨爪的心跳加快。难道他认为有猫把枝爪带走了吗?不会。

265

他把这种想法抛开。枝爪一直在伤心。"看样子她更像是想离开。"他告诉黑莓星,"没有找到母亲她特别难过。"

松鼠飞恼火地抽动着尾巴:"她可能在树林里徘徊,顾影自怜。"

藤池颈毛倒竖:"难道你年轻时就从没那样做过吗?"

松鼠飞看着这只银白色母猫的眼睛,她的眼神柔和下来:"对不起,你说得对。她肯定很难过。"她对梅花落点点头:"你能带领一支巡逻队去湖岸找找吗,梅花落?"她又转身面对着金毛公猫:"狮焰,带两名武士到影族边界。藤池可以带领暴云和冬青簇去风族边界。"

赤杨爪瞬间感到欣慰。能做点什么的感觉真的很好。"我能加入一支搜索队吗?"他问道。

黑莓星摇摇头:"你在这里更有用,继续履行你的巫医职责吧。"

就在黑莓星说话的时候,松鸦羽从巫医巢穴里面走了出来。他那双失明的眼睛扫过空地:"赤杨爪?"

赤杨爪垂下肩膀。松鸦羽肯定会读心术。这名脾气暴躁的巫医绝对不会让赤杨爪到森林里去闲逛,宁可让他去数罂粟种子,或者把药草卷成捆。他无精打采地走向巫医巢穴:"我来了。"

"我们会找到她的!"藤池在身后喊道。

他回头看着她:"谢谢。"

松鸦羽把他赶进巫医巢穴:"有什么大惊小怪的?难道有学徒忘了怎样狩猎?"

赤杨爪没有理会巫医的嘲弄。他绕过还在窝里沉睡的荆棘光,

把脚掌伸进药草库。"枝爪不见了。"他拽出一把叶片,开始将它们分成小堆。

叶池正将叶片浸入巢穴的石头围墙边的积水中,然后把它们拿出来晾干。"不见了?"她停下来,对赤杨爪眨眨眼睛。

"但愿她没再去游泳。"松鸦羽嘟囔道。

为什么每只猫都这么说?赤杨爪气得皮毛刺痛,转身对着松鸦羽吼道:"难道除了自己,你就不关心任何别的猫吗?"

松鸦羽一愣,用他那双蓝色盲眼对着赤杨爪,仿佛像视力正常的猫一样清楚地看着他。"我当然会关心!"他厉声说道,"我能够感受到营地里任何一只猫的情绪。从他们的声音,他们走路的方式,到他们尾巴的甩动。这些噪音永远不会停止。如果我认真对待每种感觉,我永远不能专注于我的工作。"

赤杨爪震惊地盯着他。难道松鸦羽真的对族猫的情绪那么敏感吗?"你知道枝爪在伤心?"

"昨天,她步伐沉重地走进营地,就好像肩膀上坐着一只獾。"松鸦羽回答道,"我当然知道她很伤心。但我不知道她会在半夜逃跑。我读不懂她的想法。"

赤杨爪继续去分草药:"你觉得她不会有事吧?"

"我确信她很快就会回来。"叶池安慰他。

"新鲜的空气和运动对她有好处。"松鸦羽语气轻快地对他说,"她抓到一些猎物后,就会马上回来的。枝爪是那种不和族猫共享新鲜猎物就难以下咽的猫。"

猫武士

赤杨爪惊讶地瞥了他一眼。松鸦羽真的说了枝爪的好话吗？

荆棘光在窝里醒来，伸着懒腰，打了个哈欠："太阳已经升起了吗？"

"都快到山谷上方了。"松鸦羽走向赤杨爪，把药草从他面前拂开，"我来分类，你可以帮助荆棘光锻炼。"

赤杨爪满心欣慰。比起将这些干燥陈旧的草药分类，帮助荆棘光锻炼更能分散他的注意力。

"出什么事了吗？"赤杨爪走近她窝边的时候，荆棘光皱着眉头问。

赤杨爪不想掩饰令他皮毛抽动的担心："枝爪不见了。"他用脚掌钩住荆棘光的脚掌，帮助她舒展身体。

"多久了？"荆棘光转动肩膀，伸展四肢。

"昨晚消失的。"

"有打斗的迹象吗？"荆棘光眼里闪烁着担忧。

"没有。"赤杨爪走到她后面，拖住她的一条后腿，牵拉着，锻炼她虚弱的肌肉，"没有狐狸抓走她的迹象，也没有陌生猫的气味。我想，是她自己决定离开的。"

荆棘光猛地看向他："你认为她永远离开了吗？"

"我不知道。"赤杨爪不愿那样想，但荆棘光的话刺痛了他的心。枝爪是否因为意识到母亲已经死亡，而重新考虑她在族群中的地位？显然，她会认识到现在族群才是她唯一的家。他腹部一紧。也可能相反，她因此而彻底失去了归属感。他抓住荆棘光的另外一

雷影交加

条后腿,前后推送着。正当他感觉到荆棘光僵硬的肌肉有些舒缓时,松鸦羽清了下嗓子。

"她现在背叛族群就是傻瓜。"他嘟囔道,"枝爪可不是傻瓜。"

赤杨爪气得皮毛刺痛:"你以前总是叫她傻瓜。"要不是松鸦羽一直对她那么敌视,也许雷族在她心里,会更有家的感觉。

"在我看来每只猫都是傻瓜。"松鸦羽把一束新鲜的草药和其他的放在一起,"枝爪还不至于让我蹑脚在她身边行走,好像她是一只刚出生的小猫。"

你怎么知道? 就在赤杨爪前后推动荆棘光的腿部时,一声惊叫从空地传来。

赤杨爪放下荆棘光的腿,竖起耳朵。

松鸦羽已经在嗅闻空气了:"影族猫!"

"在我们营地里?"赤杨爪的心猛地一跳。他冲向入口,冲出黑莓屏风。

当看见乌霜、焦毛和褐皮在空地里时,他有一种不祥的预感。他们带来了枝爪的消息吗?

狮焰、鸽翅和黄蜂条站在他们两侧,灰条和米莉站在长老巢穴外面,而云雀爪、叶爪和蜜爪正兴奋地在新鲜猎物堆边上窃窃私语。玫瑰瓣和鼹鼠须在营地边缘走动,颈毛倒竖。

黑莓星已经匆忙迎向他们。"你们来干什么?"他停在乌霜面前,目光炯炯地问。

狮焰走上前去:"他们在边界上等着。我们刚一接近,他们就

过来了。他们想和你谈谈。"

乌霜点点头："我们觉得你可能愿意知道枝爪是安全的。"

赤杨爪冲上前去："她在哪里？她怎么了？"

乌霜没有从雷族族长身上收回目光。"半夜的时候，我们在影族营地里发现了她。"他抽动着尾巴。赤杨爪怀疑影族副族长正享受着这个时刻。"难道雷族教学徒在别的族群睡觉时入侵他们的营地吗？"

黑莓星眯起眼睛，厉声说道："当然不。我不知道她在那里做什么。"

赤杨爪匆忙走到父亲身边："她可能是去看紫罗兰爪的。她母亲的事情让她非常伤心。她可能只是想谈——"

乌霜打断他的话："你的学徒就没一个懂规矩吗，黑莓星？或者说，雷族武士听取年轻猫的建议，是再平常不过的事情？也许你应该去育婴室看看，也许哪只小猫崽有话要说。"他的语气中充满嘲讽。

灰条哼了一声。"别教训我们不会管教年轻猫。"他怒吼道，"最起码，他们没有放弃自己的族群，去为泼皮猫而战。"

乌霜脖子上的毛直立起来。但是，他没理会雷族长老，继续说道："枝爪要在我们那里逗留一段时间。"

赤杨爪惊愕不已。难道枝爪决定到她妹妹所在的族群去生活？

黑莓星摇摇尾巴。"我不相信。没有雷族猫会喜欢影族胜过雷族。"他的目光马上瞟向褐皮，内疚地闪动着。

雷影交加

褐皮慢慢对他眨眨眼睛。"不，有的猫会的。"很久以前，黑莓星的妹妹已经选择去影族生活。

黑莓星挪动着脚掌，显然有些恼怒："那不一样。那是因为我们的父亲去了影族。"

褐皮脊背上的皮毛很平顺。"枝爪的妹妹在影族。"她提醒黑莓星，"不过那并不是她暂时留在影族的原因。"

焦毛缩起嘴唇："我们会一直留着她，直到你们同意帮助我们为止。"

赤杨爪吓得收紧肚子，看着父亲。枝爪！

黑莓星颈毛倒竖。"你们扣留学徒做俘虏！"他义愤填膺地吼道。

"她是我们的贵客。"乌霜平静地告诉他，"她会得到很好的照顾。"

黑莓星的眼神变得冷酷起来："你们想要什么帮助？"

褐皮和乌霜交换了一下眼色。赤杨爪看见她目光中有疑问。乌霜点点头。褐皮走上前去："我们的族猫生病了，黄蜂尾和橡毛生命垂危，杂毛也生了相同的病。花楸星病情很重，洼光都不敢离开他的身边。现在，蓍叶和小蛇也病了。"

"一只幼崽？"松鼠飞从高石台的阴影中走出来。

褐皮对她眨眨眼睛："疾病正在蔓延到整个族群，我们无法治愈它。"

"没有疗肺草就治不了。"乌霜盯着黑莓星，"但是，你也听

见一星说了,他不让我们去采集草药。"

黑莓星不安地将目光从影族副族长身上移开:"你怎么认为我们能够帮忙?"

"一星不生你的气。"乌霜说,"雷族和风族的关系总是比我们和风族的更亲近。你也许能够说服他同意分享草药。"

褐皮恳求地睁大眼睛:"你可以告诉他,你自己的族群需要它。"

"我是不会说谎的。"黑莓星抬起下巴。

褐皮盯着他:"但你愿意帮助我们吗?"

松鼠飞走到伴侣身边:"我们不能让长老和幼崽死掉,尽管他们不属于我们族群。"

黑莓星压低声音回答她:"你凭什么认为一星会让我们拥有那种草药?"

"但我们必须试试。"松鼠飞恳求道。

鼹鼠须穿过空地,他棕白相间的皮毛蓬松着:"我们为什么要帮助影族?他们扣留我们的族猫当俘虏!"

乌霜恶毒地眯起眼睛:"那正是你们应该帮助我们的原因。"

赤杨爪惊恐地盯着影族副族长:"要是我们不帮忙,你们就会伤害她吗?"

乌霜把爪子插入地面:"她会一直和我们在一起,直到我们得到草药。"

这不是回答!赤杨爪真想冲着影族副族长的口鼻打过去。他怎么敢威胁一名学徒!他低声咆哮起来。

雷影交加

"嘘，赤杨爪。"黑莓星示意他安静。他严肃地看着乌霜，"我们会讨论你的提议，决定之后，我们会给你传话。"

乌霜点点头："很好。"

"你要对他们的欺凌低头吗？"鼹鼠须吃惊地盯着雷族族长。

黑莓星没有理会他。"你现在该走了。"他告诉乌霜，"鸽翅和黄蜂条会护送你们回到你们的边界。"他对两名武士点点头。

看着影族猫队走向入口，寒意渗透了赤杨爪的皮毛。

鼹鼠须急速甩动着尾巴，走到黑莓星面前："我们应该攻打他们的营地，救出枝爪。"

玫瑰瓣走到同胞弟弟旁边，愤怒地闪烁着眼睛："把她带回来很容易。他们一半的族猫生病了，另外一半已经加入泼皮猫。"

灰条穿过空地。"我们把枝爪带回来又怎么样？"他停在黑莓星面前，"影族仍然需要草药。"

黑莓星对长老眨眨眼："那是我们的问题吗？"

松鼠飞挺直身子："当然是！幼崽生病是每个族群的问题。"

黑莓星的目光黯淡下来："要是我们提出要求，风族仍然拒绝，怎么办？"

看见武士们面面相觑的样子，赤杨爪心里愈发担忧起来。枝爪肯定被吓坏了。她正作为俘虏被扣留在陌生的族群里。"我们必须做点什么！"他脱口而出。

黑莓星严肃地盯着他。"我们会的。"他承诺道，"但是，我们首先必须决定要做的是什么。"他转身跳上落石堆，一甩尾

巴，示意松鼠飞跟上去。

赤杨爪目送他们消失在族长巢穴里，他的呼吸加快了。他们的决定会是什么呢？

赤杨爪走进营地，一束百里香在他嘴巴下面晃荡。新叶季刚刚来就找到了这个让他心里很高兴，但他还在挂念枝爪。他一上午都在想，是否能找个理由去拜访影族的洼光。这样，他就有可能会有机会和枝爪说话。

黑莓星站在空地里，松鼠飞、松鸦羽和叶池在他旁边。赤杨爪走到营地边缘时，他抬起头来。"你回来了！"雷族族长听上去很高兴。

赤杨爪走上前去，把百里香放在地上。大家都期待地看着他。难道有枝爪的消息了？"发生什么事了？"

"我们有个计划。"松鼠飞告诉他。

赤杨爪探身靠近，心跳加快。

黑莓星看着他："我想让你和叶池到风族去，和隼飞谈谈，如果可能，和一星谈谈。"

赤杨爪的嘴巴有些发干。他瞥了一眼松鸦羽。他理解黑莓星为什么会把这个任务委派给巫医。这似乎会减少冲突的可能。但是，松鸦羽肯定是更好的选择。"为什么派我去？"

松鸦羽嘟囔道："很显然，你最不可能冒犯别的猫。"他的话很刺耳，好像黑莓星的决定激怒了他。

雷影交加

叶池对赤杨爪眨眨眼睛。"这次的任务需要机智和礼貌。"她瞟了一眼松鸦羽。

盲眼巫医气鼓鼓地说:"我就不明白,我们为什么不能直接去荒野,采些疗肺草回来。"

黑莓星盯着他:"我们想和平解决这件事,而不是把事情弄得更糟。"

"另外,"叶池轻轻插话道,"我们不知道它长什么样。"

"它长着深绿色叶子,上面有灰色斑点。那有什么难找的?"松鸦羽嘟囔道。

"黑莓星已经决定了。"叶池坚定地说道,"赤杨爪和我去。我们会先和隼飞谈谈,然后看看有没有机会采到这种草药。"

赤杨爪紧张地挪动了一下脚步:"要是风族对我们越过边界生气发怒,怎么办?"

"这就是我们派巫医去的原因。"黑莓星解释道,"就是一星也不能反对巫医越过边界。"

松鼠飞的眼神阴沉下来:"我不太有把握。这几个月,他越来越不讲理。"

"他会听我们的吗?"赤杨爪紧张地问道。

"我不知道。"叶池坦白说,"所以我们要先和隼飞谈。要是我们能得到他的支持,也许他可以说服一星明白事理。我们必须试试,不止是为了枝爪,也要为了洼光。"她的眼睛里满是忧虑。赤杨爪突然意识到,她肯定牵挂着她曾经的学徒,担心他不能独自应

付肆虐整个影族的这场疾病。

赤杨爪抬起下巴:"我们什么时候出发?"

"越快越好。"黑莓星说道,"我想让枝爪尽快回家。"

"我们能现在出发吗?"赤杨爪一甩尾巴问道。

"要是你准备好了的话,就可以出发了。我已经准备好出发。"叶池告诉他。

和族猫点头告别后,他们走出营地,顺着通往风族边界的小路走着,好像要去月亮池。但是,他们没有沿着小溪上山,而是跳过它,走上荒野,爬上斜坡,在漫山的石楠中穿行。前面生长着金雀花,它黄色的花蕾在午后的阳光下鲜艳夺目。

赤杨爪紧张地环顾四周。"我们应该停下来,等风族巡逻队找到我们吗?"他问叶池。

"我们去找他们吧。"她钻进一丛石楠中。

赤杨爪跟上去。脚掌下的泥炭地面感觉很柔软,长满刺的叶子刮擦着他的皮毛。他们从另一边出来的时候,赤杨爪看到一片狭长草地的另一侧有灰白色皮毛。是金雀花尾。烬足和她在一起。

叶池停下来,竖起尾巴。"嗨!"她从斜坡上喊道。

风族猫猛地转过头来四处打量,目光中闪烁出怒火。

赤杨爪走近叶池,心怦怦直跳。

"别担心。"她低声说道,"我们是巫医,明白吗?"

当风族猫从山坡上向他们跑过来时,她高高地竖起尾巴。

烬足先到他们面前,他的毛立着:"你们在我们的领地上做

什么？"

叶池毫不畏惧地看着他："我们要和隼飞谈谈。"

金雀花尾赶上来："谈什么？"

叶池哼了一声："是巫医的事情。"

赤杨爪佩服地对她眨眨眼睛。她不害怕吗？金雀花尾和烬足都伏平了耳朵，满眼不信任的目光。

叶池抬起下巴："是你们带我们去还是我们自己去？"

金雀花尾抽动着耳朵。"我们带你们去。"她极不情愿地低吼道。

风族猫转身走上斜坡的时候，叶池贴近赤杨爪。"靠近我。"她低声说道。

跟着金雀花尾和烬足走进风族营地时，赤杨爪耳朵中传来怦怦的心跳声。尽管营地位于山坡上的一片洼地里，但长满草的宽阔空地依然感觉很暴露，风抽打着环绕营地的金雀花，撕扯着赤杨爪的皮毛。

风族的猫从营地边缘起伏的深草丛中惊讶地凝视着他们。风皮大步走过来，愤怒地挺起胸膛："他们在这里干什么？"

"他们想要和隼飞谈谈。"烬足告诉他。

风皮眯起眼睛。

旁边，夜云紧张地望向空地尽头的一个巢穴入口。那是一星的巢穴吗？

金雀花尾停下来，对着营地金雀花围墙的一个开口处点点头："他在那里面。"

叶池低头钻了进去。

赤杨爪匆忙跟着钻进去，很欣慰终于可以不再被风吹，也避开了风族猫好奇的目光。

隼飞正在把紫草叶子撕成条，然后把它们卷成紧实的团。叶池和赤杨爪进去时，他抬起头来。"你们来这里做什么？"他诧异地问。

叶池甩甩尾巴："巫医之间可以相互拜访，对吧？"

隼飞紧张地瞥了一眼入口："一星知道你们来这里了吗？"

"他现在应该知道了。"叶池实事求是地回答。

赤杨爪回头看看，以为会看到风族族长气冲冲地闯入巢穴。

"他不会高兴的。"隼飞警告道。

"我们不是影族猫。"叶池指出。

"这些日子，一星不相信任何猫。"隼飞压低声音说，"甚至不相信他自己的族猫。"

叶池瞪大眼睛："为什么？"

隼飞看着脚掌，没有回答。

"失去一条命不会对他产生那么严重的影响吧？"叶池不耐烦地抽抽耳朵，"泼皮猫还做了别的让他心神不宁的事情吗？"

隼飞自卫地竖起毛："难道杀死荆豆皮，给湖畔带来疾病还不够吗？"

叶池一愣："这里也有猫生病吗？"

"暂时没有。"隼飞焦虑地闪动着眼睛，"但要是疾病来了，怎么办？"

雷影交加

叶池耸耸肩："要是洼光的梦境没错,你们自己领地上就生长着治疗这病的植物。"

隼飞从她旁边走向入口那里,向外张望,好像在检查是否有猫在偷听。"你们就是为这个来这里的吗？"他转身对着叶池,低声说道。

赤杨爪心跳加快。风族巫医会同意帮助他们吗？

叶池看着隼飞："影族正扣着枝爪做俘虏,他们不会放她,除非我们能说服一星给他们疗肺草。"

隼飞瞪大眼睛："他们绑架了她？"

叶池叹了口气："那只愚蠢的年轻猫半夜跑去看她妹妹,他们在营地里把她抓住了。"

赤杨爪蓬起皮毛,辩护说："是她母亲的死让她太难过的缘故。"

叶池对他眨眨眼睛："我们别去管她为什么那样做了。现在的情况是,在我们把疗肺草给影族之前,她就是影族的俘虏。"

隼飞皱起眉头："真希望能够帮你们。"

"那就帮吧！"叶池催促道。

"但我不能违背一星的意愿。"隼飞争辩道。

"有猫就要死了！"叶池把口鼻伸到他的口鼻前面,"你是巫医,怎能坐视不管,任由这样的情况发生？"

"一星将荆豆皮的死和他失去的一条命都怪罪在影族身上。"隼飞垂下目光。

"可你知道那是胡言乱语！"叶池惊叫道。

赤杨爪不敢相信自己的耳朵："是泼皮猫杀死了荆豆皮，不是影族！"

"但影族一直没有惩治泼皮猫。"隼飞争辩道，"一星认为影族是在保护泼皮猫。"

"他们还能做什么？"叶池的尾巴从巢穴的沙质地面上扫过，"他们那么多的学徒离开了，现在和泼皮猫生活在一起。换了一星，他会攻打自己的族猫吗？"

"要是他们背叛了族群，一星会的。"隼飞冷冷地回答。

叶池伸出爪子："这不能解决任何问题。我们为什么要在意谁进攻了谁？我们是巫医，我们的职责是治病。我们需要疗肺草，不仅仅是想把枝爪带回家，还因为没有它，影族猫就会死。"

她深深凝视着隼飞的眼睛。赤杨爪也暗自祈愿风族巫医会同意。隼飞的皮毛不安地耸动着："你们必须问一星。"

恐惧像石头一样落到赤杨爪肚子里。他不想面对愤怒的风族族长，他看见过森林大会上一星发怒的样子。如果一星自己的族猫都害怕他，他会怎样对待不受欢迎的来访者？

"走吧。"隼飞从他们身边走过，钻出巢穴。

赤杨爪紧张地对叶池眨眨眼睛："你认为我们能够说服他吗？"

"我们必须试试。"叶池跟着隼飞走进空地。

赤杨爪满肚子恐惧，匆忙跟上她。

当他从金雀花巢穴出来的时候，一星正在空地尽头来回走动

雷影交加

着。叶池和隼飞走近时,风族族长用狂怒的目光打量着他们。

赤杨爪慢吞吞地跟在后面,脚步像石头一样沉重。

一星缩起嘴唇,龇出牙齿,将目光扫向赤杨爪。"你把黑莓星的小崽子带来了。"他怒吼道,"黑莓星那个鼠脑子自己不敢来吗?"

赤杨爪义愤填膺:"没有什么能吓倒黑莓星!"

"也许他只是太骄傲了。"一星的语气中夹杂着嘲讽,"我猜你们是来讨疗肺草的。影族一直在他耳边哭诉吗?"

赤杨爪面对着风族族长,努力不让自己的脚掌发抖:"影族扣留了枝爪作为俘虏,你们不给他们疗肺草,影族就不会交还她。"

他感觉叶池警告地瞥了他一眼。难道自己说得太多了吗?

一星挺直身子,眼冒怒火:"典型的影族作风。他们不能正当地得到想要的东西时,就会玩狡猾的花招。"

"他们承诺过不会伤害枝爪。"赤杨爪脱口而出,希望能弥补自己的错误。他不想让一星更加憎恨影族。

一星嗤之以鼻:"那你们担心什么?就让她和他们在一起吧。她的妹妹在那个族群里,对吧?也许她很喜欢在那里生活。"

叶池走上前去:"枝爪不是问题。我们当然想念她,但如果花楸星承诺不伤害她,他肯定就不会伤害她。他会信守诺言的。"

一星伏下耳朵:"就像他对泼皮猫信守诺言那样?"

一星简直不可理喻!赤杨爪生气地抽动着尾巴:"他没有向泼皮猫承诺任何事情!"

"那他们为什么还在这里？"一星怒视着赤杨爪。

赤杨爪拼命地想着该如何回答，但风族族长继续说着。

"影族同意他们留在领地附近。"一星已经开始怒吼，"他们已经为这件蠢事付出了代价，他们失去了一些最好的学徒。当那只所谓'与众不同'的小猫重新回来的时候，他们接纳了她。现在，她就生活在他们中间——谁知道她会向她的泼皮猫朋友传递什么样的信息！他们软弱愚蠢！他们不值得帮助。他们甚至不配拥有族群猫的称号。他们和泼皮猫差不多。就让他们扣留枝爪吧，让他们死于疾病吧。我不会受骗上当，也不怕威胁。我就是不帮他们。他们活该承受星族给他们的一切惩罚。"

赤杨爪凝视着一星那双怒火燃烧、神色狂乱的眼睛，恐惧像冰水一样流过他全身。他瞥了一眼叶池，她正难以置信地盯着风族族长。

"走吧。"叶池大声对赤杨爪说，"我们在这里是浪费时间。"她最后恳求地看了一眼隼飞。但风族巫医已经退开，正低头盯着脚掌，满心羞愧的样子。

叶池转身向风族营地入口走去。

赤杨爪匆忙跟上她，感觉一星的目光烧得他皮毛灼热。"我们该怎么办？"他沮丧地低语道。

第十九章

枝爪在影族学徒巢穴里踱步,苍白的阳光透过围墙的缝隙照进来,水晶兰的气味让她恶心,她想念雷族营地淡淡的霉味。

紫罗兰爪焦急地注视着她:"你不到外面去吗?"

"我不想出去。"枝爪忧心忡忡地说。这不是她的族群,她不认识任何一只猫。她觉得自己来这里而且被抓,实在愚蠢。"我只想待在里面。"昨天紫罗兰爪和曙皮出去训练的时候,她一直躲在学徒巢穴里。虽然影族让她吃得很好,但紫罗兰爪回来之后,她才稍稍放松。巢穴入口一直有新鲜猎物,还有浸满水的苔藓可以解渴。但是,同巢穴的桦爪和狮爪直到睡觉的时候才回来,而且几乎没去注意她。今天早上,他们离开巢穴之后,她如释重负。

紫罗兰爪不耐烦地歪着头说:"你不能永远待在巢穴里。"

枝爪僵在那里:"但愿我不会永远留在这里!"

紫罗兰爪没理会她:"曙皮说,我今天可以不训练,可以陪你。她担心你。她说年轻的猫需要训练。现在是新叶季,森林里充满猎物的气味。"

"我却只能闻到水晶兰的气味。"枝爪咆哮道,"再说,乌霜

猫武士

也绝对不会让我到森林里闲逛的。昨晚,我听见一整夜都有武士在巢穴外面。他们在看守我。"

紫罗兰爪抱歉地对她眨眨眼睛:"我知道把你留在这里不好,但我们可以尽力让你好过一些。"

外面传来吧嗒吧嗒的脚步声。"草心说雷族的猫会爬树。"小涡说道。

"她跟我说的是,要是雷族小猫不乖,他们会被扔进大湖。"小花的声音有点颤抖。

小涡哼了一声:"别青蛙脑子了!你已经够大了,别再相信育婴室故事。不出一个月,我们就会成为学徒。"

"要是她闻起来很有趣呢?"小花急不可耐地说。

"屏住呼吸。"入口沙沙作响,小涡闯进学徒巢穴。他对枝爪眨眨眼睛:"我们来看你。可以吗?"

"可以啊。"枝爪迟疑地盯着这只灰白色小公猫。

他身后的缝隙里面,有一双眼睛在眨动。"她在那里吗?"小花尖叫道。

"她当然在这里!"小涡翻了个白眼,"她还能在哪里?"

一只银色小母猫爬进来,瞪大眼睛看着枝爪:"你今天看起来像一只普通猫!"

"你认为我应该像什么样?"枝爪怒视着小花。

小花若有所思:"昨天晚上,在月光下,你看着像狐狸。"

紫罗兰爪抽动着胡须:"你脑子里长毛了!"

雷影交加

"不是!"小花反驳道,"焦毛和鼠痕说,雷族猫都是披着猫皮的狐狸。"

枝爪愤怒地甩动着尾巴:"焦毛和鼠痕就是一对老八卦嘴。"

小花被逗得咯咯地笑了起来:"我能告诉他们这是你说的吗?"

"不行!"枝爪警惕地反对。

小涡还在盯着她:"你真的与众不同吗?"

枝爪和妹妹交换了一下眼色。她已经很久没有想过要与众不同,她一直在忙于成为最好的族群猫。

枝爪没说话,紫罗兰爪替她回答:"只有星族知道我们是否与众不同,但他们还没说出来。"她跑向巢穴入口,向外面看去:"你们究竟在这里干什么呀?"

"我们很无聊。"小涡抱怨道。

"草心总是和小蛇在一起。"小花伤心地说。

"她病了。"小涡告诉枝爪。

小花挪动着脚掌。"我希望她尽快好起来,参加我们的命名仪式。"她抽泣着说。

枝爪突然同情起这两只小猫来。"你们愿意我们和你们一起玩吗?"她建议道,"我们可以教你们一些狩猎动作。"

小涡的双眼亮了起来:"太棒了。"

枝爪蹲下来,演示一个潜伏狩猎姿势。但小涡为难地望着她。

"这里空间不够,我们必须出去。"小涡说道。

"出去?"枝爪盯着他,心猛地一跳。

"好主意!"紫罗兰爪把她推向入口,"来吧,枝爪,我们到外面去。"

枝爪极不情愿地让紫罗兰爪把她推出巢穴。小花和小涡从她们身边挤过去,冲入空地。

枝爪在空地边犹豫着。清晨的阳光透过密集的树冠投射进来,在营地上洒下一团团光影。

褐皮站在空地尽头。影族武士不安地在她旁边走来走去,虎心则在几尾远外专心地听着。"雪鸟和松树鼻都病倒了。"褐皮告诉他们,"巫医巢穴里空间不够,所以乌霜正在把她们搬到武士巢穴。"

"我们已经注意到了。"石翅嘟囔道。

褐皮没有理会他:"在她们病好之前,你们可以在长老巢穴里面做窝。"

"噢,太棒了,"击石翻了下白眼,"那我们再也别想睡觉!鼠痕的呼噜打得像獾一样。"

"你们必须试试。"褐皮听起来有些不耐烦,"你们今天必须出去狩猎两次。虎心,在雪鸟病好前,你能指导狮爪吗?"

虎心点点头:"我会带着她和我一起狩猎。"

"好。"褐皮转向焦毛,"你能把你的训练集中在狩猎上吗?新鲜猎物堆需要得到补充。"她瞥了一眼昨天吃剩的干瘪老鼠和瘫软画眉,对曙皮眨眨眼睛:"你要带紫罗兰爪狩猎吗?"

"我答应她今天上午可以陪姐姐。"曙皮告诉她。

褐皮的目光掠向枝爪。她看起来安心了不少。"我们的访客终

雷影交加

于走出巢穴了。"当褐皮点头招呼枝爪时,她惊讶地眨眨眼睛。"饿了的话就自己去吃些猎物吧。"褐皮向空地那边喊道。

"谢——谢谢你。"枝爪结结巴巴地说。

紫罗兰爪蹭蹭她的毛:"我告诉过你,影族并不像雷族说的那样糟糕。"

她说话的时候,雾云和涟尾从她旁边冲过去,大摇大摆地走过空地,把小猫撞到一边。

"嘿!"小涡在他们后面愤怒地喊道,"小心点!"

武士们没有理会他。

"你们早会迟到了。"褐皮厉声说道。

"那又怎样?"涟尾晃动着尾巴。

"我今天需要每只猫都出去狩猎。"褐皮告诉他。

雾云蓬松起皮毛:"但是,我们昨天一整天都在狩猎。我们不能去巡逻边界吗?"

"边界的事不急。"褐皮说,"我们有太多的病猫要操心。"

涟尾停在她前面,用一只脚掌揉了揉鼻子:"病猫不吃东西,我们为什么要抓那么多的猎物?"

雾云附和说:"我们只需要抓一半的——"

一声尖叫打断了她的话。在新鲜猎物堆那里,桦爪和狮爪撕扯着一只画眉,互相怒吼着,他们的牙齿都紧紧地咬住鸟肉。

褐皮对他们怒吼道:"你们就不能好好分着吃吗?"

桦爪蔑视地看了她一眼,猛地把画眉从他的同巢猫嘴里扯过来。

猫武士

他叼着小鸟走开的时候，狮爪一直怒视着他。

枝爪向妹妹身边靠近了一点："在雷族，学徒为族群抓到猎物之前，是不允许吃东西的。"

紫罗兰爪耸耸肩："这只是昨晚吃剩的。"

枝爪惊讶地竖起毛。她知道影族不是雷族，但她以为他们都遵循相同的武士守则。

枝爪还在纳闷两个族群为什么如此不同时，狮爪正对着哥哥嘶叫。然后，她怒吼一声向哥哥冲去，跳到他背上，把画眉从他脚掌中打掉，并开始用后腿猛击他。

"她的爪子是伸出来的！"看见桦爪的毛四处纷飞，枝爪惊得目瞪口呆。小公猫痛苦地尖叫着，奋力地想要挣脱。枝爪转头看向年长的猫们，期待有一只猫会冲过空地，把这两只打架的猫分开。

雾云坐下来，开始清洗自己的肚皮。

褐皮继续发布命令，仿佛什么事也没发生。"虎心，"她对那只深褐色虎斑猫点点头，"到小沟附近去狩猎，那里肯定有老鼠窝。"

枝爪再也无法保持沉默："难道你们不打算阻止他们吗？"

桦爪已经扭身挣脱，开始反攻。他用力击打妹妹的肩膀，把她的下巴按在地上，用爪子划过她的侧腹。狮爪痛苦地号叫。

焦毛冷冷地看着枝爪。"他们已经开始了，"他说道，"就让他们打完吧。"

"但他们可能会伤到对方！"枝爪倒吸一口凉气。

雾云抬头看着："要是那样，也只能怪他们自己。"

雷影交加

枝爪冲向打架的猫。"别打了!"她用爪子钩住桦爪的后颈,把他从妹妹身上拖开。

桦爪的眼中闪出怒火。他转向枝爪抓挠她的口鼻。枝爪大吃一惊踉跄地退开,疼痛感灼烧着她。狮爪跳起身站稳,嘶吼着冲枝爪又挥了一爪。当枝爪看见两名学徒都转身面对她时,焦虑在她的胸口盘旋。她奋力将他们击退,试着不去伤到他们。

"停!"褐皮的吼声从空地那边传来。这只母猫向他们跑来,冲进战斗圈,把影族学徒推开。"乌霜承诺过,她不能受到伤害。"

枝爪退开,紫罗兰爪冲到她身边:"你应该让他们打完。"

枝爪盯着妹妹,浑身颤抖:"这很正常吗?"

紫罗兰爪困惑地看着她:"雷族不这样吗?"

"不!"枝爪几乎不敢相信自己的耳朵。她环顾空地,看着平静的武士和伤痕累累流着鲜血的学徒。似乎没有一只猫为发生的事情震惊。小涡和小花在观看,他们的眼睛兴奋地闪着光芒。

"你为什么要阻止他们?"小涡急匆匆跑到枝爪身边。

小花也走了过来:"现在我们不知道谁赢了。"

枝爪感到一阵厌恶。我想回家!她突然很担心紫罗兰爪。她在这里长大。她也是这样的吗?难怪她加入了泼皮猫!她的思绪有些纷乱。武士巢穴入口晃动着,洼光跌跌撞撞地走出来。

巫医的眼里满是疲惫。

"病猫怎么样了?"褐皮走向他。

"我在尽最大的努力。"洼光回头看着巢穴,"我需要更多的

艾菊和紫草根。"

"狮爪和桦爪可以为你采集一些来。"褐皮告诉他。

狮爪恼怒地说："我们必须去吗？采集草药太乏味了。"她似乎还没有从打架中平静下来。

"是的，你们必须去。"褐皮严厉地告诉她，"曙皮和你们一起去，以保证你们专心工作。"

"我们吃完了就去。"狮爪告诉玳瑁色母猫。她俯身下去，咬了一口画眉，那上面覆盖着打架时沾上的尘土。

桦爪擦了一把嘴巴上的鲜血，坐在她身旁一起吃。

枝爪盯着他们。既然最终还是要分享这只画眉，他们为什么还要拼命撕打呢？在病猫需要草药的时候，他们怎么还能安心进食呢？"我可以帮忙。"她匆匆走到洼光身边，"我以前经常帮赤杨爪。我认得艾菊和紫草根。要是你同意，我可以去采集一些。"

"不行。"褐皮的目光瞟向她，"你不能离开营地。"

"那就让我做些其他可以帮忙的事情吧。"枝爪恳求地看着洼光。洼光皮毛干枯，瘦得皮包骨头，肯定好多天没有正常睡眠和进食。"我去给你拿些食物来。"枝爪匆忙走向新鲜猎物堆，叼起一只干瘪的老鼠，把它带回洼光面前，丢在他脚掌边，"把这个吃了吧。我去看看病猫。"

洼光感激地凝视着她："橡毛需要喝水。"

"我去。"枝爪告诉他。

"杂毛也需要。"他动作僵硬地蹲伏下来，开始啃那只老鼠，

雷影交加

"武士巢穴后面有苔藓,但需要浸水。"

枝爪鼻头一扬,示意紫罗兰爪:"过来帮忙。"

褐皮正惊讶地看着她:"你真好心。"

枝爪对她眨眨眼睛。"既然我必须留在这里,我也应该发挥作用。"说完枝爪甩着尾巴走进武士巢穴。

当她走进阴影中时,一股臭气袭来。

紫罗兰爪跟着她走进去:"呕。"

"别理会那气味。"枝爪在雷族的巫医巢穴里待过,辨认出疾病的气味。但她从未闻到过如此浓烈的疾病气息。她蹲到最靠近入口的窝边。一只老公猫躺在臭气熏天的苔藓上,皮毛凌乱,就像一只瘫软的猎物。"这是谁?"枝爪低声问紫罗兰爪。

"这是橡毛。"紫罗兰爪告诉她,"我们的一名长老。"她向旁边的一只猫走去:"这是杂毛。"一只母猫无力地躺在肮脏的窝里,身上的毛发参差不齐。

几个窝之外,一只黑色母猫虚弱地抬起头来:"我喉咙痛。"

紫罗兰爪对她眨眨眼睛:"我们这就去拿些水来,可以缓解喉咙痛。"到处躺着呻吟的猫。她在其他窝之间走了一圈,在靠近巢穴后部的一个小窝旁边停下脚步。一名年轻的猫后正蹲伏在窝边,紧张地看着一只在潮湿的凤尾蕨上蠕动的小母猫。

"嗨,草心。"紫罗兰爪温柔地说道,"小蛇怎么样了?"

草心茫然地望着她,眼中有泪光:"一种我从来没见过的病。"

小蛇在呻吟,草心轻轻地用脚掌抚摩她的侧腹。

猫武士

枝爪颤抖起来。这些猫的确病情严重！她突然明白了，是绝望驱使着乌霜将她扣留在了这里。影族迫切需要疗肺草。她浑身涌动着愤怒。要是一星能够看见他的固执造成的痛苦就好了！

她转向紫罗兰爪："你们在哪里浸泡苔藓？"

"长老巢穴旁边有一个水坑。"紫罗兰爪告诉她。

"好的。"枝爪走到巢穴后部，看见了洼光说的那一堆苔藓。她叼起一大卷，走出巢穴。

紫罗兰爪叼上更多的苔藓，跟在她后面。她们从桦爪和狮爪身边走过。两只小猫跟在焦毛和虎心后面，蹦蹦跳跳地跑出营地。紫罗兰爪快步走到前面，带领枝爪走向水坑。水很清澈，在一片洼地里形成一个水坑，四周生长着凤尾蕨。枝爪把苔藓放进去。"我们让每只猫都喝饱后，就可以去给他们收集新的铺草。"她环顾周围，很开心地看到，一个角落里长着很多蕨。

紫罗兰爪对她眨眨眼睛。"你怎么知道该做什么？"她听上去有些佩服。

"我以前经常在巫医巢穴里面消磨时光。"枝爪解释道，"我想，我学会了很多东西。"她俯下身来，从水坑里拖出浸满水的苔藓，然后匆忙跑回巢穴。

紫罗兰爪带着苔藓来到松树鼻的窝边，枝爪则在橡毛身边蹲伏下来。老猫的眼睛闭着。她把浸湿的苔藓推到他脸颊边。"你能舔一点点吗？"她哄劝道。

橡毛嘟囔着，没有睁开眼睛。枝爪用牙齿叼起苔藓，放在老公

雷影交加

猫的嘴唇上方,轻轻挤压,让水流进他的嘴巴。橡毛伸伸脖子,咳嗽起来,随后把水咽了下去。

紫罗兰爪从松树鼻的窝边看着她。"她不肯喝水。"她忧心忡忡地说。

"吞起来痛。"黑色母猫声音嘶哑地说。

"我来试试。"枝爪穿过巢穴,轻轻把紫罗兰爪推到一边,"你能去给杂毛和其他的猫拿些水吗?"

紫罗兰爪连忙点头,向入口走去,中途停下脚步,取走了橡毛窝里的苔藓。

"我知道会痛,但你需要喝水。"枝爪把浸水的苔藓压在猫后嘴边。水滴流进松树鼻嘴里,她眨巴着睁开眼睛,张开嘴唇吞咽,边吞边咳嗽。随后,她缩回嘴巴,完全睁开眼睛。她盯着枝爪。"紫罗兰爪?"她神志不清地说,"是你吗?"

"我是她姐姐。"枝爪轻声告诉她。

"你是狮爪?我的小猫?"松树鼻看起来有些疑惑,她焦急地把目光投向空地,"洼光和桦爪在哪里?我想要你们都到我身边来。"

"洼光在吃东西。"枝爪轻声告诉她。

"桦爪呢?"猫后呆滞的眼神中闪现出恐惧。

"他也是你的孩子吗?"

"是的。"松树鼻虚弱地站起身,"他没事吧?他没有生病,对吗?"

"他很好。"枝爪安慰道,轻轻按着松树鼻,试图让她重新卧下。

"那你呢，狮爪？"松树鼻对她眨眨眼睛，"你生病了吗？"

"没有。"枝爪考虑着要不要告诉松树鼻她不是狮爪。但是，看到松树鼻拼命盯着她看的样子，她犹豫起来。记忆中，以前从没有谁这样看过她。

"我想要见桦爪。"松树鼻粗声说道，"我想要他来这里，和你还有洼光在一起。"

"他出去训练了。"

"但我需要他。"松树鼻的眼里充满绝望。

"我在这里。"枝爪的喉头哽住了。狮爪知道她母亲有多爱她吗？

"松树鼻？"洼光走进巢穴。

松树鼻的眼神柔和下来，仿佛看到她的另一个孩子，痛苦就减轻了。

松树鼻安静地蹲伏下来。枝爪走到一旁。"我们给所有的病猫喝了水。"她告诉洼光，"然后，我们会给他们的窝里铺上新鲜的蕨叶。"

洼光疲惫地对她眨眨眼睛："他们更需要草药。"

"你有吗？"枝爪扫视着巢穴。

洼光对着一堆碎叶点点头。"有艾菊、款冬和琉璃苣。"他疲惫得连说话都含混不清了，"我需要把它们咀嚼成浆，这样他们才能吞咽下去。"

"我可以帮着嚼。"枝爪告诉他。

雷影交加
LEIYINGJIAOJIA

洼光盯着她:"你不是巫医。"

"我以前经常帮松鸦羽和赤杨爪。"枝爪走向草药,"你需要休息。要是你把身体累垮了,就无法帮助你的族猫了。"

洼光的尾巴耷拉下来:"我也许可以闭一会儿眼睛。"他把下巴搭在母亲的窝边上。松树鼻在他旁边放松下来,她呼出的气息吹拂着他的皮毛。

洼光慢慢闭上眼睛,呼吸渐渐匀称下来,进入睡眠状态。枝爪蹲伏在草药上面。她学着以前看见赤杨爪做过的那样,叼起满满一嘴草药,然后开始把它们咀嚼成糊。

紫罗兰爪跑进巢穴,嘴里叼着滴水的苔藓。

枝爪冲着沉睡的巫医点点头,示意紫罗兰爪不要把他惊醒。紫罗兰爪对洼光眨眨眼睛,盯着他,眼神柔和下来。她把潮湿的苔藓放在橡毛旁边,匆忙走到枝爪身旁。"你在做什么?"她低声问。

"洼光休息的时候,我给病猫喂药。"枝爪走向橡毛的窝,把药膏吐在自己脚掌上。当她把药膏涂到病猫嘴唇上的时候,她感觉老猫粗糙的舌头从她脚垫上擦过,舔着草药。"给病猫喂完水后,你能去收集些蕨叶,好给他们的窝里换上干净的铺草吗?"

"当然可以。"紫罗兰爪一头冲出巢穴。

枝爪满心欣慰地看着她离开。紫罗兰爪确实想帮助族猫。尽管她在这里长大,但她并不像桦爪和狮爪。事实上,她似乎根本不像影族猫。

猫武士

枝爪拖着疲惫僵硬的身子，蜷缩到窝里，在紫罗兰爪身边躺下。桦爪和狮爪早已入睡，他们肚皮里填满了病猫吃不了的猎物。紫罗兰爪坐起来，开始清洗自己。

"我太累，不想洗了。"枝爪低声说。

"我想洗掉身上的草药味。"紫罗兰爪边舔边回应。

枝爪已经清理掉脚掌上的药糊，日落的时候，她已经狼吞虎咽地吃了两只地鼠，但嘴巴里面仍然残留着草药的味道。她心里依然很焦急。橡毛病得很重，小蛇也是。其他的猫也在艰难地和疾病做着斗争。要是有一只猫夜里死了怎么办？

至少洼光现在休息好了。她和紫罗兰爪照顾病猫的时候，洼光睡了一整天。最后是松树鼻把洼光叫醒的。她醒了，眼神明亮了一些。当她发现洼光还睡在她窝边时，她忍不住咕噜起来。

看见母猫慈爱的眼神，枝爪心里仿佛扎入了一根刺。

"你认为我们的母亲爱我们，会像松树鼻爱洼光、桦爪和狮爪一样吗？"

紫罗兰爪停止清洗："我从来没想过。"

枝爪皱皱眉头。"为什么不想？"她不知道紫罗兰爪为什么显得如此淡然。

紫罗兰爪放下一直在舔着的脚掌："我一直假设她已经不在了，想她没有任何意义。"

"但你从来都没想念过她吗？"

"我有松树鼻。"

雷影交加

"但松树鼻今天并没有叫你到她身边去。"枝爪柔声指出,"她只叫了自己的孩子。"她盯着紫罗兰爪的眼睛,想看看她有何反应。但是,紫罗兰爪似乎不为所动。枝爪心里泛起一阵同情。从什么时候开始,紫罗兰爪就不再期待被爱了?

"我觉得有松树鼻总比谁都没有要好些。"紫罗兰爪简单地说。

枝爪茫然而难过地望向远方。最起码,她有百合心。那位雷族猫后一直喜爱她,对她也很友善。但是,枝爪一直清楚,她们并不是真正的至亲。"想象一下,如果有一只猫,像松树鼻爱着她的小猫那样爱着我们,那该多好啊。"

"哦,枝爪。" 紫罗兰爪同情地看着她,"你总是想和别的猫亲密相处。"

"难道你不想要?"枝爪困惑地皱皱眉头。

"我可能只是认为那不可能吧。"她用嘴巴蹭着枝爪的脸颊,"但是,我很高兴能有个姐姐。"

枝爪心里暖洋洋的。"我也是。"她迎上紫罗兰爪的目光,"我想,我留在这里,给了我们重新认识彼此的机会。"她凝视着紫罗兰爪,希望妹妹也有同感。

紫罗兰爪的眼神黯淡下来。她咕噜着依偎在枝爪身边:"让我们永远别忘记我们拥有彼此。我们是至亲,这份亲情浓于族猫或者同巢猫之情。我们要永远在一起。没有什么可以改变。"

"你保证?"焦虑感像一根刺,刺得枝爪肚子生疼。

"我保证。"

第二十章

两个日出之后，紫罗兰爪睁开眼，在黑暗中眨眨眼睛。她是被空地中的声音吵醒的。她侧耳倾听，呼出的鼻息温暖着自己的脚掌。

一声低吼吓得她猛然一僵。

怒号在夜晚的空气中回荡，令她猛然抬起头。"枝爪！醒醒！"她用力戳着枝爪。

枝爪扬起口鼻，几乎没有睁开眼睛。"什么事？"她睡眼蒙眬地说，声音含混不清。

"听！"紫罗兰爪竖起耳朵。

"你们不能进这里来！"焦毛的怒吼在巢穴围墙那边响起。

"我们来带我们的族猫回家！"黑莓星的声音盖过了影族武士的怒吼。

枝爪惊得瞪大眼睛："黑莓星！"

桦爪和狮爪在窝里动了动。

"什么声音呀？"桦爪半睡半醒地说。

紫罗兰爪的心猛地一跳。"快！"她用鼻子把枝爪从窝里往外推，"我们躲起来。"

雷影交加

枝爪把爪子深深地插入铺有蕨叶的地面,不让她推:"躲?为什么?他是来救我的。"

紫罗兰爪几乎没听她在说什么:"我们可以在巢穴后面的黑莓下面挖个洞,从排便处通道溜出去。要是我们跑得快,可以藏进森林深处,他们永远也找不到我们!"

枝爪盯着她:"但是,我想被找到。"

紫罗兰爪愣住了。"什么?"她无法理解。枝爪说过想和她在一起。她们谈过要像姐妹那样生活——那比其他任何事情都更重要。你让我相信了你!"你保证过,我们要永远在一起!"

松鼠飞的咆哮在外面响起:"我们不会走的,除非你们把她交还给我们。"

"出去!"曙皮愤怒地用力嘶吼道。

"把枝爪还给我们!"

狮焰!紫罗兰爪听出了雷族公猫的声音,大吃一惊。雷族派出了最强壮的武士。她恐慌起来。"快和我躲起来!"她恳求道。

枝爪盯着她,目光中闪烁出愧疚。"我不能躲。"她说道,"我必须回到我的族群。"

桦爪猛地转过头来,怒视着枝爪:"你哪里都不能去!"他嘶叫着从窝里跳出,狠狠向她撞去。

"不要!"紫罗兰爪惊恐地喊道,"别伤害她!"

米黄色公猫已经把枝爪撞到地上,紧紧压在那里。

紫罗兰爪低吼一声,将牙齿插入他的后颈,将他拖开。

枝爪爬起来，冲出巢穴。

桦爪龇牙咧嘴地转向紫罗兰爪。

狮爪从窝里跳出来："怎么回事呀？"

"雷族来要带走枝爪！"不等同巢猫动作，紫罗兰爪从他们身边挤过，跟着枝爪跑出巢穴。

雷族猫聚集在营地入口，他们身上的毛都竖立着。紫罗兰爪认出了黑莓星、松鼠飞、狮焰、云尾和梅花落。他们的眼睛在月光下闪闪发光。他们飞快地瞥了她一眼，又把目光转向其他影族猫。他们还记得她吗？她曾是他们中的一员。

"枝爪！"看见姐姐跑向他们，紫罗兰爪的心在胸膛里抽搐了一下。

涟尾猛扑向她，但枝爪灵巧地躲开他，之字形闪过了雀尾和雾云。焦毛和尖毛弓着背，面对着雷族武士。她低头从他们身边跑过。

紫罗兰爪沮丧地看到，枝爪冲向松鼠飞，紧贴在她身旁。"你不能离开！"她哀号道。

枝爪从族猫中间看着她："我不能留下。"

为什么不能？紫罗兰爪怒不可遏。如果枝爪只想离开，为何还要乞求和她在一起？她颈毛竖着走上前，和焦毛、雾云、雀尾还有涟尾站成一列。狮爪和桦爪冲过来，加入他们的行列。

虎心大步从阴影中走出，面对着雷族猫："难道你们真的认为，我们会不打一仗，就让你们把她带走？"

黑莓星的眼中闪烁着轻蔑："战斗不会持续太久。"

紫罗兰爪颤抖起来。他说得对。许多影族猫生病了，还有很多年轻猫加入了泼皮猫。影族武士在自己营地里寡不敌众。

"让他们走。"乌霜步伐沉重地从巢穴里面走出来，声音沙哑地说。他从族猫们中间挤过，面对着黑莓星："你可以把她带走。"

焦毛盯着影族副族长，他的毛竖立起来："你在做什么呀！"

"我们已经扣留雷族学徒太长时间，"乌霜咆哮道，"一开始似乎是个好主意，但现在看来是错的。这里爆发了疾病。我们应该在她也染病之前让她回去。枝爪为什么要因为我们而受苦？"

"她没有受苦！"紫罗兰爪绝望地哭喊道。

焦毛没有理会她。他对乌霜咆哮道："我们还有别的办法拿到疗肺草吗？"

尖毛站到同巢猫旁边："我们的族猫快死了！"

"雷族知道这些，"乌霜看着深棕色公猫，"风族也知道。要是他们想让无辜的猫死去，就让星族判决他们，而不是我们。影族猫是真正的武士。"他把谴责的目光转向黑莓星。

黑莓星愧疚地睁圆了眼睛。"我们试过了。"他说道，"我们派遣叶池和赤杨爪去恳求一星，但是一星决意要让你们受苦。"

乌霜龇出牙齿："而你并不打算阻止他？"

迟疑令黑莓星的目光黯淡下来，他瞥了松鼠飞一眼。他的武士们在他身边不安地移动着脚步。"我们走吧。"他最后说道。

紫罗兰爪无助地盯着枝爪。我们对你很友好！你帮助过洼光！姐姐现在肯定感觉和影族有了某种不可分割的联系吧？"你为什么

不能留在这里？"她哀怨地说道。

枝爪看上去有些困惑："雷族是我的族群。"

但我是你的至亲！看着雷族猫从通道里退回去，紫罗兰爪的心里像是有一块沉重的石头坠落。她眼睁睁地看着阴影将枝爪吞没。她走了。

虎心转身面对着乌霜，眼中闪着怒火："你怎么能那样做？"

尖毛用力甩动着尾巴："你让我们失去了唯一的希望。"

乌霜眼神阴郁地盯着他们："我不能再让一只年轻猫冒生命危险。要是她在这里生病死了，怎么办？"

"那正好可以让雷族体会到我们的痛苦！"尖毛没好气地说。

"我们应该打一仗，把她留下！"焦毛伏下耳朵，面对着他。

"打一仗也阻止不了他们。"乌霜疲惫地说道，"即使我们强行把枝爪留下，你真以为雷族会让一星改变主意吗？"

尖毛缩起嘴唇，咬牙切齿地说："你是个懦夫！"

焦毛挺起胸膛："花楸星绝对不会让她走。"

"花楸星也许活不过这场疾病了。"乌霜沉痛地提醒他。

"他有九条命。"焦毛反驳道。

"他正在一条一条地失去它们。"

乌霜的话让紫罗兰爪大吃一惊。这是真的吗？难道族长的命真的在溜走？

尖毛把口鼻猛地凑到乌霜面前。"我们还是希望他别死吧，"他嘶吼道，"因为你不配当族长。"

雷影交加

曙皮疾步走到乌霜旁边："那不是真的。"

褐皮走过去："乌霜做出了正确的决定。枝爪和病猫在一起的时间太长。她可能也会生病。要是她因为我们死了,星族会怎么想?是一星决意要让我们受苦。你知道这点。把枝爪扣留在这里,改变不了任何事情。"

尖毛咆哮道："我们现在不可能知道结果了。"他转身背对着乌霜,气冲冲地穿过空地。焦毛跟上去,桦爪和狮爪紧跟在他后面。涟尾和雾云紧张地相互看看,也跟着那群不满的猫离去。虎心向阴影中走去,他起伏的皮毛透露出不安。

褐皮对乌霜眨眨眼睛："你做出了正确的决定。"

曙皮把乌霜推向他的巢穴："他们只是有些气愤,仅此而已。到了早上他们就会平静下来的。"

只是有些气愤。紫罗兰爪看着族猫们消失在阴影中,她的心好痛。枝爪走了。她选择了离开。悲伤蒙上紫罗兰爪的眼。我为什么要说服自己相信她是真的爱我?

紫罗兰爪把滴水的苔藓压到杂毛嘴上,就像枝爪教她的那样。新叶季明媚的太阳把巢穴烤得十分闷热。外面,阳光斑驳地洒进空地里。

枝爪离开之后,紫罗兰爪无法回去睡觉,于是去帮助洼光。这里的疾病气味至少可以阻隔枝爪残留下的气味。

杂毛粗重地喘息着,一阵痉挛令她咳嗽连连地推开了苔藓。这

只老母猫在窝里虚弱地抽搐着,无力抵抗骤发的疾病。紫罗兰爪满心恐惧。"洼光!"她猛地扬起口鼻面向巫医。洼光正俯身查看小蛇,温柔地把绿色药糊涂在她嘴巴周围。

听到紫罗兰爪的叫声,他猛然回身,将目光落到仍在巢穴里抽搐不休的杂毛身上。咳嗽已经化成了剧烈的喘息,她似乎全身只剩下皮毛和骨头,在烈风的吹拂下瑟瑟发抖。"拿些百里香来!"洼光命令道。

紫罗兰爪盯着他:"我不知道它长什么样!"

"木质茎秆,小叶子——"看到杂毛瘫软下来,洼光突然打住话头。

紫罗兰爪吓得呆在那里:"我去找。"

"不用了。"洼光的声音中满是落寞。他盯着那只老母猫,眼眶湿润了。

"她死了吗?"紫罗兰爪感到一阵寒意。杂毛静静地躺着,好像在睡觉。"也许疾病已经消失了,她只是在休息。"杂毛不可能就这样死了!

洼光轻轻地用脚掌抚过杂毛的侧腹:"她现在和星族在一起。"

"不!"紫罗兰爪突然看清了死亡的寂静,吓得毛发直立。杂毛一动不动,看上去和猎物一样。她崩溃了,冲向入口,穿过空地,毫不理会族猫们惊奇的目光。

"你到哪里去?"曙皮的声音在空地上空回荡。

紫罗兰爪没有回答。她冲进入口通道,奔出营地。她大口呼吸

雷影交加

着外面含着松树气味的空气，竭力驱散心里一波又一波的悲伤。她的族猫正在死去。枝爪走了。族群里没有能和她交谈的猫，和真正能交心的猫。一时间，她好想知道松针尾在哪里。松针尾知道了会说什么。松针尾会满不在乎地甩甩尾巴，告诉紫罗兰爪不用担心。她会说，在星族狩猎地温暖的阳光下躺着，比在闷热的窝里咳嗽好得多，杂毛会更开心。松针尾还会告诉她说，她不需要枝爪，因为有她松针尾。

我应该留在她身边的。重新加入影族后，紫罗兰爪努力让自己不去想念朋友，不去担心松针尾和泼皮猫相处得如何，只把思想专注于现在。她曾努力地把族猫放在第一位。但此刻，一阵悲痛袭来，紫罗兰爪突然意识到，松针尾从来没有抛弃过她。她离开的时候，带上了自己。是我抛弃了她。紫罗兰爪愧疚难当。

她向远处跑去。

"你到哪里去？"曙皮走出营地，在她身后喊着。

紫罗兰爪回头看去。"杂毛死了。"她直言不讳地说，"我需要呼吸新鲜空气。"

曙皮震惊地盯着她："她死了？"

"是的。"紫罗兰爪转身向树林中走去。奶油色母猫匆忙返回营地，她听见曙皮的皮毛从黑莓上刷过的声音。

紫罗兰爪拖着沉重的脚步继续走着，阳光照耀着的森林地面很温暖，阴影盘踞之处却很寒冷。她把所有思绪从脑海中赶走之后，发觉自己正在走向她的旧营地——泼皮猫占据的地盘。难道我想见

到松针尾？紫罗兰爪迟疑不决。她想让松针尾安慰她，就像她小时候那样。但是她知道，如果再次相遇，松针尾不大可能友善地对待她。

正当紫罗兰爪后悔不迭时，她听见了熟悉的声音。

"好啊，好啊。"松针尾从一棵松树后面滑出，挡住她的去路，"看谁在这里。"

紫罗兰爪的心怦怦直跳。"松针尾！"老朋友的皮毛看起来很有光泽，肩膀上肌肉起伏。紫罗兰爪突然咕噜起来。

松针尾皱皱眉头，回头看去。雨跟着她，停在她旁边。他受伤的眼睛不见了，曾经是眼睛的地方已被苍白的毛覆盖。他剩下的那只眼睛冷冷地看着紫罗兰爪。

紫罗兰爪感到一股寒意盘踞在腹部。松针尾看见我好像并不开心。"对不起，我就那样离开了。"她急忙说道，"我只是不知道还有什么别的选择。"

松针尾眯起眼睛："所以，你就在夜里逃跑了。"

"我没有逃跑。"紫罗兰爪强忍住心里的内疚，"我只感觉我不再属于那里了。"

松针尾眼中透出的是受伤的神情吗？紫罗兰爪探身靠近。"我真的很抱歉。我应该先告诉你。但是……"她瞥向雨，声音慢慢变小。松针尾和雨现在是伴侣了吗？也许她选择离开的时间正好。也许松针尾的生活中再也没有容纳朋友的空间。

她意识到松针尾正盯着她，松针尾那双绿眼睛中闪着恶意。现

雷影交加

在,那双眼睛里已没有伤痛,只剩威胁。紫罗兰爪退后一步。"其他猫怎——么样?"她紧张地问。

"你在乎什么呢?"松针尾嘶叫道,"你现在是影族的猫。你去了那里,对吗?"她嗅着紫罗兰爪的皮毛:"你闻起来就像是族群猫。"

紫罗兰爪突然感觉自己非常渺小。

"你为什么回来?"松针尾的问题听起来更像是指控。

紫罗兰爪再次瞥了一眼雨,盯着他失去的那只眼睛。

雨戏谑地抽动着胡须:"我想,她是害怕有谁会毁了她那漂亮的脸蛋。"

"懦夫,嗯?"松针尾向前逼近。

紫罗兰爪直往后缩。"我属于族群。"她轻声说道。

"叛徒!"松针尾伏下耳朵。

你才背叛了你的族群!紫罗兰爪真希望自己有勇气说出来。松针尾出生于影族,他们是她的手足。他们只是因为预言才接纳我的。但是,雨和松针尾都恶狠狠地盯着她。

"每只猫都得找到自己的路。"

松针尾哼了一声:"你的语气甚至都像族群猫!"

"那是我的归属。"紫罗兰爪决定表现出勇敢的样子,尽管她吓得心跳飞快。

松针尾往后退去,她眼里闪出微光:"所以,你就让我独自醒来,不知道你去了哪里!"

自己迟疑了。那是悲伤！这只皮毛光滑的银色母猫真的在为紫罗兰爪的离开难过吗？"我不能留在那里了。"她无助地说。

松针尾龇出牙齿："我们现在可以把你带回去。我确信暗尾会很高兴重新得到这只与众不同的族群猫。"

"我不想回泼皮猫那里！"紫罗兰爪努力不让自己发抖。

"谁说你有机会选择？"松针尾嘶叫道。

紫罗兰爪恳求地盯着她："对不起，松针尾，我只想回家。"

松针尾瞥了一眼雨。"你觉得怎样？"她问，"我们应该把她带回营地吗？"

雨面无表情地盯着紫罗兰爪。

紫罗兰爪的呼吸卡在了嗓子眼儿里。她环顾森林，寻找着逃跑的机会。也许她能够冲进小沟那边的黑莓丛，在纷乱的树枝间摆脱他们；或者她可以沿来路返回，她身轻体健，也许跑得过他们。

"怎么样？"松针尾追问道，"我们要带走她吗？"

"不。"

雨的声音像冷风吹过。当他继续说下去时，紫罗兰爪慢慢呼出一口气。

"我们不要那些不想要我们的猫。再说，她太弱，"雨哼了一声，"她耳朵后面还有小猫的绒毛。"

当紫罗兰爪的肩膀放松下来时，雨紧盯着她："但是，我确信我们还会再见。"

恐惧刺痛了她的肚皮。当雨和松针尾大步走开时，紫罗兰爪意

识到自己在颤抖。她退后一步,转身冲向营地。

　　太阳已经西沉,潮湿的空气慢慢笼罩了大地。紫罗兰爪蹲在营地边上,身边有只吃了一半的老鼠。她的族猫们正绕着躺在空地中央的遗体沉默地走动。杂毛已被从巢穴里抬出来放在那里,她的脚掌整整齐齐地缩在身下。褐皮和曙皮抚平了她的皮毛,雾云、雀尾和鼠痕采集了松果和早生的报春花,放在她的遗体周围。现在,他们坐在暮色里,准备开始守灵。

　　紫罗兰爪看着他们。她的思绪很混乱。枝爪已经离开;杂毛死了;松针尾不再是她的朋友。在我那样离开她之后,我还能指望她仍是朋友吗?她无法忘记松针尾说起她醒来发现自己不见的时候,眼中一闪而过的痛苦神色。

　　乌霜从他的巢穴走出,像长老一般动作僵硬地走着。他的皮毛没有梳理,凌乱不堪。紫罗兰爪心神不定地坐起来。他只是在哀悼吗?或者有其他什么不好的事情?他停在杂毛的遗体旁边,一甩尾巴,示意族猫们靠近。

　　紫罗兰爪穿过空地,停在狮爪和桦爪身边。洼光从杂毛遗体的另一边对她眨眨眼睛。焦毛和尖毛坐在一起,他们的目光黯淡。

　　"在我出生前很久,杂毛就已是忠诚的影族猫。"乌霜的声音沙哑,"她一生忠诚善良;她和我们并肩作战,抵御黑森林猫;每次战斗,她都站在最前线,像保卫自己的孩子一样保卫族猫。"

　　影族副族长继续说着。尖毛眯起眼睛,仿佛看着猎物那样看

着他。

"星族会欢迎她的,那里有她的很多朋友,还有幼崽小露珠。无穷无尽的狩猎时光正等待着她。"他垂下头,"我们会永远铭记她!"

鼠痕俯下身,用牙齿叼起一枝报春花,把它放在杂毛的遗体上面。杂毛存活着的孩子雾云和雀尾俯下身去,用鼻子最后一次触碰她的皮毛。当鼠痕在老朋友身边蹲伏下来时,乌霜咳嗽起来。

他的族猫转过身,看着乌霜瘫倒在地,身体抽搐。他刺耳的咳嗽声在夜空中回荡。紫罗兰爪僵在那里。她第一次看见,乌霜的眼神因高烧而木然。当洼光匆忙赶到副族长身边时,恐惧刺穿了她的胸膛。

"拿艾菊来!"洼光大声喊道。

没有一只猫动。

影族副族长也病了。已经没有猫能领导他们了。

紫罗兰爪吓得浑身无力。难道疾病真的要毁灭影族吗?

第二十一章

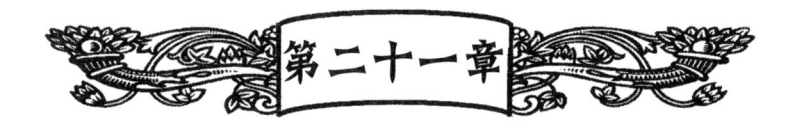

赤杨爪停在通往月亮池的最后一个石头斜坡上,大口喘着气。他的爪垫因攀登而感到火烧火燎。叶池在前头带路,松鸦羽就跟在他后面。

"快点。"盲眼巫医嘟囔着,"月亮不会整晚都在。"

赤杨爪仍在迟疑。一名武士正站在山谷边上,俯视着他们。赤杨爪分辨不出那是谁,但是他捕捉到了风族的气味。"看起来,隼飞又带了一名护卫。"他告诉松鸦羽。

"那是兔泉。"松鸦羽从赤杨爪旁边挤过去。

"你怎么知道?"赤杨爪跟在他后面继续攀爬。

"我这一路都在闻着他的气味。"松鸦羽气喘吁吁地说,"不知道这次隼飞为什么只带了一名武士来。"

"也许一星认为他的副族长可以顶两名普通武士。"赤杨爪猜测道。

"也许。"松鸦羽的语气有些怀疑。他爬上坡顶,对兔泉点点头,从他身旁走过。

赤杨爪跟过去,紧张地瞥了一眼面无表情地注视着他们的风族

副族长。上次和叶池造访风族营地后,他不再相信任何一只风族猫,他猜想他们都和一星一样偏执易怒。

他走下坑坑洼洼的石头小径。月亮池在山谷底部闪闪发光。烈风自两侧环绕的山崖席卷而下,阵阵涟漪刮过半月的倒影。风吹拂着赤杨爪的皮毛,但他不感觉寒冷。新叶季最终使秃叶季松开了它冷酷的魔爪,晚风中已经有芳香的气息。

柳光正坐在蛾翅和洼光身边,但影族巫医一看见叶池,就匆忙迎上前来。

"枝爪好吗?"叶池刚走到水潭边,他就问。

"她很好。"叶池礼貌地点头回答。

自从雷族巡逻队带她回家之后,枝爪一直很安静,但她常常心不在焉。当赤杨爪询问她在影族过得如何时,她告诉他说他们对她很好,但她很高兴不用再住在那样混乱无序的族群里了。她说这话时神色哀伤,而当他追问时,她承认尽管她不愿留在影族,却还是希望仍能和紫罗兰爪待在一起。

"有至亲在身旁的感觉真好。"她喃喃说道。

赤杨爪曾用鼻子蹭蹭她的脸颊,希望能够说些什么话安慰她。

此刻,在山谷中,洼光眼里闪烁着感激:"枝爪真令我惊讶。"

赤杨爪走到水潭边,对他眨眨眼睛。枝爪做了什么让这名巫医如此印象深刻?"惊讶?"

"她帮我照顾病猫。"洼光解释道,"她知道用什么草药,也知道怎样让病情最严重的猫吞咽草药。"

雷影交加
LEIYINGJIAOJIA

松鸦羽嘟囔道:"看来,她在我身边碍手碍脚的那段时间并不是完全没用。"

赤杨爪没理会这名脾气乖戾的巫医,享受着这骄傲之情温暖内腑的一刻:"枝爪一向乐于帮忙。"

叶池焦虑地倾身问道:"病猫们怎么样?"

洼光眼中的神采黯淡下来。赤杨爪突然注意到,他看起来是那么疲惫,他毛色黯然,也没梳理,尾巴耷拉着。"几天前,杂毛死了。"他说道。

隼飞不安地挪动着脚掌,回避影族巫医的眼神。这次会面前,他就已经得知杂毛的死讯了吗?他认为自己应该对此负责吗?

洼光继续说着。"没有一只猫有好转的迹象。小蛇只剩皮包骨头,花楸星的生命正在消逝。"他压低声音,看了一眼站在山谷顶上的兔泉,"现在,乌霜也已病倒。"

赤杨爪看见,叶池和隼飞忧心忡忡地交换着眼色。他的心猛地跳了一下。影族现在群猫无首。他们会比以往任何时候都更脆弱。

蛾翅走上前来:"我们已经在河族领地上遍寻疗肺草,但没发现任何符合你描述的草药。"

柳光竖起耳朵:"我们在想,也许桦树汁会有用。河边有一棵小树,树皮很软,可以划开。要是你喜欢,我们可以收集些树汁带给你。在病猫无法吃东西的时候,它的糖分可以给他们补充能量。"

松鸦羽好奇地歪着头问:"桦树汁?它能治愈咳嗽吗?"

"我们还不知道,我们也刚刚发现它。"柳光告诉他,"但它

没有害处。在一星改变主意之前，值得一试。"

赤杨爪肚皮一抽。根据他对风族族长的了解，一星绝对不会改变主意。他的思绪加快。要是他不改变主意，有多少影族猫会死？能有几只猫幸存下来？他义愤填膺："为什么族群不能联合起来，强迫一星把草药给影族？"

隼飞的皮毛不安地起伏着。

叶池茫然地望着赤杨爪，显然对他声音中透出的愤怒感到惊讶。

洼光抽动着耳朵："要是那么简单就好了。"

"本来就是那么简单！"赤杨爪毛发倒竖，"我们需要团结起来反对一星。"

叶池的尾巴从石头上扫过："你说得对，赤杨爪。但是，我们需要得到族长的支持。我不确信他们是否准备为此而战。"

赤杨爪咆哮起来："他们应该这样做！难道他们不在意影族就要灭亡吗？不是所有猫的生命都很重要吗？"

隼飞瞥了一眼兔泉，他向身边的武士点点头。后者转身消失在山脊那边。"我想，我有一个更和平的解决方案。"

巫医们都把头转向他。

赤杨爪的心跳到嗓子眼儿里："什么方案？"

隼飞走向水潭："在告诉你们之前，我必须先和星族分享。我必须确认我想做的事情是正确的。"

赤杨爪看见风族巫医蹲伏到水潭边上，用鼻子触碰水面。好奇心啃噬着他的肚子。"你知道他是什么意思吗？"他对叶池眨眨

眼睛。

"让我们都和星族沟通吧。"她轻声说,"然后,他会告诉我们的。"

赤杨爪跟随着叶池,巫医们绕着水潭散开。蛾翅趴在水边等待着。赤杨爪闭上眼睛,蹲伏下来,用鼻子触碰水面。

阳光普照的草地在他面前绵延开去,和煦的微风吹拂着他的皮毛,脚下的石头变成了柔软的草地,青草随风搔弄着他的皮毛。

一只宽脸的灰毛母猫向他走来,星光在她浓密的长毛中闪耀。她正咕噜着走近。赤杨爪低下头去,思考着她是谁。

"我是黄牙。"她停在他面前。

黄牙。赤杨爪听过这只勇敢的母猫为了拯救族群而杀死自己亲生儿子的故事。他对她眨眨眼睛,心跳加快。"你是来告诉我,枝爪和紫罗兰爪是否就是我们'在暗影中的所得'吗?"每个半月他来到池边时,同一个问题都无休止地燃烧着他的思绪。

黄牙逗趣地抽动着胡须:"你可曾想过,自行寻找答案也可能是预言的一部分?"

赤杨爪急切地倾身向前:"你的意思是她们就是吗?"

黄牙目光镇定地看着他:"我的意思是我不会回答你。"

赤杨爪皱皱眉头,挫败感刺痛着他的皮毛。

黄牙的咕噜声更大了。"我已经忘记了,年轻猫都很缺乏耐心。"她绕着他转圈,用她浓密的尾巴从他侧腹上扫过,"我来这里只是为了表扬你直抒己见。"

"什么时候？"赤杨爪困惑地看着她。

"就是刚才，和其他巫医在一起的时候。"她站定下来，"当初，我曾怀疑你是否拥有成为巫医应有的素质，但现在我已看出，你愿意说出你相信正确的事情。我也开始相信，星族终究做出了正确的选择。"

终究？赤杨爪皱了皱眉头："难道你没有选择我吗？"

"星族并不总是意见相同。"

赤杨爪想起许多无梦的月夜："有时候，你们根本不说话。"

"你更愿意我们指引你迈出每一步吗？"黄牙歪了歪头，"难道你不愿意自己走出一条路来吗？"

"我想是吧。"赤杨爪探头从她身边看过去，想知道有没有其他星族猫也来了，"但是有些路难以独自行走，而有些路我们根本看不到。"他想起那个失踪的族群："你们从没有提及过天族。你们知道他们在哪里吗？"

黄牙对他眨眨眼睛，眼神中没有透露出任何信息。赤杨爪不耐烦地伸缩着爪子。"那影族又是什么情况？"他想起了一星、影族以及垂死的猫，"为什么只告诉洼光在哪里可以找到疗肺草，却不告诉一星让他去采集？"

"有猫能从这件事中得到教训吗？"黄牙开始淡去。在灿烂的阳光下，她的皮毛慢慢地透明起来。

"别走！"赤杨爪想问她如何做才能挽救影族，但黄牙的身影渐渐消失在草地上方微亮的暖雾中。

雷影交加

"说出你所相信的事。"她的声音也消失在微风之中。

赤杨爪睁开眼睛,眨着眼适应山谷的阴暗。其他猫都站了起来。叶池蓬松起皮毛,抵御夜风。"你和星族沟通过了吗?"她问他。

"黄牙让我说出自己相信正确的事情。"赤杨爪低声说道。

叶池瞥了一眼松鸦羽,目光中闪耀出戏谑的意味:"在巫医巢穴里,这么干结果不会太好。"

隼飞甩动着尾巴,满眼兴奋的神色。"我和他们说了!"他说道,"我知道该怎么做了。跟我来!"他跃上通往谷缘的坑洼小路:"兔泉!没有问题。星族说没问题!"

赤杨爪被吓了一跳,连忙去追风族巫医:"什么没问题?"

蛾翅、柳光、松鸦羽和叶池跟上来。

洼光疾步跟上大家:"发生什么事情了?"

隼飞已经跟在兔泉后面,从陡峭的岩石坡上往下跑。风族猫的毛都立着,赤杨爪闻到了恐惧的气味。他们害怕了!害怕什么呢?他的心跳因焦虑而加快,跟着他们颠簸起伏地飞跑,直到抵达溪流的平坦处才缓了口气。

"是兔泉的主意。"当他追赶上风族巫医时,隼飞告诉他,"他坚持今晚要独自陪同我,然后在路上把这个想法告诉了我。我不敢决定,所以必须征求星族的意见。"

赤杨爪满脑子问号。隼飞在说些什么呀?

风族巫医回头看着其他巫医。"快点!"他甩动尾巴向他们示意,然后匆忙去追兔泉。

"我们要去哪里？"赤杨爪冲去追上风族猫，气喘吁吁地问。

"去荒野。"隼飞冲着被山石楠覆盖绵延到溪流的斜坡点点头。兔泉已经越过边界，进入风族领地。

隼飞跟着他跑去。赤杨爪在气味线边犹豫着："一星不会愿意我们出现在他的领地上的。"

叶池和洼光追上来，困惑地对隼飞和兔泉眨着眼睛。风族猫已经停下来，正期待地凝视着他们。

"跟我来！"风把兔泉的喊声刮向他们，"但要快！我们必须快点。"

"我们带你们去疗肺草生长的地方。"隼飞告诉他们，"你们想要多少就采集多少。"

"一星怎么办？"赤杨爪盯着他。

"一星不知道。"兔泉不耐烦地晃动着尾巴，"他不会知道的。他不该让猫死亡。伤害我们的是泼皮猫，不是影族。影族不应该为其他猫的残忍付出代价。"

松鸦羽、蛾翅和柳光到达边界。

"怎么回事？"松鸦羽喘息着。

"兔泉和隼飞要让我们采集疗肺草。是兔泉的主意。"赤杨爪对风族副族长点点头，非常钦佩他对外族猫的同情心和责任感。他兴奋得毛发直立。但是，望着被石楠覆盖的斜坡，他又恐惧得心里发慌。要是风族巡逻队发现了怎么办？他把这个念头抛开。谁在意呢？影族需要草药，而且星族也已允许。

雷影交加

洼光已经冲过气味线,紧跟着兔泉在石楠中迂回前进。

赤杨爪匆忙跟上他们,隼飞和他并肩前进:"那里远吗?"

"翻过下一个斜坡就到了。"隼飞咕噜道。

赤杨爪抵达雷族营地时,黎明前的冷风在森林里呼呼地刮,寒意渗进他的骨髓。叶池带着她采集的疗肺草走向巫医巢穴。离开的时候,她点头向赤杨爪道了声晚安。

松鸦羽在空荡荡的空地里停下脚步。四周阴暗的巢穴里面传来轻柔的鼾声。

"洼光还要忙一晚上。"他小声对赤杨爪说。

"真希望我能和他一起去,帮助他给病猫喂药。"赤杨爪心疼起来,同时又希望洼光采集的草药还来得及挽救他的族猫。

"今晚我们已经够鬼祟的了。"松鸦羽喃喃说道。

"但愿兔泉和隼飞不会有麻烦。"赤杨爪蓬松起皮毛,抵御着寒风。

"希望一星不会发现。"松鸦羽说道,"但他要是发现了之后还去攻击他的副族长和巫医,那他就太鼠脑子了。他需要他们的支持,尤其在他对族猫和对我们同样不可理喻的情况下。"

赤杨爪回想起风族武士看着他们的族长对叶池发怒时的恐惧眼神。"最起码,今晚我们可能已经挽救了一些生命。"

"而且我们也有了库存草药,以防这种疾病蔓延到我们森林。"松鸦羽挪动着脚步。

猫武士

赤杨爪强忍住才没颤抖起来。他只想一头栽进他温暖的窝。但松鸦羽似乎有什么心事,所以他在一片漆黑的空地里等着,直到雷族的巫医终于开口。

"干得好,今晚直抒己见。"他的蓝色盲眼在月光中闪烁,"还在想你什么时候才能找回你的舌头呢。"

"我以前也曾——"

松鸦羽打断他:"顶撞像我这样的老猫,和坚持正确意见不是一回事。我为你自豪。"

赤杨爪眨眨眼睛,怀疑松鸦羽的话是他想象出来的。也许他已经回到自己窝里,也许这是一场梦。

松鸦羽转身走向他的巢穴:"我想,你已经准备好,可以成为正式巫医了。"

赤杨爪目送他离开,惊得说不出话来。这是真的吗?我很快就能获得正式巫医的名号了吗?赤杨斑、赤杨叶还是赤杨焰?他向学徒巢穴走去的时候,这些可能的名字从他脑海中掠过。突然间,他几乎感觉不到冷了。他想象着其他巫医欢呼他的新名字的情景,温暖渗透全身。他曾为自己是唯一的巫医学徒而感到不自在,在洼光只经过短短两个月的训练就被正式命名的时候尤其如此。他开心地钻进巢穴,爬进窝里。也许,我最终会成为一名伟大的巫医。

第二十二章

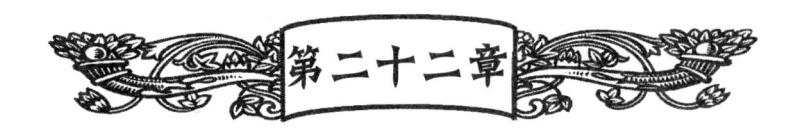

紫罗兰爪又从麻雀身上撕了一小口肉，把它放在雪鸟的窝边上。白色母猫恢复得很好。自洼光从半月集会带着疗肺草回营地以来，肆虐影族的疫情已经慢慢缓解。但是，死亡的恶臭依然在影族营地里挥之不去。杂毛死后的那天晚上，黄蜂尾也死了。更麻烦的是，乌霜病情太重，对草药没有反应，几天后也死了。影族失去了副族长。

雪鸟俯下身来，舔起那块麻雀肉。紫罗兰爪瞥了一眼曙皮。她的老师正在轻轻地清洗着橡毛的皮毛，眼神空洞。对曙皮来说，滑须和杜松掌加入泼皮猫已经够让她难受的了，伴侣乌霜的死对她更是毁灭性的打击。可是，曙皮一如既往地履行着自己的职责，毫无怨言。紫罗兰爪希望其他一些族猫也能这样做。自从杂毛死后，雾云和雀尾几乎不再狩猎。紫罗兰爪曾听到他们抱怨乌霜，甚至在他弥留之际，责备他让枝爪走了。扣留枝爪会让他们更有机会说服雷族帮忙，那样他们也许就能更快拿到草药，不会失去副族长。

鼠脑子！紫罗兰爪再撕下一块麻雀肉，放在雪鸟面前。无须扣押别族的猫，洼光还是设法拿到了草药。

蓍叶在她窝里轻轻打着鼾。洼光俯到松树鼻身上，听着她的呼

吸,他的耳朵贴在母亲的肋骨上。雪鸟、橡毛、蓍叶和松树鼻是最后四只从疾病中恢复的猫。再过几天,他们就都能恢复健康。然后,巢穴会被清理干净,重新做窝。黑莓洞穴将重新成为武士巢穴,而花楸星已经恢复得足以履行族长职责。紫罗兰爪希望影族能重新变得井然有序起来。花楸星依然虚弱,不过,他已经任命虎心为新的副族长,并命名了涡爪、蛇爪和花爪三名学徒。育婴室现在空着,草心已重新开始履行武士职责。

洼光使用疗肺草之后,蛇爪很快从疾病中康复。此刻,紫罗兰爪瞥见那只蜂蜜色虎斑猫正躺在空地旁边一束阳光下,涡爪和花爪在她旁边的深草丛里面练习追踪技术。

"她们怎么样?"焦毛急切的询问把紫罗兰爪吓得蹦了起来。她转过身,看见这只深灰色公猫大摇大摆地走进巢穴,眼神有些不悦。他肯定是来探望雪鸟和蓍叶的。

洼光转身面对着这只公猫。"雪鸟的呼吸已经好多了。"他汇报道,"如果感觉休息好了,蓍叶就能离开窝了。"

蓍叶睁开眼睛。"嗨,焦毛。"她虚弱地和父亲打着招呼。

焦毛怒视着洼光:"她好像并没有好多少。"

"她只是累了。好好睡一觉就——"

焦毛没让巫医把话说完:"要是花楸星动作再快点,她就不会生病;要是乌霜没有释放我们的俘虏,她就可以快点得到疗肺草。"

洼光对公猫眨眨眼睛:"不是那样的。黑莓星说过,在知道我们扣留枝爪的情况下,一星仍然拒绝合作。"

雷影交加
LEIYINGJIAOJIA

"黑莓星为什么要告诉我们真相?我们扣留着他的学徒。"焦毛对他怒吼道。

雪鸟又咽了一小口麻雀:"对他宽容些吧,焦毛。洼光是正在挽救生命的猫。要是没有他,还有更多的猫会死。"

焦毛嘟囔道:"要是我们有更强壮的族长,就没有猫会死。"

紫罗兰爪眯上眼睛。营地里还有哪只猫比花楸星和乌霜更强壮呢?这只公猫似乎在找碴儿,也许他希望能够取代虎心成为副族长。他在表达他的不满。

狮爪打断了她的思绪。这只年轻母猫的脑袋从巢穴入口处探入。"松树鼻怎么样?"她担忧地对母亲眨眨眼睛。

洼光走向同窝手足:"她今天好多了。"

尖毛的声音在外面响起:"狮爪,要是你不去缠着她,她会好得更快。"

"我没有缠——"

"尖毛!"松树鼻急切地呼唤伴侣。

那只公猫从狮爪旁边挤过,走向她的窝:"洼光把你照顾得好吗?"

"当然,"她的目光瞟向洼光,"我真为他自豪。实际上,他几乎是靠一己之力挽救了影族。"

狮爪在入口那里生闷气。"要是他早点告诉我们他要去采疗肺草就好了。桦爪和我就会去帮忙。"狮爪声音中是不是流露了妒忌?

"当时没有时间寻求帮助。"洼光告诉同窝手足,"要是我那

晚没采集到,我就永远采不到了。"

"是什么让一星改变了主意?"焦毛看着洼光,眼神中有些怀疑。

"也许星族给他传递了信息。"洼光含糊地回答说。他没有确切地告诉任何一只猫,他是如何拿到疗肺草的。显然,他现在也不打算分享任何信息。

焦毛嘟囔着大步走出巢穴。尖毛亲切地用嘴巴蹭蹭松树鼻的头,然后跟着他走了。

曙皮对紫罗兰爪眨眨眼睛:"你肯定饿了。"天一亮,她们就一直在帮助洼光照顾病猫。"我们去看看新鲜猎物堆里还剩下些什么。"

紫罗兰爪把麻雀留在雪鸟旁边,对洼光点点头:"要我给你带些吃的吗?"

洼光摇摇头:"忙完这里的事情后,我自己去拿。"

巫医看起来比以前更加消瘦。曙皮肯定也注意到了。

"你需要照顾好自己。"奶油色母猫告诫他说,"要是你也累垮了,就再没有其他猫可以照顾族群了。"

洼光向她点点头。"我很快就忙完了。"他保证道。

紫罗兰爪跟着曙皮走向新鲜猎物堆。昨天的捕获物只剩下一只田鼠和一只蜥蜴。

曙皮环顾着营地:"狩猎队还没出发吗?"早晨的太阳已经升过树梢,雾云和雀尾坐在那块平坦的岩石旁边,眼睛半闭着;焦毛

和尖毛在空地另一端窃窃私语。

褐皮正期待地看着花楸星的巢穴。影族族长还没起来吗？虎心在哪里？

击石走向曙皮，咕噜着向母亲打招呼。"希望虎心快点组织狩猎队。"他瞥了一眼田鼠和蜥蜴，"我渴望吃新鲜的猎物。"

曙皮把那只已不新鲜的田鼠扔给紫罗兰爪，把蜥蜴拖到面前："虎心为什么还没组织狩猎队？"

"花楸星把他叫进他巢穴去了。"击石告诉她，"也许他们在决定谁适合狩猎。"

"希望他们不要谈太久。饥饿的肚皮会让猫脾气暴躁。"她俯下身去，撕下蜥蜴的头咀嚼起来。

紫罗兰爪打了个冷战。她从来就不喜欢蜥蜴。虽然她的族猫们总能狼吞虎咽地把它们吃下肚，并开心得像是在享用美味佳肴。

她嗅嗅田鼠，气味不新鲜。但是，她突然意识到自己很饿，便张口咬了下去。田鼠的麝香气从她舌头上淌过。她看见击石转头望向花楸星的巢穴。花楸星和虎心在巢穴入口出现，向族猫们走来。

褐皮马上转身面对着他们。但是，涟尾却目光轻蔑地穿过空地，附在尖毛耳边说了些什么。那只深棕色公猫龇出牙齿，用冰冷的目光望着花楸星。

紫罗兰爪觉得嘴巴里的田鼠变得干涩无法下咽了。武士们在说什么呢？看上去不像是什么好事。

虎心走向空地尽头，花楸星站到他旁边。"我们一直在讨论狩猎队的事情。"他大声说道，他的眼睛扫视着营地四周，"我们的族猫正在康复，食欲很好。但是，有些猫暂时不适合外出狩猎。这就意味着我们剩下的各位必须比以前更加辛苦地狩猎。我希望今天傍晚新鲜猎物会堆得满满的。"

焦毛和尖毛交换着眼神。

虎心继续说着："尖毛，带上狮爪、雾云、涡爪和涟尾去小沟那里狩猎；焦毛，带上桦爪、草心、花爪和雀尾去大湖狩猎；曙皮，带上紫罗兰爪、褐皮和击石去边界附近的赤杨树林。新叶季已经到来，那里肯定猎物丰盛，但要当心泼皮猫。"

曙皮挺直身子，咽下最后一口蜥蜴，对副族长点点头。

尖毛盯着虎心："你和花楸星去哪里狩猎？"

"花楸星大病初愈，需要休息。"虎心告诉他。

"我觉得他看上去不错。"尖毛轻蔑地上下打量着族长。

花楸星的眼睛闪动着。"如果族群需要，我会狩猎的。"他声音沙哑地说。

焦毛对着剩下的病猫躺着的巢穴点点头。"族群需要。"他咆哮道。

虎心眼里闪出担忧的神色。"你不能拿健康去冒险。"他对花楸星说。

花楸星看着副族长："我必须让我的族群看到我依然强壮。"

尖毛哼了一声："已经有点太迟了。"说罢，他猛地甩动尾巴，

雷影交加

冲出营地。他率领的狩猎队匆忙跟了上去。

紫罗兰爪看着他走远,她的皮毛不安地起伏着。现在,甚至影族武士也开始对族长不恭。她向曙皮看去,希望能得到安慰。但是,她的老师已经随着其他巡逻队走出营地。我回到这里来,是因为我想按照武士守则生活。但此刻,她却感觉影族似乎已经忘记使他们成为武士的重要因素——忠诚。

她急忙去追曙皮。也许今晚的森林大会会提醒他们什么才是真正的族群。

紫罗兰爪把最后一片干苔藓铺进用蕨叶新编织的窝里,蹲坐下来,欣赏着自己的杰作。外面亮得足以照彻营地的明月升起,月光洒落在长老巢穴上。

鼠痕赞许地对新窝点点头:"橡毛会很喜欢它的。"

"洼光说,橡毛明天就可以回到长老巢穴。"紫罗兰爪告诉他,"我想让橡毛舒服些。"紫罗兰爪瞥了一眼鼠痕破旧的窝。"要是你喜欢,我明天也可以为你做一个新窝。"

鼠痕粗声粗气地咕噜起来:"那太好了。"他的目光瞟向巢穴里的第三个窝,现在那窝里有了霉味儿,冷冰冰的。"杂毛不在了,这里会很静。"他伤心地嘟囔道,"橡毛不怎么喜欢说话。"

"影族!"花楸星的声音在巢穴外面响起。

紫罗兰爪对鼠痕眨眨眼睛,匆忙走出去。但愿花楸星选我去参加森林大会,不知道是否能看见枝爪。随后,她又把这个想法抛开。

327

我为什么想要见枝爪？愤怒在她的皮毛下闪过。是枝爪离开了我！

褐皮和虎心早已期待地站在花楸星面前。空地边上，击石期待地撕扯着草叶，身边是被他吃完的新鲜猎物的残渣。曙皮穿过营地，走向花楸星，她的尾巴高高竖着。

紫罗兰爪匆忙向老师走过去。花楸星开始叫出即将和他一起去参加森林大会的猫的名字。她兴奋得脚掌刺痛。"褐皮、虎心、紫罗兰爪。"他选了我！紫罗兰爪咕噜着走到曙皮身旁。

"洼光！"当花楸星叫到巫医的名字时，他已经从空地上跑过来。

"曙皮、击石、尖毛、雾云、涡爪、雀爪、花爪。"

紫罗兰爪回过头，扫视空地，寻找年轻学徒的身影。这是他们第一次参加森林大会！花爪正目光炯炯地走向花楸星，涡爪紧跟在她后面。

当紫罗兰爪看见尖毛时，她的咕噜声哽在喉头。他正在空地边上犹豫不前，肩膀僵硬。雾云站在他旁边。两名武士都眼神阴沉。他们为什么不快点加入猫群？

"焦毛、雀尾。"花楸星继续喊道，显然没有意识到一些他喊到名字的猫一动也不动。

焦毛对影族族长怒吼道："我们不去。"他的吼声响彻月光照耀下的空地，像利爪划过黑暗。

虎心和褐皮猛地转向深灰色公猫。曙皮也转身面对着他。

紫罗兰爪难以置信地看到，尖毛、雀尾、雾云和涟尾走过去，

雷影交加

站到焦毛身边。他们都满怀恶意地怒视着花楸星。

焦毛用力挥打着尾巴:"我们为什么要和拒绝帮助我们的族群相见?"

焦毛嘶叫着:"他们准备让我们死!"

花楸星从褐皮和虎心中间挤过去,停在叛逆的武士面前:"我是影族族长,我说我们要去。"

焦毛怒气冲冲:"乌霜拱手将俘虏交给雷族的时候,你在哪里?"

"扣留学徒作为俘虏改变不了任何事情。"花楸星反驳道。影族族长生病的时候,褐皮已经把发生的事情告诉他。"疾病不能成为族群表现得像泼皮猫一样的借口。"

"泼皮猫是怎么行事的?"尖毛上前一步,"当无辜的猫就要死去的时候,他们扣留草药害死无辜的猫,还是说,只有族群猫才会那样做?"

雾云抽动着耳朵:"一星行为恶劣,其他族群听之任之。我们不像他们,我们也不想像他们那样。"

花楸星同情地睁圆了眼睛:"要是你想表达不满,那就去参加森林大会,去和其他族群交谈。也许我们可以让他们明白,他们那样对待我们是多么恶劣。"

"以前语言没起过作用,"焦毛怒吼道,"为什么现在就会起作用呢?"

"我会代表你们和他们说话。"花楸星的语气缓和下来,"你

们可以留在这里，我回来后向你们转达他们说过的话。"

焦毛威胁地眯起眼睛。"你要是去参加森林大会，就不用回来了。"他嘶吼道，"影族不需要你这样软弱的族长。"

他说这话的时候，尖毛转身面向营地入口。

紫罗兰爪的心猛地一跳。她看见模糊的身影鱼贯进入营地，闻到了泼皮猫的气味。那些身影走入月光之中，她认出了暗尾、雨、渡鸦以及他们的其他同伙。紫罗兰爪感到恶心。松针尾和他们在一起，还有滑须和苜蓿足。除蜂鼻外，泼皮猫营地的全部猫都在这里。她离开他们了吗？还是疾病杀死了她？

紫罗兰爪紧贴着曙皮，羞愧地试图掩藏颤抖的脚掌。他们来这里做什么？他们为什么要来？

尖毛走过去迎接泼皮猫。他先向暗尾点点头，然后转身面向花楸星。"我们需要新的首领。"他咆哮道，"强壮的首领。"

花楸星眼中迸射出怒火。他瞪着尖毛，然后又用愤怒的目光扫视背叛的猫，最终把目光停在暗尾身上。"你们是在建议我把族群交给泼皮猫吗？"他的声音冰冷。

紫罗兰爪看见花楸星肩膀上的肌肉起伏着。大病初愈后，他皮毛下的肋骨依然清晰可见。但是，当他颈部的毛竖立起来的时候，她回忆起他是一名多么勇猛的武士。

花楸星面对着暗尾："想要接手我的族群，你得先跨过我的尸体。"

暗尾眼中透出暗喜："听起来很公平。"

雷影交加

泼皮猫首领猛地扑向花楸星。

紫罗兰爪倒吸一口凉气。

花楸星立起身子。但是,暗尾攻击的力道将他推得后退。花楸星将脚掌插入地面,以抵御咆哮的泼皮猫,但他的后腿颤抖不已。暗尾两眼放光,转过头来咬住影族族长的脖子。

花楸星低吼着,在暗尾身下扭动,试图把他甩开。但是,影族族长显然已经失去平衡。暗尾猛地一摆头,将他甩翻在地,牙齿依然咬着他的脖子。

帮帮他!紫罗兰爪盯着她的族猫。他们走近了几步,眼睛因震惊而睁大。为什么没有猫帮忙!她的目光从族群猫瞟向泼皮猫。松针尾,你在哪里?但是,她刚一看见朋友,就知道她不会阻止战斗。松针尾正在兴奋地观战——和其他泼皮猫一样。

花楸星嘶叫着,努力摆脱暗尾。他转向泼皮猫首领,但暗尾的速度更快。暗尾潜身钻到花楸星肚子下方,掀得他脚掌离地。花楸星倒下时,暗尾挥动利爪,划破影族族长的口鼻。鲜血洒落在空地上,在月光下闪着黯淡的光。

虎心张牙舞爪地扑向泼皮猫首领。

终于!紫罗兰爪探身向前,耳中血液轰鸣。

褐皮跟随着虎心扑过去。他们一起把暗尾从花楸星身上推开,毫不留情地猛击他,把他驱赶向他的同伙。

虎心瞥了一眼褐皮。然后,他们嘶吼着,大步走向怒目而视的泼皮猫。但紧接着,虎心环顾四周,似乎突然意识到,他和褐皮是

她看见模糊的身影鱼贯进入营地,闻到了泼皮猫的气味。

那些身影走入月光之中,她认出了暗尾、雨、渡鸦以及他们的同伙。

松针尾和他们在一起,还有滑须和苜蓿足。

除蜂鼻外,泼皮猫营地的全部猫都在这里。她离开他们了吗?她病死了吗?

尖毛走过去迎接泼皮猫。他先向暗尾点点头，然后转身面向花楸星。

我们需要新的首领。

强壮的首领！

你们是在建议我把族群交给泼皮猫吗？

想要接手我的族群，你得先跨过我的尸体。

听起来很公平。

仅有的站出来保卫族长的猫。"等等。"他对褐皮嘶叫道。褐皮已经蹲伏下来，眯起眼睛，怒视着入侵的猫。

其他影族猫只是看着，一动也不动。

虎心和褐皮互相看着，眼中闪烁着不安的妥协神情，然后慢慢退开。

其他猫怎么啦？紫罗兰爪难以置信地盯着他们。难道他们真的都想让一只泼皮猫当首领而不是花楸星吗？

她看着花楸星摇摇晃晃地站稳脚跟。鲜血从他口鼻上涌出来，染黑了他脖子上的毛。当他退向曙皮的时候，紫罗兰爪看出他在颤抖。曙皮紧紧倚靠着他的侧腹，支撑着他。虎心和褐皮加入他们，像走投无路的老鼠挤在一起。

紫罗兰爪眨眼看着挤作一团的族猫，一阵恶心。"我们怎么办？"她低声问道，双眼盯着泼皮猫。

花楸星看着她，眼神中流露出痛苦。"我们去参加森林大会。"他抬高下巴，向前走去。虎心和褐皮跟上他，紫罗兰爪跟上了他们，曙皮就在她旁边。

尖毛龇出牙齿。"你走了，就别回来。"他提醒影族族长。

"洼光！"花楸星晃动尾巴示意巫医，"和我们一起去。"

洼光匆忙去追他。

"等等。"尖毛挡住儿子的去路，"你不能离开，你的族群需要你。"

洼光停下脚步，他的皮毛凌乱。他看看病猫所在的巢穴，然后

雷影交加

环顾族猫和泼皮猫。

尖毛继续说着。"影族不能再次没有巫医。要是松树鼻病情复发,怎么办?要是母亲因为你的离开而死去,你会原谅自己吗?"他俯身靠近洼光,"要是你的任何一名族猫死了呢?"

洼光的眼睛闪烁着迟疑。

花楸星停下来,看着年轻的巫医。"要是你决定留下来,我会理解。"他忧伤地说。

洼光垂下目光,喃喃说道:"我不能离开。我发过誓会保护族猫。"

当他转身退向巫医巢穴的时候,滑须走上前来,紧盯着曙皮:"你没想念过我和杜松掌吗?"

紫罗兰爪感觉曙皮愣在她身边。但是,她的老师几乎没有正视她的孩子。"你们背叛了族群。"她嘟囔道。

"但是,我们已经来帮助他们,来帮助你。"滑须的眼睛在月光之下闪闪发光,"乌霜已经死了,现在我们就是你的全部。"

曙皮挺起胸膛。"我还有击石。"但是,当她看向那只年轻猫时,他退开了。"你要留下来吗?"她听上去简直难以置信。

"我还能去别处吗?"击石嘀咕道,"你能去哪里?这是我们的家。"

曙皮迟疑了。

"你不能留下来!"紫罗兰爪绝望地盯着她。但是,她从老师的眼神中看到了听天由命。

猫武士

"他说得对。"曙皮低声说,"我不能离开我的任何一个孩子。而且,这是我心目中唯一的家。我怎么能够离开?"她抱歉地对父亲花楸星眨眨眼,然后是褐皮和虎心。

影族族长转身离开,沮丧蒙上了他的双眼。他高高竖起尾巴,从泼皮猫群中闯过,低头钻进通道。虎心和褐皮跟着他,他们的毛竖立着。

紫罗兰爪瞥了一眼松针尾。她正满意地看着花楸星撤退。我好像根本就不认识她,紫罗兰爪心里想。但接着,她艰难地吞了口唾沫。可我的确认识她。松针尾不是一直质疑族群的所有规则吗?这是一直让紫罗兰爪害怕松针尾的原因——但也让她感觉很刺激。

紫罗兰爪把目光从松针尾身上移开,转头去追族猫。

"等等!"当她走过时,松针尾的声音在她耳边响起。银色母猫的气味向她飘过来。"你要去哪里?我还以为你会留下来。请不要再离开我!"

紫罗兰爪看着松针尾恳求的眼神。就算她的脚掌急于带她离开,但想到松针尾要她留下来,她心里仍然感觉温暖。"你不需要我,你在这里有很多朋友。"她的目光瞟向雨,"而且,你还有他。"

"但他们不是我的至亲,不像你。"松针尾急切地盯着她。

我的至亲。她曾对松针尾有同样的感觉。紫罗兰爪满心愧疚。松针尾曾是唯一总对她友好的影族猫,而她却不辞而别地抛弃了松针尾。她能够再次离开她吗?那样公平吗?

"请留下来。"松针尾恳求道,"我们可以让影族恢复它以前

的样子，你来之前的样子，一个伟大的族群，一个勇敢的族群。你会为自己是它的一员感到自豪。"她环顾着泼皮猫："这些猫最清楚没有归属的味道。他们会忠于你，就像我一直以来这样。我们现在就像同胞。你能这样说你所认识的其他猫吗？"

悲伤撕扯着紫罗兰爪的心。她现在回想起雷族不曾在花楸星拆散她与姐姐时举起一掌阻止他，也回想起枝爪离她而去返回她的族群。松针尾说得对，她才是紫罗兰爪心目中最接近真正至亲的猫。

她对松针尾眨眨眼睛。"好吧。"她说道，"我留下来。"

当松针尾咕噜着，把口鼻紧紧贴在紫罗兰爪脸颊上的时候，紫罗兰爪深吸着她的气味。这感觉真好。她转身背对花楸星、虎心和褐皮消失的入口，凝视着她的新族群。

第二十三章

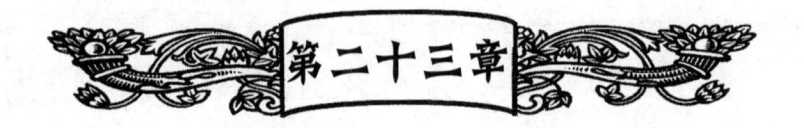

枝爪紧张地挪动着脚掌。无数的气味向她飘过来，叽叽喳喳的声音此起彼伏，让她焦虑的心情无法平静下来。紫罗兰爪会来参加森林大会吗？每次想起她离开影族营地，紫罗兰爪绝望地在背后盯着她的情景，内疚都刺痛她的心。

在她旁边，河族学徒波爪环顾着四周，眼睛瞪得老大。她、夜爪和微风爪似乎都想将周围的一切尽收眼底。"这是我们第一次参加森林大会。"

蜜爪不屑地哼了一声："我来过很多次了。"

当纹爪和香薇爪向她们走过来时，波爪的妹妹凑得近了一点，低声说道："我不知道会有这么多猫来这里。"

"别担心，柏爪。"波爪用口鼻蹭着妹妹的耳朵，"有休战协议在，记得吗？我们在这里是安全的。"

"你好！"纹爪停下来，对波爪眨眨眼睛，"你是新来的，对吗？"

波爪点点头。

蜜爪冲到他前面。

雷影交加

"我先遇见的她们。"蜜爪吹嘘道。

"那又怎样?"纹爪怒视着她。

枝爪把耳朵转向深草丛,希望能够听见匆忙冲向空地的脚步声。风族、雷族和河族已经到了。但影族在哪里?他们又要迟到吗?

黑莓星和雾星在大橡树下交谈。一星早已坐在他们头顶的树枝上。他神情沮丧,仿佛在躲避其他族群的目光。枝爪怀疑他可能是为了不让影族采集疗肺草而愧疚。

那就是他们没到这里的原因吗?有太多的猫生病了吗?自离开影族营地起便盘踞在枝爪腹中挥之不去的忧虑突然变得强烈起来。要是紫罗兰爪生病了呢?她试图抛开这个念头,但随即忆起她的妹妹在巫医巢穴里照顾族猫的画面。她很容易染病。想到那些猫病得有多重,枝爪心里很后怕。橡毛死了吗?黄蜂尾呢?其他猫呢?紫罗兰爪怎么样?

想起她离开时妹妹眼神中的痛苦,枝爪满心内疚。我必须走!虽然你是我的至亲,但雷族是我的家!她希望有机会向紫罗兰爪解释,即使她们生活在不同的族群,她们永远是姐妹。但要是我永远没有机会怎么办?

她看着赤杨爪。赤杨爪正坐在叶池和松鸦羽中间。如果影族不来参加森林大会,他会去查明情况吗?也许他会让自己和他一起去。

蜜爪的声音打断了枝爪的思绪:"波爪说,河族小猫成为爪字辈之前,就学会游泳了。"

"不可能!"纹爪大声反驳,"他们不会淹死吗?"

波爪逗趣地哼了一声:"河族猫天生就会游泳。"

纹爪瞪大眼睛:"我讨厌把皮毛弄湿。"

枝爪心烦意乱地看着他们,心不在焉地听着。她的思绪依然在妹妹那里。

蜜爪对河族学徒眨眨眼睛:"我甚至没在河里站过。"

波爪耸耸肩。"你应该试试。"她说道,"河里很有趣,鱼的味道也很鲜美。"

柏爪害羞地看着蜜爪:"你要是喜欢,我们可以教你游泳。"

蜜爪打了个冷战:"不,谢谢了!"

波爪恶作剧地扑闪着眼睛。"你害怕了吗?"他对着树林点点头。树林那边,月光之下,大湖波光粼粼。

蜜爪蓬松起皮毛:"当然不害怕,但太冷了。"

"不,一点都不冷!"波爪从猫群中穿过,走向树林,"来吧。"

蜜爪跟过去。

"你不能去!"惊慌将枝爪从沉思之中拉回现实,匆忙去追她们,"森林大会很快就要开始了。"

蜜爪盯着她:"但是影族还没有来呢。"

就在她说话的时候,一星的声音从空地那边传来:"我等烦了。我们开会吧。"

雾星和黑莓星交换了一下眼色,爬上橡树,在风族族长旁边就座。

黑莓星的目光瞟向深草丛,仿佛期望影族出现。然后,他低头

雷影交加

扫视猫群,示意大家靠近。"新叶季已经带回丰富的猎物和大好的天气。雷族繁荣兴旺。"他转向雾星。

雾星点点头:"河族的猎物也很丰富,而且如你们所见,我们有两名新学徒了,波爪和柏爪。"

当族群猫们转身看着他们的时候,两只年轻猫不自在地动了动身子。

正当一星俯身前倾,准备对聚集在一起的猫讲话时,深草丛沙沙作响。

枝爪的目光猛然向那里投去,她的心跳加快。影族?紫罗兰爪会和他们在一起吗?她看见花楸星走进空地。当褐皮和虎心跟着出现时,她伸长脖子向他们身后看去。但是,三名影族武士身后没有一只猫跟着。

当花楸星在猫群边停下脚步,抬头看着黑莓星时,枝爪周身的皮毛都竖立起来。"只有我们来了。"他简单地说道。

枝爪看见花楸星身上一丛丛毛支棱着,他口鼻上的血迹已干。他刚经历了一场战斗!她的目光瞟向褐皮和虎心。他们看起来安然无恙。影族族长发生什么事情了?

黑莓星在树枝上挪了挪位置,示意花楸星到其他族长旁边就位。当影族族长在族群中穿梭前进的时候,黑莓星大声对他说:"看来你已经从疾病中康复。"他那双被月光照亮的眼睛里闪现出欣慰的神色。

花楸星跳上矮树枝,站在他旁边:"整个族群都已康复。"

雾星吃惊地问:"那你为什么没带他们来?"她的目光瞟向褐皮和虎心。他们已经挤到前面。

花楸星抬高下巴。"他们不愿意和我们一起来。"他用愤怒的目光扫视着族群,"他们认为你们背弃了他们,因为在我们极度需要帮助的时候,你们却同意一星扣留草药。"

一星咆哮起来:"你们已经康复,不是吗?你们并不是真的需要它!"

花楸星咬牙切齿地看着风族族长:"我们能够康复,仅仅是因为兔泉和隼飞比你更有同情心!他们给了我们草药!"

惊讶的低语声在猫群中荡漾开来。枝爪伸长脖子,从前面大猫的头顶看过去。隼飞似乎已缩成一团,兔泉无动于衷地盯着猫群,脸上毫无表情。好奇心刺痛了枝爪的皮毛。为什么赤杨爪会垂下目光?为什么松鸦羽正挺起胸膛?他们早就知道这事吗?显然,一星不知道。

风族族长的眼中闪着怒火。他低头怒视着兔泉:"这是真的吗?"

他的副族长坚定地抬起头来:"我不能让一个族群灭亡。"

隼飞走上前去:"我征询过星族的意见。他们告诉我那样做是对的。"

一星脊背上的毛竖起来,他把惊讶的目光从巫医身上转向花楸星。但不等他说话,影族族长摆了摆尾巴:"不过,你对泼皮猫的看法是对的,一星。"

雷影交加

一星盯着他。

"我们应该在几个月前就把泼皮猫从我们领地边缘赶走。"花楸星垂下肩膀,对草药事件的愤怒似乎已经消失。忽然间,他看上去那么苍老,皮毛在月光之下黯然失色。由于疾病的摧残,他的肋骨凸现。"他们接管了我的族群。"

"你什么意思?"黑莓星沿着树枝走过去,将他的口鼻凑近。底下的猫群中回荡着震惊声音。

花楸星迎着雷族族长的目光:"在我们出发参加森林大会前,泼皮猫进了我们的营地。"

雾星僵在那里:"发生战斗了吗?很多猫受伤了吗?"

"没有战斗。"花楸星羞愧难当,"我的族群选择了他们,而不是我。"

"他们选择了泼皮猫?"黑莓星听上去十分困惑,"你什么意思?"

"他们说,今天晚上来参加森林大会的任何影族猫都不允许返回族群。"

枝爪迷惑不解地盯着影族猫。但是紫罗兰爪在哪里?她不会决定留在泼皮猫中吧?当她看见花楸星的脚掌在颤抖时,突然感到一阵寒意。他看起来再不像族长,而像一只饥肠辘辘、已被吓坏的独行猫。

一星龇出牙齿:"我早就说过,影族还不如泼皮猫。"

花楸星怒视着他,力量突然从他的皮毛下迸出:"那不是真的!

他们只是犯了个错误！"

　　虎心在下面大喊道："真正的影族猫不久就会幡然悔悟，赶走侵略者！"

　　褐皮站在儿子身边，高高扬起下巴："疾病把他们吓坏了。他们就像被吓坏的幼崽那样，想寻求强壮的猫保护他们！"

　　一星不祥地晃动着尾巴："那他们为什么不指望花楸星？难道他不强壮吗？"

　　花楸星的脚掌突然在树枝上稳住了。他抬起头，挺直肩膀："我一直在生病。乌霜死了。影族已经很多天没有猫能领导。这都是拜你所赐。要是你早点给我们草药，这种事永远不会发生。"

　　枝爪周围响起一片赞同的低语声。她转过头来，看见河族猫和雷族猫都在点头，甚至有些风族猫都也在谴责地盯着他们的族长。

　　"那些事已经发生了。"黑莓星的声音很平静，"从现在开始，欢迎花楸星、褐皮和虎心来雷族，他们可以一直留下来，直到他们的族猫意识到自己的错误为止。"

　　褐皮痛苦地嘶吼道："要是他们能意识到错误就好了。"

　　黑莓星同情地对她眨眨眼睛："我知道你感觉被背叛了。但是，族群情谊不是疾病和泼皮猫可以破坏的。"

　　一星嘟囔道："影族除外。"

　　花楸星转过身，龇牙咧嘴地面对着风族族长。枝爪的心猛地一跳。他要攻击一星吗？她紧张地屏住呼吸。但是，那只姜黄色的公猫迟疑了，最终退开并转向黑莓星："感谢你的好意。我们很荣幸

能在雷族暂住。"

蜜爪在枝爪身边哼了一声。"哈,太棒了。"她讽刺地说,"影族猫入住我们营地。"

枝爪几乎没有听见同巢猫在说什么。但是紫罗兰爪在哪里?她为什么决定和泼皮猫在一起?万一他们是违背她的意愿将她扣留下的怎么办?她有危险吗?恐惧像冰冷的利爪一般攫住她的心。

"你没事吧?"蜜爪盯着她直立起来的毛问道。

"我担心我的妹妹,"枝爪声音沙哑地耳语道,"她和泼皮猫在一起。"她脚掌发痒,恨不能立马冲向影族营地。她必须和紫罗兰爪谈谈。她必须确认妹妹平安无事。

枝爪听到身后有脚掌拍打地面的声音。藤池追上她。这是森林大会的第二天,她们正向影族边界走去。藤池仍有些迟疑:"你真的很担心,对吗?"

"想象一下,那种事要是发生在鸽翅身上呢!"枝爪怒气冲冲地说。

藤池没有回答,但她紧跟着枝爪。

"我只想确认她是否平安无事。"枝爪感到浑身发烫,她不想这样不尊敬老师,但是这件事很重要。

"要是影族再把你扣留下来怎么办?"藤池指出,"可没有第二个乌霜放你走了。"

枝爪抑制住心里翻腾的恐惧,继续往前走:"我必须去冒这个

345

险。你可以返回营地。我不介意自己去。"

藤池不安地抽动着耳朵:"我不能让你独自越过边界。"

枝爪看着藤池。"也许,在我溜过去的时候,你可以在那里等我。"她不想让老师陷入麻烦。

"我不会让你离开我的视线。"藤池陷入了短暂的沉默,她们静静地爬下一个陡坡,然后跃过一条小溪。在另一端,枝爪停下来喘口气。

然后,藤池走到她身边:"让影族猫住在我们营地是件怪事。我不确信自己是否喜欢这样。"

"是很怪。"枝爪继续走向边界。

藤池和她并肩走着。"两个族长以及两个副族长在一个营地里,实在是太多了。你有看见今天早上虎心和松鼠飞吵起来了吗?就为了是先派出边界巡逻队还是先派出狩猎队!我还以为松鼠飞要攻击他呢。就像兔子提议如何狩猎一样可笑。还有花楸星!"藤池翻了个白眼,"他像影子一样跟着黑莓星,提出各种'小窍门'。"

"他们好像相安无事。"枝爪摇摇尾巴说,"不管怎么样,但愿他们早点离开。"

"我也希望如此。"藤池的语气有些怀疑:"我希望看见他们都早点回家,尤其是虎心。"

枝爪惊讶地看着老师:"为什么?"

藤池没有看她:"我不知道他住在营地对鸽翅来说是不是件好事。"

雷影交加
LEIYINGJIAOJIA

"为什么没好处？"枝爪困惑地皱起眉头，"他似乎没那么坏吧。"她想起了两名武士在森林里相遇时那针锋相对的样子。

"要是那么简单就好了。"藤池压低声音说，"你知道担心同窝手足是什么感觉，对吧？我的意思是说，我们就是为此才来这里的。"

枝爪吃惊地看着她："当然。"

藤池抽抽耳朵："嗯，这是个秘密，所以你不能说出去。虎心和鸽翅过去彼此有感觉。"

"感觉？"枝爪愣了一会儿才明白，"你的意思是说，他们喜欢对方？"

"我认为那不仅是喜欢。"藤池听起来很反对，"但他们分属不同的族群，所以不会有结果。这样的事情最好不要死灰复燃。"

枝爪继续走着，她的思绪有些混乱。鸽翅和虎心在不同的族群……就像她和紫罗兰爪。难道藤池看不出来，和同胞分离是更糟糕的事情吗？她甚至无法及时地对妹妹表示关心，因为她根本不知道发生了什么事情。

当影族的气味飘进她的鼻腔时，这些便一扫而空了。她们已经接近边界。她看见气味线上有蔓生的黑莓。她慢慢带着藤池走到气味线边上，然后沿着它潜行。她从黑莓丛尽头偷偷张望，扫视着前方的森林。那里阴影笼罩，橡树已被松树所取代。

她眯起眼睛，思考着在哪里可以找到通往影族营地的最快路径。她上次来时，有黑暗做掩护。现在是白天，她的灰色皮毛在日光下

还能不被发现吗？疑虑拖缓了她的脚掌。也许她们终究应该回家。藤池说得对。要是她们这次被抓住，乌霜和花楸星已经不在那里保护她们。那里现在只有泼皮猫。

前方的香薇叶颤动起来，有脚掌在地面上拖动的声音。

"快，躲起来！"藤池躲进黑莓下面，把枝爪也拖了进去。

尖刺从枝爪皮毛上划过。当藤池把她往荆棘深处推去时，她紧紧闭上眼睛。

她听见两只影族猫在靠近，边走边说话。

一只母猫咕噜着："暗尾以前没有组织过这么多巡逻队。你看到他今天早上是怎样确定派谁去狩猎的吗？他看起来就像一只困惑的獾。"

枝爪愣在那里。她听出了这是谁的声音。松针尾。她扭动身子爬向黑莓丛边缘，偷偷往外张望。

银色母猫走在一只独眼公猫身边，看起来怡然自得。"他应该任命一位副首领协助他。"她贴近那只公猫，"就像你这样的。"

公猫停下来，看着她："你还记得我上次挑战他的领导地位发生的事情吧？"

"这次你不用挑战他，雨。"松针尾温和地说，"你只是对他伸出援手。"

雨逗趣地抽抽胡须。"你应该自告奋勇做副首领。"他说道，"你擅长这个。"

当他探身触碰松针尾的脸颊时，枝爪从黑莓下往外爬。松针尾

雷影交加

关心紫罗兰爪。她会帮忙的,对吧?

"枝爪!"藤池紧紧抓住她的尾巴。

枝爪挣脱老师的脚掌,冲出去,站到松针尾面前。她抖掉皮毛上的刺:"松针尾,你必须帮帮我!"

松针尾瞪大眼睛:"枝爪?你在这里做什么?"

"我必须和紫罗兰爪谈谈。"

"紫罗兰爪在营地里面。"

"但是,我必须知道她是否平安无事。"枝爪没有理会那只独眼猫。他正在惊讶地盯着她。

藤池从黑莓下面钻出,站在她旁边。"对不起,我们不该擅闯进来。"她抱歉地说,"但是,枝爪都快为妹妹急疯了。我们只需要知道她是否平安,然后我们就走。"

"她当然平安无事!"松针尾毛发倒竖,"你们觉得我会让她发生什么事情吗?"

"我必须和她说话。"枝爪把脚掌插入铺满树叶的地面。她已经走了这么远,她一定要亲眼见到紫罗兰爪。万一松针尾在骗她呢?

松针尾皱皱眉头:"我不能为了你去把她带来!"

枝爪恳求地看着她:"但你过去经常那样,记得吗?当我们还是幼崽的时候。你和赤杨爪经常偷偷把我们带出来,让我们互相见面。这与那没有什么不同。"

松针尾喉咙里发出一声不耐烦的低吼。

枝爪又向她靠近一点:"要是你害怕暗尾,我能理解。我愿意自己去营地。"

雨的目光锐利起来:"你可真是勇敢。"

枝爪耸耸肩。"我想见到妹妹,就这样。"求求星族,别让他们闻出我身上的恐惧气息!

雨瞥了一眼松针尾。"你最好把她带过来。"雨嘟囔道,"这就是那种给别的猫惹麻烦的猫。"他又怒视着藤池:"你是她的老师吗?"

藤池抬起口鼻:"是的。"

"你不应该让她来这里。"

"那就像告诉我不应该让风吹过树林一样。有些事情你无法阻止。"

松针尾生气地抽动着尾巴。"在这里等着。"她转过身,迅速跑开了。

雨待在原地,盯着枝爪和藤池。"森林大会怎么样?"他声音中透出戏谑的意味,"其他族群想念我们吗?"

藤池蓬松起皮毛:"我们为什么要在森林大会上想念泼皮猫?"

"难道花楸星没有告诉你们?"雨无辜地问,"现在我们是影族。我们和你们一样。"

藤池伸出爪子:"不,你们不是!你们可能已经占据影族的营地,但是你们依然是泼皮猫!"

雨的胡须抽动着。

雷影交加

枝爪看出他很享受惹恼藤池的感觉。"别理他。"她坐下来,把目光投向松针尾消失的树林。

藤池不安地在旁边挪动着。

雨眼神冷冷地看着她们。

头顶,云朵在淡蓝色的天空中变幻出一只长长的脚掌的模样;耳边,微风吹拂着刚刚发芽的树叶。仿佛等了一辈子,枝爪终于听见了脚步声。她竖起耳朵。

熟悉的黑白相间的皮毛在树干之间闪动。紫罗兰爪正在奔向她们,松针尾紧跟在她后面。

"紫罗兰爪!"枝爪冲过去迎接她,从雨身边闪过,把他吓了一跳。但是,她很快就滑步停下来,惊讶地看到紫罗兰爪眼中的怒火。

"你究竟为什么要来这里?"紫罗兰爪怒视着她,"你可能已经给松针尾惹上麻烦了。暗尾问她返回营地做什么。她不得不撒谎!"

枝爪对妹妹眨眨眼睛。难道紫罗兰爪更在意给松针尾带来麻烦,而不在意见到她吗?"我可能也会有麻烦,你知道的。"她大声说道,"我们不应该来这里。但是,我必须弄清楚你是否安全。"

"我当然安全。"紫罗兰爪瞥了一眼松针尾,"我有朋友在这里。"

恼怒自枝爪的皮毛下迸出。她将妹妹推到一旁并压低了音量:"你真没事吗?"她在松针尾的听力所及范围之外冲紫罗兰爪的耳

朵嘶声道。也许紫罗兰爪是在泼皮猫面前演戏。

"是的!"紫罗兰爪向后退开。

枝爪继续温柔地说:"你可以跟我和藤池一起回去。你不用和泼皮猫在一起。你可以加入雷族,和我在一起。"她绝望地盯着紫罗兰爪的琥珀色眼睛。这是她们再次重聚的机会。

紫罗兰爪皱皱眉头:"我为什么要去?你也不愿意加入影族,和我一起生活。"

"我并不愿意离开你!但是,我不能背叛族猫。"

"我也不能。你回你的族群去吧,我也要回我的族群。"

枝爪盯着她:"我们依然是姐妹,对吗?"

紫罗兰爪慢慢眨眨眼睛。"我想是吧。"她又瞥了一眼松针尾,"但是,我们各自找到了自己的族群,找到了自己的归属。"

枝爪盯着她。紫罗兰爪是在告诉她说,她们永远不能再在一起了吗?

一只脚掌把枝爪推向一边。"别窃窃私语了!"松针尾挤到她们中间,怒视着枝爪。

"没事。"紫罗兰爪说,"我们已经说完了。"

"好。"松针尾晃动着尾巴,依然盯着枝爪,"马上离开。"

藤池走上前来:"一切都好吗?"

枝爪点点头:"一切都——"

松针尾挥起爪子,一掌划过枝爪的耳朵尖:"我说离开!"

疼痛灼烧着枝爪,令她不禁退缩。

雷影交加

"你敢?"藤池扑向松针尾,嘶叫着把她拖倒在地,用后掌猛踢她的肚子。松针尾扭身挣脱,恶狠狠地盯着藤池。碎毛在她们身周飞舞,鲜血的气味在空气中弥漫开来。

"停!"恐惧感扫过枝爪,雨已经走了过来,"没有必要打架。"

松针尾和雨绕着她们转圈。他们的眼睛眯成缝,隆隆的咆哮声在他们喉咙里翻腾。

紫罗兰爪把枝爪推开,惊恐地盯着独眼猫:"跑!在受伤之前离开这里!"

藤池对枝爪点点头:"我们走。"

枝爪飞奔而去。她绕过黑莓,越过气味线,脚掌踩得碎叶乱飞。她感觉到藤池呼出的气息吹着她的尾巴,听见雨和松针尾在追赶她们。她更加用力地蹬着地面,冲进雷族领地。藤池跟着她冲回家园。身后的脚步声消失了。她回头看去。松针尾和雨站在边界,脊背弓着。紫罗兰爪站在他们身边,双目圆睁,神情悲伤。

再见了,紫罗兰爪。枝爪放慢脚步,肺像着了火似的。这是她最后一次看见妹妹吗?现在影族已经变成泼皮猫,她们还会再相见吗?她蹒跚地走着,脚掌在她身下逐渐麻木,悲伤令她难以呼吸。她和紫罗兰爪选择了不同的族群。也许她们之间的血缘纽带不够强,不足以承受她们的选择。

第二十四章

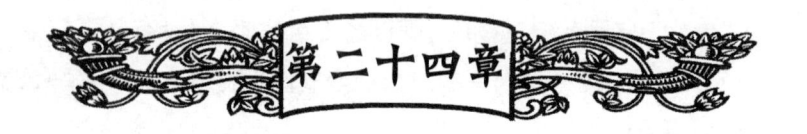

赤杨爪凑近查看枝爪的耳朵。耳尖上的裂口又被扯开了,他能够闻到从里面渗出的鲜血味。太阳已经落下,但半月的光线从巫医巢穴入口照射进来,让他有足够的光线工作。

他伸出爪子去拿松鸦羽存储在水池边上的草药。那是为带着各种新伤进来的猫准备的。金盏花可以消除各种感染。"再跟我说一遍,你是怎么伤成这样的?"赤杨爪随口问道。枝爪第一次来找他时,他已经问过了这个问题。那是森林大会后的第二天,当时耳朵上的缺口还很新鲜。她只是耸耸肩,告诉他那是一次训练事故。

现在,她再次耸耸肩:"我不记得了。但今天伤口又被黑莓划开了。"她是在保护同巢猫吗?难道他们之中有谁练习战斗动作时有点过于粗鲁?

赤杨爪将金盏花叶嚼成药糊,忧虑在他的肚子里蠕动着。他总觉得事情有些蹊跷。自从影族的泼皮猫与其他族群断绝关系以来,枝爪很少说话。赤杨爪把药糊吐在脚掌上。"你在担心紫罗兰爪吗?"

当他把药糊涂到枝爪耳朵上的时候,枝爪一直盯着地面:"我希望她没有和泼皮猫在一起。"

雷影交加

"她有松针尾。"

赤杨爪的话似乎让枝爪的肩膀垂得更低了。

"还有松树鼻和洼光。"赤杨爪又强调说。他决心想要安慰她。但是,枝爪却一直盯着地面。

"她是在那里长大的。"他提醒她,"现在对她来说,影族可能像是家。"

枝爪眼神空洞地看着他:"完了吗?"

一时间,他没会过意来。她是在让自己别再谈论紫罗兰爪和影族吗?

"我是说我的耳朵。"见他没有回应,枝爪又说,"你处理完我耳朵上的伤口了吗?"

"完——完了。"赤杨爪怀疑自己刚才所说的她一个字也没听进去。

"谢谢。"她转身离开。

"枝爪,"他在身后喊道,"如果真的发生了什么事,你会告诉我的,对吗?"

她茫然地看着赤杨爪,哀伤在她的眼底闪动。"对。"她的声音只比耳语略大一些。

"你没事吧?"

枝爪迟疑着,随后低下头。"我没事。"她保证道,"只是有点伤心,仅此而已。"她抬起目光,赤杨爪看见她目光中饱含深情。

欣慰感拂过他的周身。他们之间的纽带没有断裂。她只是需要

时间去解决她遇到的问题。"要是你需要我,我一直都在。"他告诉枝爪。

"谢谢你。"枝爪转身离开巢穴。

"赤杨爪!"松鸦羽的声音从空地上传来。

赤杨爪匆忙走出去,他脚掌上还沾着金盏花糊。

松鸦羽和叶池正在巢穴入口边等着。松鸦羽将他的蓝色盲眼转向半月。"我们不想集会迟到。"他粗暴地说,"尤其今天晚上不能迟到。"

赤杨爪满心兴奋。他无法相信这一刻终于来到了。当他匆匆走到松鸦羽和叶池身边时,黑莓星穿过空地,向他走来。

"对你来说,今晚是个重要时刻。"父亲慈爱地舔着他的耳朵。

赤杨爪对他眨眨眼睛,突然有些紧张:"但愿我不会把仪式搞得一团糟。要是我忘了词儿怎么办?"

"你该说什么呢?"

"我愿意。"

黑莓星咕噜起来:"我想你会记住这一晚。多希望我能在那里看着你。"他温暖的目光中洋溢着自豪。

我也希望。赤杨爪有点希望自己的命名仪式能在族猫面前举行,而不是在月亮池边上、和其他巫医在一起。他希望听见他们欢呼自己的名字,就像他们欢呼烁皮那样。但巫医命名仪式是星族的仪式,不是雷族的仪式,它应该在他们的圣地举行。仪式之后,他们会和他交谈吗?他希望如此。他想知道祖先是否为他自豪。

雷影交加

松鼠飞在几尾巴远的空地上踱着步。

"梅花落、莓鼻、烁皮还有褐皮。"她朝空地边缘的武士晃动着尾巴,"我想要你们和我一起去狩猎。"

赤杨爪开心地对妹妹眨眨眼睛。妹妹的眼睛闪闪发亮,在松鼠飞继续说话时也亲切地向他回眨。

"我们现在多了几张嘴要进食,因此新鲜猎物堆上需要有更多的猎物。"她把目光瞟向花楸星和虎心。他们正在高石台下分享一只鸽子。

虎心跳起来。"我跟你们去狩猎!"他急切地提议道。

松鼠飞摇摇尾巴:"你留在这里,褐皮会帮助我们的。"

褐皮看着花楸星:"我去狩猎没有问题吧?"

松鼠飞颈部的皮毛竖立起来。"你不需要问他!"她大声说道,"在雷族,由我安排狩猎队。"

花楸星对褐皮点点头,影族母猫穿过空地。松鼠飞的皮毛愤怒地竖起。

当梅花落和莓鼻走过来加入狩猎队时,雷族副族长对他们怒目而视:"难道你们也需要得到花楸星的许可吗?"她特地瞥了一眼褐皮:"或者说,有了我的命令还不够?"

梅花落和莓鼻困惑地面面相觑。褐皮扭头望向别处,仿佛没有听见雷族副族长带刺的责备。

赤杨爪挪动着脚掌。影族猫给族群带来的不和谐,让他有些心神不宁。他们不会永远在这里的。他告诉自己。他瞥了一眼虎心。

猫武士
MAOWUSHI

这只宽肩膀的公猫又在盯着鸽翅看。

他好像一直在留意这只蓝眼睛母猫。鸽翅此刻似乎没有注意到，她和黄蜂条正相谈甚欢。但是，虎心继续注视着。当黄蜂条向鸽翅靠近时，虎心的眼睛眯了起来。

一阵寒战掠过赤杨爪浑身的皮毛。鸽翅和虎心之间有什么陈年往事吗？影族猫越快离开越好。

"快点。"叶池的声音把他从沉思中惊醒。松鸦羽已经走进通道入口。

"祝你好运！"烁皮从松鼠飞身边向他喊道。

松鼠飞自豪地看着他："我们等你回来！"

"谢谢！"赤杨爪跟着叶池和松鸦羽钻进通道。当他跟着他们走向月亮池的时候，他的心怦怦直跳。

"你认为他会来吗？"隼飞盯着山谷顶上的山脊问。

赤杨爪顺着他的目光望去，同时嗅闻空气，搜寻洼光的气味："我想，如果泼皮猫都没去参加森林大会，那他们也不会让洼光来这里。"

松鸦羽抽动着尾巴。"他不会来了。"他说道。

叶池猛地把口鼻转向盲眼猫："你确切地知道？"

"不。"松鸦羽说，"但我很确定。我还确定，我不愿意整晚坐在这里，让我的毛结冰。我们还是坦然面对吧。"

新叶季的夜晚清朗而寒冷，鸦黑色的天空上星光闪耀。蛾翅点

雷影交加

头表示同意。巫医们围着赤杨爪坐成一圈。

赤杨爪愣在那里,心跳加速。"我们不能再多等一会儿吗?"他想让洼光看到他的命名仪式。他为此等待已久。"我希望他在这里。"

松鸦羽哼了一声:"你希望什么都可以。但影族已经做出他们的选择,你改变不了。"

叶池对赤杨爪眨眨眼睛:"洼光不需要通过见证你的命名仪式来知道你是多么优秀的巫医。他一直尊敬你。"

只不过他在挽救生命时,我还在卷草药。赤杨爪抛开心中的怨愤,意识到他绝不愿意与影族巫医交换位置。他理清思绪。他一直努力工作,也赢得了尊敬。

松鸦羽扬起下巴:"我们开始吧。"

赤杨爪面对着他,兴奋自他的皮毛之下涌出。他终于就要接受巫医名称了!

"我,松鸦羽,雷族巫医,呼唤我的武士祖灵俯视这名学徒。他刻苦学习,了解了巫医的神圣职责。在你们的帮助下,他将终生为族群服务。"松鸦羽面对着赤杨爪,他那双蓝色盲眼目光热切,赤杨爪感觉这只盲猫仿佛能透视他的思想。他的脚掌在冰冷的石头上隐隐发烫。

"赤杨爪一直和星族有天生的联系。"松鸦羽继续说道,"你们选择了他,你们选择得很好。他忠诚、坚定、聪明。他富有同情心和力量,是两者的罕见结合。他会很好地为他的族群服务。"

猫武士

赤杨爪的皮毛因惊讶而刺痛。松鸦羽在赞扬他！他感觉到其他猫的目光火辣辣地灼烧着他的毛。他难为情地挪挪脚掌，挺直脊背。我必须表现得像一名巫医！

松鸦羽继续说着："那么你，赤杨爪，愿意发誓拥护巫医的使命与职责，远离族群间的斗争，平等地爱护每一只猫，哪怕牺牲生命也无怨无悔吗？"

赤杨爪对他眨眨眼睛，他的嘴巴有些发干："我愿意！"

"那么，我以星族的力量，赐予你巫医之名。赤杨爪，从此刻起，你的名字是赤杨心。星族将以你的忠诚和仁慈为荣，我们欢迎你成为正式的雷族巫医。"松鸦羽上前一步，用口鼻抵住赤杨爪的额头。"你做得不错。"他轻声说道。

老师退开后，赤杨爪仍能感觉到他呼出的温暖气息在他耳边环绕，骄傲之情温暖着他的毛皮。

"赤杨心！赤杨心！"其他巫医呼喊着他的名字，他们的声音在山谷的石壁之间回荡，盘旋上升，直达星空。

松鸦羽转身面对月亮池。"我们和星族交流吧。"他蹲伏下来，用鼻子触碰水面。

叶池走向水边时，捕捉到赤杨心的目光，她的眼神中闪动着自豪。"恭喜你。"她温柔地咕噜道。

"谢谢。"赤杨心在她身边弯下腰去，欣喜自心底喷薄而出。他把口鼻伸向水潭。

他立刻沐浴在阳光中，温暖沁入他的皮毛。他对着亮光眨眨眼

雷影交加

睛,现在又回到了曾经遇见黄牙的那片高低起伏的草地。他走上前去,柔软的草叶拂过他的脚掌。"黄牙?"他满怀希望地扫视田野。没有她的踪影。但是,他看见田野边一棵树的矮树枝上有两只猫正在晒太阳。他大步向他们跑去,尾巴在身后挥舞着。

浅棕色虎斑母猫和淡灰色公猫似乎没有看见他。阳光在他们光亮的皮毛上闪烁。浅棕色虎斑猫的尾巴从树枝上垂落。她对公猫眨了眨眼,公猫回望着她,他的圆眼明亮,耳朵高竖。赤杨心靠近时,听见他们在窃窃私语。他滑动脚步停在树下,抬头望去。他应该大声呼喊吗?他应该告诉他们他在这里吗?告诉他们他现在是巫医了吗?当他仰着脸时,树叶雨点般落到他身上。它们在微风中快速旋转,轻拂着他的脸和胡须,是五角星形树叶。

拥抱你们在暗影中的所得,只有他们能驱散天空的阴霾。

那声音在他脑海中回响。

是那个预言。星族又告诉了他一遍。

赤杨心的心怦怦直跳,他猛地把口鼻从月亮池中抽回。山谷冰冷的寒意再次笼罩住他。他眨眨眼睛。其他的猫还在和星族交流,只有蛾翅趴在水潭边看着他。

赤杨心几乎没注意到她。他的脑子飞快地转动着。树叶有五个角!五角!五个族群!他突然明白了预言的含义,比以往任何时候都更加确定。

我们需要找到天族!

精彩内容抢先看

下集预告

  雷族、风族、河族以及逃亡到雷族的影族武士，联合向泼皮猫们发动了进攻。不料关键时刻，风族猫撤出战场，族群猫落败。不久之后，泼皮猫偷袭了河族营地，残余的河族猫被迫流亡雷族。

  为了挽回局面，雷族巫医赤杨心设法策动了泼皮猫统治下的原影族、河族猫反抗。部分影族猫成功逃亡。被俘虏的河族猫则发动了起义，与雷族、河族、影族猫里应外合，夺回了河族营地。

  这时，之前偷偷离开雷族营地去寻找父亲的枝爪，带领着父亲和残余的天族猫回到了雷族营地。巫医们得到星族的指示：只有所有族群联合起来，才能彻底打败泼皮猫。为此，雷族、影族、河族、天族一起去联络风族。风族族长一星公布了一个令众猫异常吃惊的秘密——泼皮猫首领暗尾是自己的儿子。为了彻底打败暗尾，五大族群联合起来，向盘踞在影族营地的泼皮猫发动了进攻。泼皮猫被赶走了，一星却和暗尾双双丧命于湖中。

  大湖重新恢复了平静，但重新回归的天族将在哪儿建立自己的营地？枝爪和紫罗兰爪又该何去何从？